SUTTON KRIMI

Dirk Kubowicz

BIERENGEL

Ein Ruhrgebiets-Krimi

SUTTON KRIMI

Über den Autor

Dirk Kubowicz, 1968 in Marl geboren, studierte mehrere Semester Psychologie, bevor er sich ganz seiner Band »Lay Down A Dime« widmete, in der er als Gitarrist, Komponist und Texter aktiv ist. Neben der Musik ist das Schreiben seine zweite große Leidenschaft, die er in seinem überzeugenden Krimidebüt präsentiert. Dirk Kubowicz lebt und arbeitet in Dorsten im Ruhrgebiet.

Sutton Verlag GmbH
Hochheimer Straße 59
99094 Erfurt
www.suttonverlag.de
www.sutton-belletristik.de

Lektorat, Gestaltung und Satz: Sutton Verlag
Zitat auf S. 74/5 und S. 99: aus »Trotzki, Goethe und das Glück«

Umschlaggestaltung: der uhlig, Augsburg, www.deruhlig.com
Titelbild: Shutterstock/Wasant
Druck: CPI books GmbH, Leck

Dieses Buch wurde vermittelt von Monika Hofko,
Scripta Literaturagentur, München.

ISBN: 978-3-95400-623-6

Für meinen Bruder Johannes
und
für Roanna E.

1

Eine leichte Brise wehte durch den Biergarten. Harry goss sich gierig einen Humpen Bier in den Rachen, das aus den Mundwinkeln rinnsalartig wieder hinausströmte, und wischte sich danach emsig mit seinem BVB-Schal den Mund ab. Eine milde Nacht belauerte gutmütig die Stadt. Der Mond hatte eine laue, sternenklare Spätsommernacht ins Visier genommen und präzise eine Sichel am Firmament geschnitten.

»Vor Glück beschissen«, klugscheißerte Harry, »scheiß Kölner Karnevalsverein … noch zehn Minuten länger und wir hätten den Ausgleich gemacht. Wir waren klar am Drücker!«

»Am Drücker? Komm, gib zu, Köln hat den Sieg verdient, rein kämpferisch, und ein Spiel dauert nun mal neunzig Minuten«, konterte ich mit einem Derbysiegerlächeln.

»Da rauscht der Ball so leicht an Sokratis und Weidenfeller vorbei! Was für ein dilettantischer Abwehrfehler! Und der Zoller schiebt den Ball einfach rein … Das gibt's doch nicht!«, meinte Harry angesäuert. »Aber ihr Schalker seid ja nicht viel besser. Auch wenn ihr heute gegen Hertha BSC gewonnen habt unter eurem neuen Trainer Di Matteo, werdet ihr eure krassen Abwehrfehler nicht so schnell abstellen können.«

»Eben, Harry, eben. Schalke hat 2:0 gewonnen, Dortmund hat 2:1 verloren. Und obendrein sind wir Schalker auch noch Derbysieger. Die zwei frühen Tore gegen euch waren ausschlaggebend«, behauptete ich, »endlich wieder ein Derbysieg gegen euch Dortmunder, selbst wenn ihr nach dem 2:0 stärker wart. Wat nützt Frau und Kind, wenn Schalke nicht gewinnt?«

Ich lachte schadenfroh und sah der Kellnerin hinterher. Wir waren die letzten Gäste. Innen wurden bereits die Stühle hochgestellt. Hugo, der Wirt, säuberte die Theke. Ein letzter Gast drückte einen Zigarettenstumpen im Aschenbecher aus. Er glich einer dicken Schmeißfliege, die in ein Bierglas gefallen war. Schwankend suchte ich indes die Toilette auf, stützte mich mit einer Hand an der gekachelten Wand ab und pinkelte neben die weiße Porzellanschüssel. Anschließend wusch ich mir durch das Gesicht, was mir nicht unbedingt dabei half, nüchterner zu werden. »Café del Mar« lief urlaubsreif durch die Kneipe und ich zurück in den Biergarten.

»Wie kann man den Gegner in der ersten Hälfte so aufbauen? 2:0 in Führung! Ich glaub es einfach nicht. Da muss man doch mal dagegen halten, mehr Pressing spielen, draufgehen. Und das bei einem Revierderby«, analysierte Harry verbittert. Er schüttelte den Kopf wie ein Fußballtrainer kurz vor dem Rauswurf. »Und Ramos verschickt Einladungen im eigenen Strafraum, Ciro Immobile sollte besser umschulen und Makler werden und Hummels flimmert durch den Strafraum, als wäre er eine Fata Morgana! Reus fehlt an allen Ecken und Enden! Und Kagawa wurde viel zu spät eingewechselt. So wird dat nix mit der Meisterschaft«, klagte er wehleidig. Derby. Revierderby. Die Mutter aller Derbys. Nach einer Niederlage gegen Schalke war er geradezu traumatisiert, fix und fertig. Fassungslose Nachbetrachtungen von vergebenen Strafraumszenen. »Nächste Woche zu Hause gegen Hannover und dann schruppen wir auswärts den direkten Konkurrenten Bayern München. Sechs Punkte müssen drin sein, wenn wir noch Meister werden wollen, sage ich dir, die fehlen am Ende der Saison. Ach Scheiße, das ganze Wochenende im Arsch!«, seufzte er mutlos.

»Tja, der BVB steckt in der Krise und die Nummer eins im Pott sind wir!«, skandierte ich fröhlich.

Harry machte eine abweisende Geste. »Noch ’n Bier, Frühauf?«

»Ne, ich bin voll wie ’n Pferd. Muss nach Hause, Harry«, lallte ich schwerfällig.

Meine Sprachfunktion hatte ebenso deutlich an Qualität eingebüßt wie der Service und die Freundlichkeit der Kellnerin. »Trinkt aus, Männer! Ich will Feierabend machen«, meinte sie launisch.

»Is’ klar, Bierengel, lass du uns ruhig im Stich. So ’ne Memme wird nie ’n Schalker!«, säuselte ich bedröppelt daher.

Mit glasigen, verschalten Augen schielte ich auf ihre Beine und drehte spontan einen Sexfilm im Kopf.

»Sechzig Euro bekomme ich von euch!«, sagte sie humorlos. Sie war ein glatter Flop.

Harry bezahlte unseren Deckel und zermalmte eine Fliege und den Plastiktisch unter seiner Faust. Es war spät geworden und ich wankte schon die Viktoriastraße entlang. Eine fußballtraumatische Nacht hatte Harry zielsicher in die Schusslinie genommen und neigte sich allmählich dem Ende zu. Schmeißfliege trottete mit hängenden Schultern voraus und Harry folgte in immer kleineren Abständen gesangstechnisch meiner Fährte, während ich lieblich grölte: »Schalke 04, Liebe im Revier, Junge, da fällt mir nix mehr ein, Schalke 04, Seele vom Revier, sach mir, wat kann schöner sein …«.

Als er mich eingeholt hatte, legte er seine Hand auf meine Schulter. Elf Freunde sollt ihr sein, zwei davon waren wir. Harry, der Borusse, und ich, der Schalker. Lauthals stimmten wir völlig kontraproduktiv sämtliche Spottgesänge auf unsere miteinander rivalisierenden Vereine auf leeren Straßen an und unsere Stimmen hallten durch den gesamten Wohnblock, als wäre dieser in Blau und Weiß oder Schwarz-Gelb gehüllt. Wir überholten Schmeißfliege, der sich inzwischen galant auf einer Gartenmauer abgelegt hatte, und ließen uns nach Hause treiben. Arm in Arm. Durch dick und dünn. Elf Freunde sollt ihr sein.

»It's coming home, it's coming home, football's coming home …«

Grelles Sonnenlicht flutete durch das Fenster direkt in meine vom Schlaf verklebten Augen. Ich blinzelte ihm missmutig entgegen. Langsam bewegte ich meine geschwollene, angepappte Zunge. Als wäre sie in Beton gegossen, erkundigte sie sich nach dem besorgniserregenden Zustand in meinem Rachen, der so trocken war wie die Wüste Gobi, und ließ berechtigte Zweifel aufkommen, ob sich mein Gesicht nicht eher hinten statt vorne befand. Ein völlig anderes Organ. Ein Ausscheidungsorgan. Dagegen duftete ein Kuh-Arsch wie Chanel No. 5. Von meinem bestialischen Gestank angezogen, surrten Fliegen euphorisch durchs Wohnzimmer. Im Schneckentempo kroch ich schwerfällig vom Sofa und stolperte gegen einen roten Eimer, der mir wohl beim Kotzen zu Hilfe geeilt war. Jedenfalls konnte ich mich nicht daran erinnern, dass ich tatsächlich von diesem nützlichen Gegenstand Gebrauch gemacht hätte. Er war randvoll mit einer breiigen Masse gefüllt, die sehr säuerlich und magenfeindlich roch. In der Küche hängte ich meinen Sonntagskater gekonnt unter den Wasserhahn. Dann setzte ich Kaffee auf und knipste das Radio an. Barry Manilow besang »Mandy« im Schongang, als hätte er die Waschmaschine erfunden. Lustlos, griesgrämig und gelangweilt döste ich am Küchentisch und formte kleinere und größere Rauchringe, während das schwarze Gold in meinem S 04-Becher dampfte und sogleich Bekanntschaft mit meinem chronischen Magengeschwür schloss.

Zahlreiche Kirchgänger machten sich auf den üblichen Weg zum Gottesdienst und beschworen schon mal im Voraus taufrisch das Ave Maria. Gebenedeit scheuchten sie ihre Blagen, in beste Sonntagskluft eingezwängt, durch die Gegend. Eine Armee aus Arbeitslosen stand Spalier und hielt am Kiosk bei »Uns Heinz« tapfer und in bester Trinklaune ihren Stammtisch ab. Sie zwitscherte aufgeregt wie eine Vogelschar auf den Bäumen. Durch den »Küstennebel« lockerte sich das ansonsten grau verhangene Gemüt der gebeutelten Profi-Alkoholiker. Ihr heiseres Lachen drang zu mir hoch in die Küche. Ein Motorrad bretterte ohrenbetäubend über die Hunscheidtstraße und marterte meinen vom Suff gekrönten Schädel, als wäre die gesamte Zahnarztmaschinerie der Stadt in Gang gesetzt worden. Alle mit Bohrern und Kneifzangen bewaffnet. Ich öffnete sämtliche Fenster und schaffte Durchzug. Draußen schmiegte sich die Sonne sanft in den Morgenhimmel und strich zärtlich über die Dächer der Stadt, während der Alkohol aus sämtlichen Poren meiner Haut entwich.

Ich stellte mich unter die Dusche und polierte meinen lädierten Körper für einen heiligen Sonntag auf, an dem man die Arbeit gefälligst ruhen ließ. Anschließend streifte ich ein sauberes, aprilfrisches T-Shirt über und eilte einer sonnenhungrigen Meute entgegen, die die zahlreichen Straßencafés aufgesucht hatte, um ihre Seele baumeln, Hormone auftanken und kühle Getränke an die Tische bringen zu lassen. In Gedanken stellte ich mir bereits ein Konterbier vor. Mehr konnte man bei diesem bilderbuchartigen Wetter nicht erwarten: schöne Frauen in Miniröcken und kühles Bier. Der goldene Oktober hatte sein Ehrenwort gehalten und zeigte sich von seiner besten Seite. Unbekümmert saß ich nur kurze Zeit später im »Café Konkret« in der Fußgängerzone und malte mir aus, wie es wäre, wenn es keinen Winter mehr gäbe. Ein Leben ohne Blues und Schatten. Einfach nur so, savoir vivre.

Ich saß gemütlich mit dem Arsch auf der Couch und genoss die beiden Sonntagsspiele vor dem Fernseher. Die Eintracht lag mit 1:3 in Paderborn zurück. Lange würde nicht mehr gespielt werden und viel würde auf dem grünen Rasen nicht mehr passieren. Ein verdienter Underdog-Sieg der Paderborner. Selbst das Bier schmeckte besser und die Schaumkrone war fester als sonst. Im Fernseher kommentierte der Reporter gerade lauthals ein böses Foul: »Meine Güte, von hinten in die Beine. Dafür muss es einfach Rot geben.«

Der Kommentator hatte nicht mehr alle Tassen im Schrank, wenn man mich fragte. Er war überzeugt davon, dass sich der brutal gefoulte Spieler eine »kläffende« Wunde zugezogen hätte. Wie würde diese noch frische Saison wohl verlaufen? Wer würde absteigen und wer die Meisterschaft feiern? Die Prognosen im »Kicker Sonderheft« hatte ich während der spielfreien Zeit ausgiebig durchgelesen, beinahe auswendig gelernt. Normal für einen Junggesellen, der chronisch pleite war. Die Mannschaften waren diesmal alle sehr ausgeglichen und jede konnte jede schlagen. Bayern würde es nicht schwer haben, den Titel zu verteidigen: 6:1 gegen Bremen. Gladbach kletterte zu Recht immer höher in der Tabelle. Der Aufsteiger Paderborn schlug sich mehr als tapfer. Und Schalke? Immerhin hatte sich für meine Mannschaft etwas auf dem Transfermarkt getan. Vor allem die Trainerfrage hatte sich nun endgültig geklärt. Würde »Di Matthäus« in der Lage sein, die Kellergeister-Abwehr zu stabilisieren? Wenige Neuzugänge, eine zu hohe Erwartungshaltung, zu viele Verletzte. Jens Keller hatte es nicht einfach gehabt. Jetzt hatte man ihn entlassen, die Heim-Premiere von Di Matteo war geglückt. Der Sieg gegen Hertha war glanzlos herausgespielt worden. Aber warum Horst Heldt an Christian Fuchs festhielt, blieb mir ein Rätsel. Etwa weil er es sich im Fuchsbau 04 gemütlich gemacht hatte oder weil kein Verein ihn ernsthaft verpflichten wollte? Nicht mal ein österreichischer Klub hatte sich an einer Fuchsjagd auf dem Transfermarkt beteiligt.

Nach den beiden Spielberichten trank ich einen letzten Schluck Bier und rauchte eine Gute-Nacht-Zigarette. Morgen würde mich der Alltag wieder unter seine Fittiche nehmen. Ich hoffte inständig, dass meine erfolglose Detektei einen neuen, finanzkräftigen Auftrag einheimsen konnte. Eigentlich bräuchte ich mehr als einen. Die wirtschaftliche Lage war äußerst prekär. Seit zwei Monaten hatte ich die Büromiete nicht überwiesen. Auch andere Rechnungen waren unter den Tisch gefallen. Briefe, die Mahnungen beinhalteten, warf ich ungeöffnet in den Mülleimer. Es musste etwas geschehen. Hatte denn keiner mehr ein Motiv, seine Ehefrau umzubringen oder seine Freundin zu hintergehen? Wenn ich beides gehabt hätte, würde ich beides tun. Verbrechen lohnte sich: Immerhin wurde man so seine alte »Else« los und gewann eine frische dazu. Enttäuscht drückte ich die Kippe aus, schnappte mir ein neues Bier und legte eine CD ein. Ich räkelte mich auf der Couch und träumte vom Bierengel.

Was immer auch passieren mochte, das Leben nahm täglich Geschwindigkeit auf und legte einen Zahn zu, je älter man wurde; nichts wurde einem geschenkt. Den Ferrari fuhren immer nur die anderen und die schönsten Frauen gesellten sich dazu. Anscheinend hoben sie damit ihr geringes Selbstwertgefühl an, indem sie es über Geld und reiche berühmte Persönlichkeiten definierten. Das hatte ich im Laufe der Zeit begriffen. Hula-Hoop tanzen auf Sansibar, Cocktails schlürfen in Monaco und Jetset reisen um die ganze Welt. Manche zogen diesen Film durch. Erbschleicher, Heiratsschwindler, Königskinder, Steuerhinterzieher, Fürsten von Thurn und Taxis, Hollywood-Schönheiten und Popstars. Gedanken an einem Sonntagabend. Sie schwappten durch mein Gehirn wie schales Bier, serviert vom Leben, das einem riet, besser zu kämpfen als aufzugeben. Also gab ich die Illusionen ohne Umschweife auf und den Ferrari zurück an Räikkönen. Brav schloss ich die Augen. Morgen früh sollte die Welt mich wieder haben. Mal sehen, was die Woche diesmal für einen einsamen Detektiv bereithalten würde. Mord und Totschlag vielleicht? Oder einen Koffer voller Koks vor meiner Wohnungstür abgestellt, den keiner ernsthaft vermisste? Oder wenigstens eine Stripperin, die lächelnd aus einer Torte sprang? Was sollte ich sagen, Freunde: Ist das ganze Leben nicht eine einzige »kläffende« Wunde?

Es war kein typisches Büro. Keine schicke Büroeinrichtung, keine klimafreundlichen Zimmerpflanzen und keine Bilder. Nicht von der Familie, nicht von unserem Kanzlerin, nicht vom Papst. Aus meiner Sicht taugte es allenfalls zur Abschreckung karrieregeiler Yuppies und erinnerte eher an ein heruntergekommenes Hinterzimmer für abgeschmackte Skatzecher, an ein Provisorium für sanfte Tagträumerei oder an ein schmuddeliges Pornostudio. Links stand ein vom Vormieter nicht abgeholter Schreibtisch. Dahinter pochte eine Umzugskiste auf Beförderung zum Bürostuhl. Gegenüber der Tür drohte ein Regal vom Flohmarkt umzufallen, weil sich mehrere leere Aktenordner darauf stapelten. Daneben ein nicht angeschlossener Kühlschrank, auf dem sich ein Minikaktus in einer I-love-you-Vase einen Blick zum Hof verschaffte. Ebenso erwähnenswert war der Penthouse-Kalender aus den frühen Achtzigern. Abgerundet wurde der Raum von einer Tapete mit Blümchen und Engelsgesichtern, einer Super-Stecktabelle des Kicker-Sonderhefts der Bundesliga 2014/2015 und einem Schalke-Wimpel mit Originalunterschriften aus den Fünfzigern. Die Blümchen waren mittlerweile blass geworden, die Engelsgesichter hatten rote Backen und Schalke führte seit Anfang der Spielzeit souverän die Tabelle an.

Der Staub hatte sich auf allen Möbeln abgelegt. Gähnend überflog ich die Post und hangelte mich durch den Sportteil. Für den Rest der Welt hatte ich heute nicht viel übrig. Nicht für Politik, nicht für Wirtschaft, nicht für Katastrophen aus aller Welt. Mir ging es bereits lausig genug. Ich brauchte keine weiteren Hiobsbotschaften.

Ich schaute zur Knoppers-Zeit aus dem Fenster hinunter auf die Straße. Ein Kind schoss einen Ball gegen das Garagentor und nervte. Außerdem trug es das falsche Trikot: Bayern München! Anstelle der Eltern würde ich das verzogene Kind schleunigst zum Kinderpsychologen schicken, denn hier gab es sicher eine ganze Menge aufzuarbeiten. Ich wünschte mir jedenfalls inständig, dass es in meinem Büro ebenfalls etwas aufzuarbeiten gäbe. Nicht ein Fall bettelte um Aufklärung. Alle gingen sie rechtschaffen ihrem Leben nach. Ohne Betrug, Mord und Totschlag. Keiner brauchte mehr einen Detektiv, der seine Ehefrau bespitzelte. Alle waren sie glücklich liiert bis ans Lebensende. Sogar meine Sekretärin Ruth, die zweimal pro Woche aushalf, hatte sich überaus besorgt darüber geäußert, wie lange diese Durststrecke noch weitergehen sollte. Ich hatte mit den Schultern gezuckt und sie nach Hause zu ihrem Göttergatten Harry geschickt. Vielleicht sollte ich jemanden umnieten und den Mord meinem ärgsten Feind in die Schuhe schieben? Der Mann vom Finanzamt eignete sich hervorragend dafür. Außer schmierigen Kaffeestreifen in der Kanne keine verwertbaren Spuren. Nur das Wetter der letzten Wochen hatte die Sorgen bilderbuchartig verschönert und ich redete mir ein, dass bald bessere Zeiten anbrächen. Ich schaltete das Radio an und schnell wieder aus: Ein Popsternchen sang in etwa so, als hielte eine »Anaconda« es im Würgegriff. Zwei Schlangen unter sich. Dann klopfte es zögerlich an meiner Tür. War es die gute Fee oder waren es die besseren Zeiten?

»Meine Name ist Andrea Kyas. Bin ich hier richtig? Detektei Frühauf?«

»Ja, korrekt, Mike Frühauf, guten Tag«, begrüßte ich meine hoffentlich neue Klientin. »Entschuldigen Sie diese Unordnung, aber ich bin eben erst umgezogen. Sie wissen bestimmt selbst, wie das ist, wenn man vor lauter Arbeit zu nichts anderem mehr kommt«, meinte ich leichthin, verzog mich währenddessen hinter den Schreibtisch und fummelte am Laptop herum.

Wenigstens saß sie bequem in meinem zeitlos formschönen Ledersessel, den mir Opa Krawczyk freundlicherweise überlassen hatte. Sie war vermutlich Mitte zwanzig, elegant gekleidet und ausgesprochen hübsch. Ihre langen schwarzen Haare trug sie streng nach hinten zu einem Zopf geflochten, ihre smaragdgrünen Augen sahen übermüdet aus. Eine leichte Blässe hatte sie dezent mit Make-up übertüncht. Nichtsdestotrotz blickte ich in ein Engelsgesicht. Flüchtig wünschte ich mir, dass ihr Gesicht meine Tapete dekorierte, woraufhin sie ihre engelsgleiche Stimme erhob: »Finden Sie meine Schwester. Sie ist verschwunden! Mit ihrem Freund unterwegs!«

Verdutzt blickte ich sie an, weil ich keinen logischen Zusammenhang erkennen konnte. Ich hatte keinen blassen Schimmer, wovon sie eigentlich sprach. »Wenn sie mit ihrem Freund unterwegs ist, warum ist sie dann verschwunden?«

»Darum!«, brach es trotzig aus ihrem kirschroten Mund heraus, der mich allerdings eher an eine Sauerkirsche oder noch mehr an eine Tollkirsche erinnerte. Wieder glotzte ich sie nur an und anschließend unabsichtlich auf den Penthouse-Kalender. Noch ehe ich begriffen hatte, dass sie meinem Blick gefolgt war, lief ich rot an. Es gab nur eine Konsequenz: ab in den Müll und weg damit! Sie jedoch kaute nur nervös auf ihren Lippen.

»Es geht um meine Schwester Lisa. Sie ist seit einer Woche spurlos verschwunden und in großen Schwierigkeiten. Sie müssen herausfinden, wo sie sich aufhält und was mit ihr passiert ist«, sagte sie aufgewühlt.

»Beruhigen Sie sich erst einmal, Frau Kyas. Und nach einem guten Kaffee erzählen Sie mir der Reihe nach, was es mit der Sache ihrer Schwester auf sich hat. Möchten Sie einen Kaffee? Oder lieber was anderes? Vielleicht etwas Stärkeres?«

Doch sie saß nur da wie eine Kandidatin nach einem verpassten Recall. Ich zauberte eine Flasche Weinbrand aus der Schublade hervor und kochte Kaffee. Dann goss ich eine großzügige halb und halb Mischung in jeweils zwei große Kaffeebecher ein. »Geht's wieder?«

Sie nickte bloß. Nervös tastete sie nach den Marlboro Lights. Die Glut glomm auf. Erleichtert sog sie das Nikotin ein. Eine Weile schwiegen wir. Dann ergriff sie bedächtig das Wort: »Meine Schwester ist in großen Schwierigkeiten. Sie wohnt mit ihrem Freund, diesem Nichtsnutz Ralf Mosko, zusammen. Dieser Idiot hat sich bei einem Kredithai zehntausend Euro geliehen, um die rückständigen Mieten auszugleichen. Und was macht der Schwachkopf? Verzockt das ganze Geld am Spielautomaten. Wirft das Geld für teure Klamotten und Luxuskram raus. Schön auf dicke Hose machen. Jetzt haben die beiden eine Räumungsklage im Nacken und der Kredithai ist auch hinter ihnen her.«

»Kredithai? Was ist das für ein Kreditinstitut?«, fragte ich.

»Kreditvermittlung Schrammek – Bargeld sofort – auch ohne Schufa-Auskunft. Das hat mir Lisa vor einer Woche erzählt. Sie war bei mir und hat mich um Geld angepumpt. Ich war so sauer, weil sie mit diesem Taugenichts zusammenlebt. Sie ist ihm verfallen. Geradezu hörig. Aus Trotz und Unverständnis habe ich ihr kein Geld gegeben.«

»Schrammek ...«, sagte ich nachdenklich. »Und jetzt sind die beiden natürlich über alle Berge. Verstehe.«

Andrea Kyas drückte die Zigarette aus. »Ich mache mir wirklich große Sorgen. Jedes Mal gerät Mosko von einem Schlamassel in den nächsten. Er lässt kein Fettnäpfchen aus. Große Schnauze und nichts dahinter. Und nun sind sie wie vom Erdboden verschluckt. Bestimmt ist es so, wie Sie sagen: Die beiden sind zusammen abgehauen, irgendwo untergetaucht.«

»Waren Sie schon bei der Polizei, Frau Kyas?«, erkundigte ich mich weiter.

Sie spielte unruhig mit der Zigarettenschachtel, Deckel auf, Deckel zu. »Polizei? Nein, nein … ich … keine Polizei …«, stotterte sie unsicher, brach ab und legte die Schachtel auf den Schreibtisch. »Ich möchte keine Verbindung mit der Polizei. Mein Vater sitzt im Knast. Lebenslänglich. Angeblich hat er damals seinen Geschäftspartner erschossen. Mord aus Habgier. Beweise gab es keine, es war ein reiner Indizienprozess. Der reinste Hohn! Sie können sich ja vorstellen, dass Lisa und ich keine schöne Kindheit hatten. Lisa war erst vier und ich gerade mal zwölf Jahre alt. Die haben uns unseren Vater weggenommen, einfach so. Da gab es nur die Besuchszeiten im Knast und das war's. Besser wir halten die Polizei da raus, glauben Sie mir.«, fügte sie erklärend hinzu. Ihre Stimme klang verbittert.

»Also gut, Frau Kyas, ich lasse das mal so stehen. Sie müssen sich nicht rechtfertigen. Ihr Privatleben geht mich nichts an. Doch zurück zum Thema: Lisa! Niemand verschwindet einfach so mir nichts, dir nichts. Wahrscheinlich sind die beiden nur hilflos und verstecken sie sich irgendwo, weil sie Angst haben. Ich kenne diesen Schrammek, er ist quasi ein Nachbar von mir auf der Herner Straße. Wenn es hilft, könnte ich ihm einen Besuch abstatten und ihm auf den Zahn fühlen.«, beschwichtigte ich sie.

»Vielleicht … Irgendetwas ist hier faul, Herr Frühauf. Sie kennen Mosko nicht. Hätte ich ihr doch bloß das verdammte Geld gegeben! Ich … ich hätte ihr helfen müssen. Finden Sie meine Schwester, bevor ihr vielleicht etwas Schlimmes zustößt. Mosko kann meinetwegen zum Teufel gehen!«

Ihr Blick streifte den meinen und verlor sich dann draußen im Herbsthimmel. In meine Gedanken vertieft schaute ich ebenfalls aus dem Fenster. Tief hängende Regenwolken scheuerten die Dächer glatt. Herbstkapriolen aus Nieselregen und feuchten Windböen waren vor dem Fenster zu sehen, an dem sich feine, nadelförmige Tropfen absetzten. Genau wie auf dem Lidschatten meiner Klientin, der leicht und fast unmerklich verlaufen war. Andrea Kyas griff nach dem Weinbrand und trank einen großen Schluck aus der Flasche.

»Sie müssen Lisa unbedingt finden! Bitte nehmen Sie den Auftrag an, Herr Frühauf! Geld spielt keine Rolle! Verlangen Sie, was Sie wollen! Nur bringen Sie mir meine Schwester wohlbehalten zurück. Finden Sie heraus, wo sie steckt! Und wenn Sie meine Schwester gefunden haben, richten Sie ihr bitte aus, dass ich ihr helfen und die Mietschulden begleichen werde, natürlich auch die zusätzlichen Kosten der Räumungsklage. Nehmen Sie den Auftrag an, ja?«

Na klar! Allerdings konnte ich ihr schlecht auf die hübsche Stupsnase binden, dass ich völlig abgebrannt war und mir die Aufträge nicht aussuchen konnte. Ich zögerte zudem aus rein taktischen Gründen. Einerseits musste ich meine Paraderolle abziehen, nach dem Motto, je wichtiger ich mich machte, umso professioneller wirkte ich. Andererseits würde sich jeder gute und erfahrene Privatdetektiv fragen, ob die Sache nicht einen Haken hatte. Zumindest hatte ich das irgendwo so gelesen. Allerdings war ich nicht erfahren genug und konnte nur schlecht einschätzen, ob ich wirklich gut war. Alles in allem: Alle Vorteile, sprich Geld, waren in meinen Augen wirklich Vorteile, wenn man bis drei zählen konnte. Den Haken an der Sache verdrängte ich mit einem klaren Schlussstrich. Ich dachte an Opa Krawczyk und an die fälligen Mieten.

»Also gut, Frau Kyas«, sagte ich und machte dabei einen auf Geschäftsmann und knallharten Profi zugleich, »aber das wird nicht billig!«

»An Geld soll es wie gesagt nicht scheitern, Herr Frühauf! Ich habe genug davon«, erwiderte sie und zog ein Bündel Scheine aus ihrer Gucci-Handtasche. »Das sind tausend Euro Vorschuss. Und ein Erfolgshonorar von weiteren tausend Euro erhalten Sie, wenn Sie es schaffen, meine Schwester ausfindig zu machen. Mir ist durchaus bewusst, dass diese Angelegenheit zeitaufwändig ist. Was sagen Sie, schlagen Sie ein?«

Und ob, Andrea, und ob. Obgleich mir bei dem vielen Geld der Atem stockte, ließ ich mir nichts anmerken und klärte sie stattdessen wie ein alter Hase meiner Branche auf: »Damit dürften vorerst die größten Unkosten gedeckt sein, liebe Frau Kyas. Nun, ich werde mich umhören und die Augen offen halten. Machen Sie sich keine Sorgen. Kann ich Sie telefonisch erreichen?«

Galant zog sie eine Visitenkarte hervor. Und als hätte sie telepathische Fähigkeiten, ahnte sie bereits meine nächste Frage. Schweigend überreichte sie mir ein Foto. Es zeigte einen verwegenen Teenager auf einem Moped, der verträumt vor einer Hochhauskulisse posierte. Im Arm hielt er ein Versuchs-Model nach einer Abmagerungskur. Lisa Kyas hatte intensive blaue Augen und die schwarzen Haare zu einem Pferdeschwanz gebunden. Definitiv eine Naturschönheit.

»Wie alt ist sie?«, fragte ich.

»Lisa ist im Mai sechzehn geworden. Mosko ist drei Jahr älter. Sein bester Freund heißt Benni Krupka. Vielleicht weiß er inzwischen etwas. Finden Sie meine Schwester, Herr Frühauf, finden Sie sie schnell!«, sagte sie mit Nachdruck.

»Wie sind Sie eigentlich auf mich gekommen? Bestimmt nicht auf Empfehlung, oder?«, horchte ich neugierig nach.

Andrea Kyas rang sich ein schwaches Lächeln ab. »Nein, bestimmt nicht. Aber sie haben einen ungewöhnlich interessanten Nachnamen. Sind Sie ein Frühaufsteher?«

Das war es also. Hätte ich auch selbst darauf kommen können. »Der frühe Vogel fängt den Wurm, Frau Kyas, mein Name ist gewissermaßen Programm. *Im Frühtau zu Berge wir gehn, fallera …* tja, *noch ehe im Tale die Hähne krähn …*«

Sie zuckte gleichgültig mit den Schultern. »Gut, dann bin ich ja beruhigt. Wie dem auch sei: Stehen Sie früh auf …«

Nachdem ich sie galant aus dem Büro begleitet hatte, trank ich weiter Kaffee und schaute dann wieder kopfschüttelnd auf den Penthouse-Kalender und danach hinaus auf die Skyline. Der Regen hatte inzwischen aufgehört. Der Himmel riss auf und gab der Sonne auch mal einen Stich. Streitende Kinder, einkaufende Scharen und Feierabendverkehr. Ein Hund schiss genüsslich auf dem Gehweg, während der Hundehalter ihm in aller Ruhe dabei zusah. Ein Passant wiederum fuchtelte mit den Armen vor den Augen des Hundehalters herum und zeigte dann erzürnt auf das Exkrement. Der Besitzer ließ sich jedoch nicht stören, sein Hund nicht entmutigen und ein weiterer Haufen folgte. Logischerweise trat ein dritter Akteur in die Szenerie und im Vorbeigehen in die Scheiße. Einer trat immer rein.

Mein Volvo funkelte metallisch in der Herbstsonne, die bald wieder von einer dunklen Wolkenfront bedeckt sein würde. Ich startete den Motor und legte den Gang ein. Mein Ziel sollte auch ohne Navigationsgerät zu finden sein. Und dieses Ziel hieß Krupka. Zurzeit war er der Einzige, der eventuell wissen könnte, wo sich Lisa und Mosko aufhielten. Ganz in Gedanken vertieft, merkte ich nicht, dass ich viel zu schnell fuhr. Zu spät hatte ich die Blitzanlage registriert, die zum ersten Mal ein nicht nur verkatertes, sondern auch ein recht nachdenkliches Portrait von Mike Frühauf aufgenommen hatte. Gleichgültig nahm ich es hin und den Zettel aus meiner Jackentasche heraus, auf dem Andrea Kyas die Adresse von Benni Krupka notiert hatte. Dorsten-Hervest, Ellerbruchstraße. Unter derartigen Kater-Bedingungen konnte ich mir absolut keine Adresse merken.

Am Ziel angekommen, stellte ich den Wagen in einer Parkbucht ab und schlenderte durch eine schmucklose Plattenbausiedlung aus den Siebzigerjahren. Eine Hochhausburg innerhalb eines mittlerweile neu renovierten Wohnkomplexes, der früher vielleicht einmal moderne Vorzeigearchitektur symbolisiert hatte. Die größtenteils grün bepflanzten Innenhöfe, von einem kinderfreundlichen Spielplatz und gestutzten Rasenpartiellen flankiert, waren bis auf ein paar spielende Kinder verwaist. Nur eine füllige Mittfünfzigerin mit toupiertem Haar schleppte sich in einem pinkfarbenen Minirock und bauchfreien gelben Top die Auffahrt zum Parkplatz hinauf. Wummernde Technobässe dienten zur Untermalung einer tristen Monotonie. Grillgeruch wehte von einem Balkon herüber, dessen Rauch in der Herbstluft abzog, als wäre der Himmel eine Dunstabzugshaube. Zigarettenstummel lagen auf den Gehwegen. Ein Fußball krachte gegen eine Hauswand und eine Bohrmaschine kreischte unheilvoll über den Hof. Paranoia-Atmosphäre und Agoraphobie-Idylle. Alkoholpsychosen hinter abgedunkelten Fenstern. Vor der richtigen Hausnummer stehend, studierte ich die Namen auf der Klingelleiste und drückte ein-, zweimal auf die Schelle von Benni Krupka. Jemand betätigte die Sprechanlage.

»Ey, wer ist 'n da?«

»Entschuldige die Störung. Benni Krupka?«

»Wer will das wissen?«

»Du wirst mich nicht kennen. Mein Name ist Mike Frühauf, Privatdetektiv. Ich bin von Andrea Kyas beauftragt worden, ihre Schwester Lisa zu suchen. Wenn du ein paar Minuten Zeit für mich hättest ...«

Rascheln in der Sprechanlage. Zögern.

»Okay, kannst raufkommen, aber nur wenn du Zigaretten hast. Sonst Arschlecken!«

Nette Umgangsformen. Dann ertönte der Summer und ich trat in den Arme-Leute-Palast ein, der hoffentlich einen betriebsfähigen Fahrstuhl zur Verfügung stellte. Ich wurde schnell fündig. Die Fahrstuhltür öffnete sich und ein kahlrasierter Skinhead plumpste heraus. Schnaufend und keuchend. Lag es eher an seiner Fettleibigkeit oder der angestauten Wut, die ihn umgab? Grimmig schritt er an mir vorbei. Vielleicht hätte ich Krupka fragen sollen, in welcher Etage er wohnte. Es blieb mir nichts anderes übrig, als investigativ vorzugehen. Ich entschied mich spontan für die siebte. Schon klappte die Tür zu und der Fahrstuhl setzte sich ächzend in Bewegung. Kunterbuntes Gekritzel, ein Gemisch aus Liebesschwüren und Sprüchen an den Kabinenwänden. Einer Ghetto-Banderole gleich, die veranschaulichte, was man von dem Alltagsleben in diesem Wohnviertel hielt: »Scheiß Geto!«

Ab dem vierten Stockwerk gesellte sich eine in Lederkutte gehüllte Heavy-Metal-Erscheinung dazu. »Dark Funeral« prangte auf ihrem etwas zu lang geratenen T-Shirt. Sie hatte ausgesprochen dürre Porreepiepen. Ich tippte ihr Alter auf ungefähr zwölf. Es überraschte mich keineswegs, dass sie derart böse dreinschaute, dass selbst die Fahrstuhlkabine zwischendurch erschauerte und den Atem anhielt, indem sie ein ums andere Mal derart ruckelte, als wollte sie endgültig im Schacht steckenbleiben. Vorsorglich hielt ich Ausschau nach dem Alarmknopf, dem Notausgang, der Sicherheitsluke. Hier und so wollte ich dann doch nicht enden, denn das

Böse unbekannten Ausmaßes hatte einen Namen: »Die Rückkehr der Killer-Porreepiepen!«

Endlich hatte die Schreckensfahrt ein Ende. Die Wohnungstür von Krupka war nur angelehnt, sodass ich der Höflichkeit wegen klopfte.

»Bin in der Küche!«, hörte ich eine Stimme von drinnen. Also schlüpfte ich durch die Tür und folgte instinktiv dem Gedudel. Den rechten Arm in Gips eingelegt, beobachtete ich im Türrahmen stehend, wie Benni Krupka gerade mit einem Messer hantierte und umständlich ein Stück Brot abschnitt. Ich warf die Zigarettenpackung auf den Küchentisch.

»Hallo Benni, hier mein Besucherschein ...«

Er biss ein trockenes Stück Brot ab und kaute eine Zeitlang darauf rum. Nachdem der Schluckmechanismus erfolgreich eingesetzt hatte, schnappte er sich eine Zigarette und ließ sich von mir Feuer geben.

»Ich dachte, Detektive gibt's nur in der Glotze«, musterte er mich neugierig.

Was sollte man darauf sagen?

»Wo ist Mosko?«, fragte ich stattdessen.

»Woher soll ich das wissen? Der is' busy unterwegs. Wie immer, wenn die Kacke am Dampfen ist!« Krupka zog an der Kippe. Obwohl er höchstens achtzehn Jahre alt war, wirkte sein Gesicht vor lauter Sorgen grau und fahl, als wäre der Alltag hier eine Art bröckelndes, ungeschickt verputztes Make-up oder ein Layout der schlechteren Qualität. Seine Haut war trocken, grobkörnig. Tiefe Ringe, gebrochene Nase, Blutergüsse. Nur seine Kulleraugen zeugten noch von einer unbeschwerten Teenagerzeit, die es womöglich einmal gegeben hatte. Hin und wieder fiel spärliches Sonnenlicht durch das offene Fenster auf sein schmales Profil. Über seinem spindeldürren Körper trug er eine Jeans und ein schwarzes Ramones-Shirt. Ein Piercing fraß sich in die Unterlippe, ein anderes in seinen Nasenflügel. Er machte den Eindruck, als klappte er mir gleich weg, wenn nicht bald die Heilsarmee hereinstürmte.

»Er lässt mich einfach mit dem ganzen Scheiß hier sitzen! So ein Arsch!«, giftete er weiter vor sich hin und drehte sich von mir weg. Auf dem verstaubten Fensterbrett abgestützt, sah er durch das offene Fenster zum Hof hinunter. Ich schwieg und ließ ihn reden. Von all den Gewichten, die auf seinen knochigen, spitzen Schultern lasteten, von all den Bürden, die das Leben mehr und mehr anhäufte und von all den Problemen, die ein für alle Mal klarstellten, dass die fröhlichen Kindertage nun endgültig und unwiderruflich vorbei waren. Willkommen im Erwachsenenleben, willkommen im Fehlersystem Leben. Währenddessen drang »Ab in den Süden« von Buddy vs. D.J. The Wave aus dem iPod.

Bestimmt würde Krupka am liebsten auch seine Koffer packen und den Flieger in Richtung Süden nehmen, der Sonne hinterher. Dann hörte ich ihn leise aufschluchzen. Ratlos, was nun zu tun wäre, setzte ich mich auf einen der beiden durchgescheuerten Holzstühle und rauchte. Nach einer Weile verebbte das Schluchzen. Still betrachtete er den in Wolken verpackten Herbst. Die Sonne schien anderswo, machte woanders Schönwetter, hatte sich in dieser Wohnung nicht eingefunden. Hier warf sie nur lästige Havarie-Schatten an die Wände. Unbehaglich und bedrückend zugleich. Schließlich brach ich das von Kummer durchzogene Schweigen.

»Nimm dir noch 'ne Zigarette, kannst die Packung behalten.«

Ein Lächeln gewann nun die Oberhand und erhellte für einen kurzen Moment sein Gesicht.

»Danke. Scheiße, ich bin ziemlich fertig mit den Nerven.«

»Kann ich mir denken, wenn der Geldeintreiber klopft«, sagte ich, ohne dabei vorwurfsvoll klingen zu wollen.

Das Lächeln erstarb und ein grauer Schleier legte sich erneut in der Küche ab.

»Ich hab dem Arsch gesagt, dass wir das Geld irgendwann zurückzahlen müssen, und er verzockt alles. Hätte ich doch bloß keinen Kredit aufgenommen! Aber mit Sozialhilfe kommt man nicht weit. Und der verjubelt alles am Automaten … die ganze Kohle … Er hat groß getönt, dass er den Betrag verdoppeln würde. Ich bräuchte mir keine Sorgen zu machen. ›Der Mosko macht das schon, der Mosko kriegt das fett hin …‹ Und gestern waren sie da, die Geldeintreiber! Toll, Mosko, toll hingekriegt!«

Von draußen hörte man Kinderstimmen, die wie aufgeregte Spatzen miteinander stritten, »ey, hau ab, du Blödi, geh doch bei dich auf'm Hof spielen!«, während Krupka ganz sicher bei sich auf dem Hof spielte. Nur war sein Hof ein Abstellgleis, eine Sackgasse. Und wie mein Nachname schon andeutete, sollte man hier ein bisschen früher aufstehen als die anderen, denn die Hyänen und Aasgeier waren früh auf den Beinen. Verdammt früh. Ich konnte mir lebhaft vorstellen, wie Schrammek seine Jungs wie Zähne fletschende Kampfhunde auf ihn gehetzt hatte, durchtrainierte Anabolika-Planierraupen, die alles platt machten, was sich ihnen in den Weg stellte, um Krupka hieb- und stichfest daran zu erinnern, dass er schon längst überfällig wäre. Er wollte ganz bestimmt nicht noch einmal im Weg stehen.

»Mit freundlichem Gruß von Schrammek haben sie ohne Vorwarnung zugeschlagen. Und dieser ›freundliche Gruß‹ war tatsächlich freundlich gewesen. Sie haben mir nämlich nur den Arm gebrochen, diese Schweine«, wimmerte er und zeigte auf den Gipsarm.

Schrammek – Kreditvermittlung Schrammek – Bargeld sofort – auch ohne Schufa Auskunft! Ich hatte Erfahrung mit solchen Typen: Sie kannten kein Erbarmen, kein Mitleid, keine Gnade. So war das mit den Killern in den düsteren Hinterzimmern: Sie finden dich, wo immer du auch bist. Flieh, Krupka, wenn du kannst, aber ihre eisigen Blicke beobachten dich auf Schritt und Tritt. Haben sie dich nicht kalt abserviert, Krupka, ganz kalt? Die Killer schütteln beinahe mitleidig den Kopf, als wollten sie sagen: »Hey Krupka, hat doch eh keinen Zweck. Bist nur 'ne kleine Beute im großen Käfig der Löwen, eine kleine Ratte im Undergroundbetrieb, bist wie Kleingeld im Gitarrenkoffer eines Straßenmusikers.«

Krupka, sei dir im Klaren darüber, dass Killer sich nie in der Tür irren. Sie sind wie der eisige Schattenwind, der schonungslos durch jede Ritze heult. Sie ölen ihre Knarren, schrauben den Schalldämpfer auf und Peng! haben sie dich am Wickel. Jetzt spiel bloß nicht die große Heulsuse, wenn der Wind dir ein wenig schärfer um die Ohren fegt. Hör endlich auf zu flennen, als hättest du von nichts gewusst, denn du hast es gewusst, Krupka, hast es die ganze Zeit gewusst: die Sonne auf dem aufsteigenden und du, Krupka, auf dem absteigenden Ast.

»Und jetzt sind sie hinter Mosko und Lisa her«, sagte ich einen Tick zu laut, nur damit sich meine Gedanken durch das offene Fenster verflüchtigen würden.

»Ja, sicher. Er hat sich mit Lisa einfach auf und davon gemacht. Lässt mich einfach so im Stich.«

»Hast du wirklich keine Ahnung, wo er untergetaucht sein könnte? Irgendeine Vermutung?«

»Ne, keine Ahnung, keinen blassen Schimmer. Wenn der Mosko nicht gefunden werden will, dann findet ihn auch keiner, auch nicht so ein Schnüffler wie du.«

»Ich will ihm helfen, Benni, und dir auch.«

»Ach Scheiße, ich hab eine Woche Zeit, den Kredit zurückzuzahlen. Wo soll ich fünfzehntausend Euro hernehmen? Die bringen uns alle um, verdammt!«, jammerte Krupka.

»Ihr habt euch also jeweils fünftausend Euro von Schrammek auszahlen lassen? Plus Zinsen sind es insgesamt fünfzehntausend

Euro. Nicht schlecht! Und nun habt ihr alles verbraten und könnt nicht zahlen? Nun gut, hör zu, Benni, du kommst fürs Erste mit mir mit. Hier kannst du nicht bleiben. Ich werde mir diesen Schrammek mal vorknöpfen. Du kannst so lange bei mir bleiben. Was hältst du davon?«

»Ich habe Angst«, brachte er nur tonlos hervor.

»Ich weiß. Pack das Nötigste zusammen und dann nichts wie weg!«

Wir aßen Pommes Rot-Weiß mit Currywurst und hielten Lagebesprechung bei Klöten-Kaiser ab. Der Begriff Schnellimbiss bezog sich lediglich darauf, dass man die Schmierbude so schnell wie möglich wieder verlassen wollte. Ein Paradies für Salmonellen und das Ordnungsamt. Die aufgeweichten Pommes pappten fetttriefend und halb roh an der Gabel und die Wurst wirkte nur deshalb authentisch, weil der Soße genug Farbstoff beigemischt worden war. Harry schien das nicht zu interessieren, er hatte gleich zwei Portionen bestellt. Ich bekam keinen Bissen hinunter. Insgeheim war ich überzeugt davon, dass Klöten-Kaiser seinen Spitznamen nicht zu Unrecht trug. Das heiße Fett brutzelte in der versifften Fritteuse. Vielleicht wechselte er das Öl nur an seinem Geburtstag, den er vermutlich im Laufe der Jahre völlig vergessen hatte. Der kleine Klecks Mayonnaise sah aus, als hätten sich grüne, farbunechte Marsmännchen darin gewälzt. Wenn ich Klöten-Kaiser genauer betrachtete, musste ich unweigerlich zu dem Schluss kommen, dass er schlicht und einfach ins Fett wichste. Selbst seine Haare wiesen die gleiche Konsistenz auf wie das Fett, mit der er Pommes frittierte. Ich nuckelte an meinem Bier und Harry schlang unaufgefordert auch meine Portion in sich hinein. Das Radio rauschte in WDR-5-Manier. Einmal mehr bekam ich den Eindruck, dass gewisse hirnlose Alpenfuzzis durch ein

Walkie-Talkie sangen. Klöten-Kaiser pfiff hinter seiner Ladentheke mit und fragte: »Pommes sind gut, ne?«

Mit der Schürze wischte er sich mal kurz durch sein Klötengesicht-des-Monats. Niemand schien zu wissen, was man darauf antworten sollte. Der Betroffene bemühte sich um ein ich-hab-zwar-nur-noch-drei-Zähne-im-Maul-habt-mich-aber-bitte-trotzdem-lieb-Lächeln. Harry prustete daraufhin los und spuckte dabei einen Rest Pommes auf seinen Teller. Nichtsdestotrotz aß er genüsslich weiter, während ich ungebeten sein Bier trank. Versonnen starrte ich auf die Flasche.

»Meinst du, der Plan funktioniert, Harry?«

Belustigt blickte er vom Tellerrand auf und meinte: »Du hast keine andere Wahl. Wie willst du sonst an die Schuldscheine rankommen?«

»Ich weiß, Harry, ich meine ja nur …«

Harry wischte sich mit der Serviette den Mund ab. »Wir legen uns mit richtig schweren Jungs an. Die sind nicht zimperlich. Aber vertrau mir! Ich kann verdammt launisch sein. Ich habe einen sehr aufbrausenden Charakter.« Er puhlte mit einem Zahnstocher herum und nuschelte dabei undeutlich: »Und Benni ist bei meiner Frau gut aufgehoben. Dafür wird Ruth schon sorgen. Sie ist eine Kampfmaschine, war lange bei der Bundeswehr, sogar im Biathlon-Auswahlteam.«

»Du hast recht, wir haben keine andere Wahl: Machen wir es so, wie geplant, Harry! Du folgst Schrammek, wenn er sein Büro verlässt, und ich breche in der Zwischenzeit in sein Büro ein.«

»Was kriege ich eigentlich dafür, dass ich den Kopf für dich hinhalte, Frühauf?«

»Eine Woche lang doppelte Klöten-Kaiser-Pommes-Currywurst auf die Faust. Oder sechs Wochen Stubenarrest und Facebook-Verbot. Oh nein, ich habe eine viel bessere Idee: Deine Tochter macht ein Jahrespraktikum bei mir. Reicht das, Harry?«

»Du weißt schon, dass sie im November sieben Jahre alt wird?«

Schrammek schien eine Vorliebe für Überstunden zu haben. Harry und ich hatten es uns in meinem Volvo gemütlich gemacht. Ich rauchte bei offenem Fenster. Harry spielte auf seinem iPhone herum. Nervös schaute ich auf die Uhr: 20.09 Uhr. Wir hatten am Seitenrand eines Möbelhauses geparkt. Gegenüber befand sich die Kreditvermittlung Schrammek über einem Heizungsladen.

»Planänderung, Harry!«

»Wie meinst du das jetzt?, fragte Harry verblüfft.

»Die Herner Straße ist sehr belebt, findest du nicht? Ich kann hier nicht einfach so einbrechen.«

»Und nun?«

»Ich rufe eine Bekannte an. Sie soll herkommen.«

»Und dann?«

»Sie soll ihm schöne Augen machen und den Büroschlüssel heimlich abgreifen.«

»Wie im Film?«

»Ja, Harry, wie im Film!«

»Du hast ein Ei am Wandern, Frühauf!«

Ich zückte mein Handy, tippte eine Nummer ein und wählte. »Geht keiner dran, Harry.« Verschwörerisch, beinahe hypnotisch schaute ich ihn an.

»Nein, Frühauf, nein! Vergiss es!«, protestierte er energisch.

»Warum nicht? Deine Frau sieht toll aus, ist meine Sekretärin und wartet seit Ewigkeiten auf einen Außeneinsatz. Eine einmalige Gelegenheit. Hast du nicht gesagt, sie sei eine Kampfmaschine?«

»Kommt nicht infrage, kannste dir mal so richtig vonne Backe putzen!«

Harry lamentierte weiter, wog Pro und Kontra ab, steigerte sich in Beschwerden aller Art hinein und nahm sich ein Bier aus der Plastiktüte. Ich wählte Ruths Nummer.

»Ruth Lose?«

»Frühauf.«

»Was willst du?«

»Außeneinsatz gefällig?«

»Denk nicht mal dran! Vergiss es! Nein und nochmals nein.«

»Du bist die Einzige, die mir noch helfen kann, Ruthi. Und du hilfst nicht nur mir, sondern auch Benni.«

Damit hatte ich sie um den Finger gewickelt, wohlwissend, wo man den Hebel ansetzen musste. Ich erklärte ihr kurz den Sachverhalt inklusive Schlachtplan und Taktik. Harry schüttelte missmutig den Kopf. Zwanzig Minuten später tauchte Ruth im Minirock auf der anderen Straßenseite auf. Näherte sich dem Kreditinstitut und wartete. Nicht lange und wir hatten endlich Sichtkontakt mit unserer Zielperson. Sie schloss ihren Laden ab, steckte den Schlüssel in ihr Sakko und zeigte sich positiv überrascht, dass eine Frau wie Ruth sie ansprach. Sie wechselten einige Worte. Dann lotste Ruth die Zielperson in der von Straßenlaternen beleuchteten Dunkelheit fort. Harry und ich stiegen aus und folgten den beiden von der anderen Straßenseite aus. Schrammek bemerkte uns nicht. Inzwischen hatte Ruth sich bei ihm eingehängt. Ihre langen blonden Haare wehten im Wind. Harry war zu beneiden: Ruth war eine echte Schönheit mit einem prima Charakter. Schließlich kehrten sie in das Restaurant »Haus Förster« ein. Eine Weile blieben wir draußen stehen. Ich rauchte, Harry warf die leere Bierpulle fluchend durch die Gegend.

»Packt er sie an, brech ich ihm alle Knochen!«, presste er hervor.

»Lass uns reingehen«, schlug ich vor.

Das »Haus Förster« war ein nettes gutbürgerliches Restaurant. Gäste saßen vor Bier und Schnitzel und Ruth und Schrammek an der Theke. Hier ein neckisches Lachen, da ein Augenklimpern. Schrammek hatte sein Sakko abgelegt und an die Garderobe gehängt. Er trug einen gepflegten Schnurrbart, einen gepflegten Haarkranz, ein gepflegtes weißes Hemd. Hakennase, Habichtaugen, leicht untersetzt, nicht unattraktiv. Ich schätzte sein Alter auf Anfang fünfzig. Harry warf Münzen in einen Automaten, ich setzte mich einen Hocker weiter neben Schrammek und bestellte ein Bier, während ich die beiden belauschte.

»… das kriegen wir schon hin, Melanie, eine so schöne Frau sollte doch immer Bares in der Handtasche haben«, hörte ich Schrammek sagen.

»Da fällt mir aber ein Stein vom Herzen, weißt du, Dieter, ich habe mich nicht getraut … Es war mir peinlich«, flirtete Ruth.

»Aber, aber, Melanie, ich helfe dir doch gerne. Das muss dir nicht peinlich sein. Du bekommst einen Kredit zu hervorragenden Konditionen. Gleich morgen kommst du in mein Büro und wir erledigen alles diskret und schnell.«

»Ich weiß gar nicht, wie ich dir danken soll.«

»Nicht dafür! Wie sage ich immer: Der Schrammek, der kannet! Bestell doch noch mal das Gleiche für uns beiden Hübschen auf meine Rechnung. Ich gehe mal eben für kleine Königstiger.«

Königstiger erhob sich vom Hocker und begab sich majestätisch zum WC. Ich wanderte Richtung Garderobe und hängte meine Jacke auf. Nebenbei durchsuchte ich schnell die Taschen seines Sakkos und zog einen Schlüssel heraus. Niemand beachtete mich. Lässig schritt ich zur Theke zurück. Königstiger kam mir entgegen, übersah mich, weil er nur Augen für Ruth hatte und lächelte ein Raubtierlächeln. Seelenruhig zahlte ich das Bier, trank aus, nahm meine Jacke wieder vom Haken und verließ das Restaurant, ohne dass jemand von mir Notiz genommen hatte.

Wenige Minuten später schlüpfte ich in eine neue Rolle: Ich tat so, als wäre ich »Der weiße Kredithai« und schloss wie selbstverständlich Schrammeks Büro auf. Mit der Taschenlampe, die immer in meinem Wagen lag, leuchtete ich in sämtliche Schubladen und Aktenschränke. Schnell und effizient sabotierte ich die Innereien des Computers, verstaute die externe Festplatte und die Schuldscheine von Mosko und Krupka in einem Jutesack. Als ich gerade im Begriff war, die Mission erfolgreich abzuschließen, ging plötzlich das Licht an.

»Wer sind Sie?«, fragte ein Mann, der besonders gut Goldfische imitierte.

»Steuerfahndung, verdeckte Ermittlungen. Finanzamt Bochum«, stellte ich unmissverständlich klar. »Und wer sind Sie?«

»Ich bin der Nachbar von Herrn Schrammek.«

»Nun gut, bitte gehen Sie jetzt in Ihre Wohnung! Sie gefährden die Ermittlungen.«

»Äh … ja … gut … nix für ungut …«, stotterte Goldfisch so daher und begutachtete misstrauisch meinen Jutesack und meine Taschenlampe. Bevor er den Mund öffnen und diesbezüglich eine Bemerkung machen konnte, löschte ich das Licht, schloss das Büro ab, scheuchte Goldfisch in das zweite Obergeschoss und schritt lässig wie Lassiter zu meinem Volvo. Goldfisch stand am Fenster – seine Kontur zeichnete sich hinter der Gardine ab – und schaute auf das Fluchtfahrzeug, das mit quietschenden Reifen schneller als sonst über die Herner Straße in Richtung Bochum-Zentrum raste. Vom Cockpit aus rief ich Harry an, der den Anruf prompt entgegennahm.

»Alles glatt gegangen, Frühauf?«

»Ein Nachbar hat mich gesehen, ansonsten ein gelungener Coup. Nehmt euch ein Taxi, ich muss schleunigst hier abhauen. Bis dann, Harry! Und vielen Dank! Du bist ein echter Freund! Hast einen gut bei mir.«

Noch ehe er antworten konnte, hatte ich das Gespräch beendet. Wenn Goldfisch nicht völlig in seiner Rolle aufginge, würde er die Polizei rufen. Während mein Smartphone drei Anrufe in Abwesenheit verzeichnete, bog ich vom Westring in die Viktoriastraße ein. Die Nacht war noch jung. Ich hatte ein Bier im »Intershop«, einer Szene-Kneipeninstitution, verdient. Also bugsierte ich den Volvo in eine freie Parklücke. Den Jutebeutel nahm ich vorsichtshalber mit und würde das Personal vorsorglich bitten, ihn sicher hinter der Theke aufzubewahren. Die Zeiten waren hart: Steuerfahndung, verdeckte Ermittlungen, Goldfisch, »Intershop«, vor dessen Eingang einige Raucher standen. Die Nacht hatte den Himmel mit einer dicken Wolkendecke glasiert. Kein Regen. Ich grüßte und ging hinein.

Ich saß an einem Montagabend an der Theke und orderte einen Gin Tonic und zwei Pils. Eine der Kellnerinnen, Eva, lächelte verschmitzt und nahm meine wertvolle Fracht augenzwinkernd entgegen. Sie erinnerte mich an den Bierengel von Samstagnacht. Und so in Erinnerung schwelgend, bestellte ich fleißig Gin Tonic und Pils, bis ich am Tresen eingeschlafen war. Ich träumte vom Bierengel, der mich um den Schlaf brachte, von Silberfischen, die zu Goldfischen wurden, von Schrammek, der vom Hochhaus Geldscheine regnen ließ und von mir, wie ich sie aufsammelte.

Die Morgendämmerung hatte bereits eingesetzt. Bald würde die Sonne wieder die Kontrolle am Firmament übernehmen. Meine

Augen tasteten die Umgebung ab, gewöhnten sich nach einer Weile an den Hauseingang, in dem ich zusammengekauert lag. Nach und nach verflüchtigten sich die letzten Nebelfetzen meines Rausches. Zu kalt überfiel mich der Morgen, der unbarmherzig durch meine Glieder fuhr. Mein anfänglich tauber Körper spürte nun die Schmerzen in jedem einzelnen Knochen. Mein Gesicht brannte wie ein Hähnchen in der Fritteuse. Dann setzte die Erinnerung ein: Ich war auf der Meile gewesen, bei dieser Frau. Ich war geschwankt, schwer gestürzt. War ich alleine bis zu diesem Hauseingang gekommen? Ein Schlag ins Gesicht. Jemand hatte mich aufgefangen, das wusste ich noch. Ich untersuchte mein Gesicht mit steif gefrorenen Fingern. Das Blut war inzwischen getrocknet und eine Kruste hatte sich um meine Lippen gebildet. Die Nase schien nicht gebrochen. Durch das linke Auge sah ich verschwommen, wie ein Linienbus aus einer Haltebucht heraus seine Fahrt wieder aufnahm. Langsam versuchte ich, mich aufzurichten. Dann bemerkte ich, dass meine Jacke und meine Brieftasche fehlten. Ich griff in meine Hosentasche, doch außer zehn Euro war mein restliches Geld weg. Die Frau hatte es sich genommen, ich war ja bei ihr gewesen. Die unscharfen Bilder wurden allmählich klarer, als hätte jemand die Filmrolle der letzten Nacht einfach zurückgespult und auf die Abspieltaste gedrückt.

Erinnerst du dich, Frühauf?

»Intershop«. Gin Tonic. Hochgestellte Stühle. Rausschmeißer-Mimik. Müde Kellnerinnen. Restgeld. Zurück auf die Straße. Und wieder hinein in den Dreck. Ziellos. Nasser Asphalt. Wortfetzen. Autoscheinwerfer. Kurze Regenpause. Imbissbude. Weitergehen. Frauen. Wie gewonnen. So zerronnen. Anonyme Frauen. Rotlicht. Bars. Gußstahlstraße. Regenschauer. Den Wind im Nacken. Den Regen in den Knochen. Blasen-fünfzig-Süßer. Ein Lächeln. Rote Lippen. Sehnsucht. Schattenwelt. Trugbild. Fünfzig im Voraus. Cash-Machine. Zerknüllte Geldscheine. Warme Lippen um den schlaffen Schwanz. Ficken-kostet-extra-Honey. Gelächter. Hohn. Spott. Herbst. Sonne, Mond und Sterne. Hinter Vorhängen. Labyrinth. Scheinwelt. Winkelschatten. Morgengrauen. Suff. Asphalt. Ein Schlag ins Gesicht. Hauseingang. Stopptaste.

Die Straßen waren leer. Die Bogenlampen blendeten die vorherige Nacht aus. Ich steuerte eine Tankstelle an und verlangte eine Dose Bier am Nachtschalter. Der Schichtwechsel wurde gerade abgewickelt. Der Mann, der den Dienst in der Früh angetreten hatte, schaute mich besorgt an.

»Hatten Sie einen Unfall?«, fragte er neugierig und in aufrichtiger Anteilnahme.

Ich nahm das Bier entgegen und erwiderte in Roadmovie-Manier: »Mein ganzes Leben ist ein Unfall!«

Ein Müllwagen schluckte am Rinnstein aufgereihte Mülltonnen und ein GEHE-Lieferwagen hielt vor einer Apotheke. An der Straßenbahnhaltestelle erwischte ich die Linie 306 und saß allein im Abteil. Der Zug quietschte an einer Kirche, einem türkischen Gemüseladen und einem Gebrauchtwarenhandel für Möbel vorbei. Am Hauptbahnhof stieg ich aus. Es waren kaum Menschen auf den Straßen. Ich passierte die Brüderstraße, lief über die Kortumstraße und erreichte den Parkplatz, auf dem ich meinen Wagen abgestellt hatte. Vögel zwitscherten schrill über den Dächern. Der Parkplatz war verwaist. Ein leichter Wind raschelte durch die Bäume. Umständlich fingerte ich nach meinem Autoschlüssel in der Hosentasche. Noch bevor ich aufschließen konnte, berührte mich irgendein kalter Gegenstand. Recht unsanft. Ich drehte mich um und sah in die eiskalten Augen eines bösen Mannes mit gezückter Waffe. Gießkannenkopf, Specknacken, schlechtes After Shave.

»Wo sind die Schuldscheine, wo ist die Festplatte, wo ist der Schlüssel? Du hast eine Minute Zeit! Diesmal behandle ich dich nicht so sachte wie letzte Nacht!«

»Ein Kaffee wäre nicht schlecht. War das eine Sause, Leckofanni! Da vorne ist übrigens ein Kiosk. Wenn Sie also so freundlich wären, Herr Vorzeige-Killer? Ist echt nicht weit.«

Wie aus dem Nichts schlug er zu. Der Geldeintreiber kannte sich in seinem Metier bestens aus.

»Verarsch mich nicht!«, zischte er verächtlich und kramte in meiner Brieftasche herum. »Mike Frühauf, Privatdetektiv. Sieh an, sieh an. Herner Straße. Wir sind ja quasi Nachbarn. Früh auf den Beinen biste ja, wenn auch ein wenig wackelig.«

So langsam ging er mir auf den Sack. Ich musste mir etwas einfallen lassen, ihn loswerden.

Wieder schlug er zu. »Also, wo?«

»Möllenweg 13 in Iserlohn, du fusseliger Vogel!«

Seine Faust traf diesmal meine Nase. Der Geldeintreiber packte meinen Hals und drohte: »Ich brech dir erst alle Finger, dann die Arme! Ich hör nicht eher auf, bis …«

Während er weitersprach, spielte ich den eingeschüchterten Schuljungen. »Is' ja gut, ich sag's dir ja!«

»Wo?«

»Im Kofferraum, brauner Jutesack!«

»Beweg dich, langsam!«

Ich bewegte mich, langsam.

»Mach den Kofferraum auf!«

Ich machte den Kofferraum auf. Er stand dicht hinter mir. Die Waffe hatte er geschickt abgeschirmt. Auf mich gerichtet.

»Hol den Jutesack raus!«

Ich holte den Jutesack nicht raus. Blitzschnell schnellte mein Unterschenkel hoch und schlug nach hinten aus. Mit der Ferse trat ich ihm in den Scheiß-Geldeintreiber-Hodensack. Gleichzeitig krachte mein Ellenbogen schwungvoll und hart gegen seine Stirn. Er taumelte und sackte zusammen. Ein brutaler Kick ins Gesicht beförderte ihn schließlich vollends ins Reich der Träume.

Ich nahm – zufrieden mit dem Ausgang dieser unangenehmen Situation – seine Waffe und meine Brieftasche an mich, spuckte auf ihn und konnte mir nicht verkneifen hinzuzufügen: »Hättest du doch besser Kaffee für mich geholt, statt dir deine Frühstückseier ruinieren zu lassen. Taugst nicht mal zum Sackhüpfen, du Vollnulpe!«

Ich entriegelte den Wagen, kletterte auf den Fahrersitz und befühlte meine Nase im Rückspiegel. Sie war gebrochen. Ich nahm es zur Kenntnis, schnaufte kurz durch und startete den Volvo. Da die Geldeintreiber mich vermutlich mithilfe von Goldfisch so leicht gefunden hatten, wäre es vielleicht gesünder, wenn ich nicht nach Hause und nicht ins Büro fahren würde. Folglich beschloss ich, Brötchen zu kaufen und Harry einen Frühstücksbesuch abzustatten. Ich hielt an einer Bäckerei, tauschte Münzen gegen Backwaren und eine Tageszeitung, nahm die Fahrt wieder auf und bog schließlich in die Wasserstraße ein. Die heruntergelassenen Rollläden deuteten darauf hin, dass alles schlief. Ich öffnete das Gartentor, das leise quietschte, und klingelte mehrmals. Ein verschlafener Harry öffnete.

»Was ist denn mit deinem Gesicht passiert? Gott im Himmel, hast du eine Fahne!«

»Hab Brötchen und Zeitung mitgebracht.«

»Na, komm rein! Ruth, Benni und meine Kleine schlafen noch. Lass uns in die Küche gehen.«

Ich folgte ihm in die Küche. Harry setzte Kaffee auf.

»Alles gut gegangen, Harry?«

»Ja, wir sind mit dem Taxi nach Hause gefahren. Was ist passiert, Frühauf? Schlägerei?«

Ich zündete eine Zigarette an, Harry stellte einen Kaffee vor meine gebrochene Nase. Müde, ausgelaugt und erschöpft erzählte ich von der Begegnung mit Goldfisch und dem Geldeintreiber.

»Büro und Wohnung sind für mich momentan tabu, Harry, kann ich hier bleiben? Ich brauche dringend Schlaf, dann knöpf ich mir diesen Schrammek vor. Weck mich zum Mittagessen.«

2

Ein heftiges Klopfen an der Tür schreckte mich auf. Jetzt fiel es mir wieder ein: Ich hatte Harry gebeten, mich auf jeden Fall zu wecken, da ich meine Neigung zum Langschläfer nur allzu gut kannte. Mir blieb nichts anderes übrig, als die Augen zu öffnen. Statt eines Mittagessens trat Ruth mit einem Tablett voller Frühstück ein. Der Kaffee dampfte und die Brötchen zeigten sich im süßen Kleid der vollendeten Backkunst. Die Marmelade versprach Extraklasse.

»Du siehst scheiße aus, Frühauf, ganz schön was abgekriegt, was?«

Sie fächelte mit beiden Händen durch die abgestandene Luft. Der Alkoholdunst im Raum hing wie die Smogglocke über Athen. Selbstverständlich hatte ich eine ganz schön heftige Fahne; sämtliche Fahnen der Vereinten Nationen womöglich, denn sie lüftete erst einmal bei sperrangelweit geöffnetem Fenster.

»Ich habe Aspirin mitgebracht und nach einem guten Frühstück sieht alles ganz anders aus«, prophezeite sie gutgelaunt.

»Klugscheißer!«, murmelte ich unter Qualen und leider außer Hörweite.

Meine Außendienstmitarbeiterin deckte derweil den Tisch und schenkte Kaffee ein. Sie las Zeitung, ich verweigerte das Aspirin. Sie schüttelte nur den Kopf.

»Ist das nicht das Mädchen, das du suchst?«, meinte Ruth plötzlich aufgeregt.

Sie reichte mir die Zeitung. Das Foto von Lisa Kyas – aus jüngerer Vergangenheit – sprang mir sofort ins Auge: *Prostituierte aus Rhein-Herne-Kanal geborgen – In den frühen Morgenstunden des 19. Oktobers machte ein Spaziergänger eine grauenhafte Entdeckung. Eine Leiche trieb im Rhein-Herne-Kanal. Nach Polizeiangaben handelt es sich um eine sechzehnjährige Prostituierte aus dem Rotlichtbezirk in Bochum. Hauptkommissar Benrich geht von Mord aus. Erste Obduktionsergebnisse deuten darauf hin, dass das Opfer erwürgt und anschließend im Rhein-Herne-Kanal versenkt wurde. Hinweise nimmt …*

Ich legte die Zeitung beiseite und vergrub mein Gesicht in den Händen. »Das kann doch nicht wahr sein!«

»Schrecklich«, sagte Ruth traurig.

»Eine Prostituierte? Lisa Kyas?«

Ich sah Ruth ungläubig an. Die zuckte mit den Schultern und verließ den Raum. Als die Wohnzimmertür zufiel, schnappte ich mir dann doch das Aspirin: Sie musste ja nicht alles mitbekommen.

Auf der Hunscheidtstraße herrschte ein gewohnt friedliches Alltagsbild. Jemand parkte seinen Wagen in eine freie Parklücke ein. »Uns Heinz« verkaufte fleißig Bier. Ein Kind flitzte mit dem Fahrrad den Bürgersteig entlang. Keine Schläger weit und breit. Beruhigt schloss ich das Fenster. Nachdem ich den restlichen Nachmittag damit verbracht hatte, meinen Körper wieder auf Vordermann zu bringen, hatte ich ein intensives Telefonat mit meiner Klientin geführt. Ich kam ihrer Bitte nach, den Mord an ihrer Schwester aufzuklären. Wie sollte ich nun weiter vorgehen? Als erstes rief ich Harry an, der sich bereit erklärte, mir Geleitschutz zu geben, wenn ich im Milieu ermitteln wollte. Wir verabredeten uns für 22.00 Uhr. Da noch genug Zeit bis dahin blieb, beschloss ich, mich ein wenig aufs Ohr zu legen.

Geschlossene, flackernde Augenlider. Das Unterbewusstsein bediente sich nach und nach meiner ruhelosen Seele. Diffuse

Zerrbilder scannten über sämtliche Ängste. Schicht um Schicht. Antivirusprogramm deaktiviert. Sicherheitscode geknackt. Zugangsberechtigung zur Seelendatenbank aktiviert. Ein stummer Schrei durch die faulige Nacht. Ich schrie auf – stumm. Wo war ich? In der Hölle? Auf dem Albtraum-Jahrmarkt? Auf dem Seelen-Basar? Ich rieb mir den Schlaf aus den Augen und blinzelte einer mondlosen Nacht entgegen. Wie ein Kind lag ich da, die Knie angezogen, zusammengerollt unter einer bauschigen Decke, die mich wärmte, behütete und umsorgte. Eine Decke mit Mutterinstinkt. Ein dunkler Schleier hatte sich schimärisch um meine Gedanken gelegt, katapultierte mich ein ums andere Mal in jenen Traum zurück, sodass ich schweißgebadet aufschrak. Traumfetzen und Bruchstücke einer gehetzten Seele, die pure Angst verströmten, eine diffuse Angst, die mich beherrschte und handlungsunfähig machte. Lautlos wie ein Jäger kam sie über mich. Ich hatte geträumt, ich schwämme in eisigem Kanalwasser durch die Nacht, die alle Konturen um mich herum schwarz gefärbt hatte. Schemenhaft konnte ich die Lichter einer Anlegestelle ausmachen. Panisch ruderte ich mit den Armen dem Ufer entgegen. Diesig waberte der Nebel über das stille Gewässer und hüllte unheilvoll den Lichtschein ein, der dem Ort eine beklemmende Atmosphäre verlieh. Irgendwo blies ein Nebelhorn. Das Rattern der Motoren eines Schiffes drang immer näher zu mir herüber. Meine Hände berührten endlich den kalten Stahl der Uferplanken. Öliges Wasser. Fäulnisgeruch. Ich rutschte ab, fand keinen Halt, nirgendwo etwas Griffiges, an dem ich mich hätte hochziehen können. Kein rettendes Ufer, nachlassende Kräfte. Ich schluckte Wasser, rang nach Luft, bis die Tiefe des Kanalbeckens mich endgültig hinunterriss.

Langsam tauchte ich in der Realität wieder auf und starrte gegen vergilbte Tapeten an der Wand, als hätte sich der Traum daran abgesetzt, sich in den Spinnenweben verfangen. Ein Luftstrom ließ sie leicht erzittern. Ich hockte am Bettrand wie an einem Abgrund und trank einen Schluck abgestandenes Bier. Dann zog ich meinen Morgenmantel über und ging in die Küche. Hilflos, auf den Küchenstuhl hinabsinkend, begrub ich den Kopf in den Händen und starrte abermals gegen vergilbte Wände, die wie ich einen neuen Anstrich bitter nötig hatten. Ich krallte mir ein Glas von der Spüle, füllte es mit Leitungswasser und trank es in einem Zug leer. Aus lauter Verzweiflung, dass Lisa Kyas tot war, warf ich es mit voller Wucht gegen die Wand. Es zerschellte, die Glassplitter klirrten zu Boden. Wie das Leben, die Träume, einfach alles. Gab es einen friedlichen Ort, ein Paradies? Ich war müde, hundemüde, des Kampfes überdrüssig geworden. Ich hatte es so satt.

Plötzlich ertönte die Türklingel. Ich erschrak und mein Gehirn rotierte, spielte mir einen derben Streich. Wer mochte das sein? Ein Vertreter? Ein Zeuge Jehovas, der stille Gebete an den Türen einsamer Seelen verkaufte? Der Geldeintreiber? Wieder läutete es. Ich bildete mir ein, der Geldeintreiber könnte durch die Tür hindurchsehen und hätte meine Witterung bereits aufgenommen. Hoffentlich verriet mich mein Atem nicht. Was sollte ich tun? Beinahe im Zeitlupentempo knickte ich ein und sank verzweifelt zu Boden. Ich hatte mich tatsächlich in den Seilen verfangen und der Champ drosch erbarmungslos auf mich ein, bis der Gong der letzten Runde ertönte. Es war kein fairer Kampf. Und der Gong, den ich in meinem Geist wahrgenommen hatte, war in Wirklichkeit nur die Türklingel.

»Hey, Frühauf, ich bin's! Harry! Nun mach schon auf.«

Der Regen hatte sich mit den schwarzen Wolken am Himmel konspirativ verwoben. Bleierne Tropfen waren zuvor wie Pingpongbälle auf das Pflaster gekracht und hatten die ausgewaschenen Straßen unter Beschuss genommen. Der Wind wehte um den Block. Die Wetterfrösche hatten eine Sturmwarnung herausgegeben. Wir erreichten das Bochumer Rotlichtviertel in der Gußstahlstraße mit dem Taxi. Unter einer Eisenbahnbrücke durch und dann rechts. Das Viertel, am Rande des Stadtkerns angesiedelt, verlief in einem Winkel. Hinter Glasscheiben stellten käufliche Frauen ihre Reize zur Schau. Einsame Männer und betrunkene Gruppen machten auf Fleischbeschau. Hin und wieder ging ein Fenster auf.

»Blasen fünfzig, Ficken hundert!«, hieß es in gebrochenem Deutsch. Die meisten Mädchen waren nicht von hier. Ein schüchterner Freier hatte sich mit einer Asiatin geeinigt und betrat ihr Gemach. Schon wurden die Vorhänge zugezogen. Das künstliche Lächeln und die professionellen Riten vermischten sich zu einem ambivalenten Sog, der mich magisch anzog und gleichzeitig angeekelt abstieß. Eine Clique junger Türken stand herum. Cool und gestylt. Sie beobachtete die Besucher, die über die Meile flanierten. Eine dunkelhäutige Schönheit, nur mit rosa Dessous bekleidet, öffnete das Fenster und lockte mich zu sich.

»Ficken only fifty, Darling, c'm on!«, rief sie und lächelte unecht. Ich winkte ab. Wütend schloss sie das Fenster und fluchte: »Fuck you, Bastard!«

Ich ging weiter, unbeeindruckt. Grell geschminkte Gesichter, hautenge Vinylkörper. Es war eine kleine Welt für sich, die einen Nebel venezianischer Masken hervorzauberte, der dieser absurden Scheinwelt ein mystisches Gesicht verlieh. Ich lief rund um das Viertel und hielt Ausschau nach Geldeintreibern, Kredithaien und gereizten Zuhältern. Die Zigarette im Mundwinkel, den Blick geschärft, die Sinne in erhöhter Wachsamkeit. Harry folgte mir unauffällig auf Schritt und Tritt. Regenpause, Windböen, entgegenkommende Freier. Ich hielt an einem der Schaufenster, das mit einem roten Neonherzchen dekoriert war. Ein langbeiniges

Herzchen aus Fleisch und Blut gesellte sich dazu und öffnete das Fenster.

»Je später der Abend, desto Frühauf …«, sagte es.

»Hallo, Ellen, kann denn Liebe Sünde sein?«

Kurz darauf folgte ich Ellen in ihr Zimmer. Sie zog den Vorhang zu. Gedämpftes Rotlicht, ein Metallbett, ein Waschbecken, eine Kommode.

»Wie willst du's, Frühauf? Eine Nummer auf die Schnelle oder willst du nur Informationen kaufen?« Ellen wartete meine Antwort nicht ab, öffnete den BH, der zu Boden sank, und machte sich an meinem Hosenstall zu schaffen.

»Lass die Scherze, Ellen!«, sagte ich und raschelte mit einem Hunderteuroschein.

»So, du liebst mich also nicht mehr? Hast wieder 'ne andere? Vor deiner Zeit als Privatdetektiv hast du mir wesentlich besser gefallen.« Sie formte einen Schmollmund. »Nun gut, wenn das so ist. Wer nicht will, der hat schon. Was willst du?«

Sie richtete sich langsam auf, betrachtete mich kokett und pflückte den Schein ab, den ich ihr hinhielt. Ich steckte mir eine Zigarette an.

»Schon mal gesehen?«, fragte ich und zeigte ihr das Foto von Lisa Kyas.

»Frauen kommen und gehen. Ne, die kenn ich nicht. Noch nie gesehen. Verdammt junges Ding.«

Sie setzte sich auf das Bett, griff nach einer filterlosen Zigarette aus der Packung. Das Feuerzeug flammte auf. Feingeschwungene Lippen, hohe Wangenknochen, blau-wässrige Augen. Rote Locken bis zur Schulter, blasse, zarte Haut, lange Beine. Ihr Alter ließ sich nicht so leicht schätzen. Ich tippte auf Anfang dreißig.

»Es ist nicht gut, wenn du hier im Viertel herumstolzierst, Fragen stellst und Fotos herumzeigst. Du musst vorsichtig sein da draußen. Die Stimmung im Winkel ist eh schon aufgeheizt«, warnte sie. Rotlackierte schlanke Finger zogen einen Aschenbecher heran.

»Ich weiß, aber ich ermittle in einem Mordfall. Dieses junge Mädchen, Lisa Kyas, wurde aus dem Rhein-Herne-Kanal gefischt, gerade mal sechzehn Jahre alt.«

»Das Mädchen aus der Zeitung? Armes Ding!«, seufzte sie.

»Ist eine komplizierte Geschichte, nur so viel: Sie ist mit ihrem Märchenprinzen durchgebrannt. Der Märchenprinz hat bei einem Kredithai Schulden angehäuft, die er nicht fristgemäß zurückzahlen kann. Also sind die beiden untergetaucht. Ich habe nur einen vagen Anhaltspunkt: Laut Polizeiangaben hat sie angeblich hier im Winkel als Prostituierte gearbeitet.«

Ich sah sie gebannt an. Ihre Augen folgten dem Rauch, der sich gemächlich zur Decke schlängelte. Sie hob merklich ihre Augenbrauen und blickte mich ungläubig an.

»Willst du mich verarschen, Frühauf? Du weißt doch, wie es hier zugeht. Es wird immer rauer, mein Lieber, das ist kein Mädchenpensionat. Die jungen Dinger tun mir zwar leid, aber dabei kann ich dir wirklich nicht helfen. Ich bin froh, dass ich meine Ruhe habe. Ich hab keine Lust, im Rhein-Herne-Kanal zu enden!«

»Ja, ich weiß, Ellen, aber unter uns Betschwestern. Du bist schon so lange dabei, du kennst die Szene genau, jedenfalls besser als ich. Irgendwo muss ich ja mit der Suche nach dem Mörder anfangen. Außerdem muss ich diesen Mosko, den Märchenprinzen, finden. Ich hatte lange nichts mehr mit dem Milieu zu tun. Ich bin ein bisschen eingerostet. So sieht's aus!«

Ellen drückte die Zigarette aus. Dann hob sie den BH vom Boden auf, zog ihn an und verschloss den Haken.

»Hör zu, Frühauf, ich kann dir nicht helfen, es ist zwecklos. Die Russen, Albaner und Rumänen drängen immer stärker auf den Markt. Ihre Methoden sind äußerst brutal. Eine bisher noch nicht dagewesene Brutalität. Beispiel gefällig? Drei rumänische Kolleginnen wurden mit Baseballschlägern zu Brei geschlagen. Eines der Opfer schwebt in akuter Lebensgefahr. Die Uhren ticken jetzt anders.«

»Ellen!«

»Also gut, Frühauf, du lässt ja doch nicht locker. Ich mach eh gleich Feierabend. Triff mich in einer Stunde im ›Laternengrill‹. Da du meine Liebesdienste nicht in Anspruch nehmen willst, musst du leider draußen warten.«

Ehe ich etwas sagen konnte, vollführte sie einen Knicks, klimperte ein gespieltes Lächeln und wies mich mit einer unmissverständlichen Geste zur Tür. Ich tippte mir an die Stirn, warf ihr einen Kuss zu und ging hinaus.

Als ich draußen war, atmete ich tief durch. Die Wolken verschleierten gemächlich den Mond, gaben Geleitschutz, wie er da so schweigend über die Dächer und Straßen zog. Ein Mann trank Weinbrand aus der Flasche, hielt einen Suff-Monolog und suchte Halt an einer Hauswand.

Ich warf die Zigarette in den Gully und lief eilig los. Der kalte Wind fegte um den nächsten Block und der Regen war bereits in den Startlöchern. Harry wartete im Schein einer Straßenlaterne. Gemeinsam liefen wir durch das Viertel und klapperten ein paar wichtige Stationen ab. »Rote Laterne«, »Euro Imbiss«, »Golden Girls«, »Laufhaus«, »Ritze«. Dem einen oder anderen hielten wir das Foto von Lisa unter die Nase. Misstrauische Blicke, Beschimpfungen, Achselzucken, auf-der-Hut-sein. Das ging eine ganze Weile so. Ohne Ergebnis. Mir blieb nichts anderes übrig, als Harry nach Hause zu schicken. Er stieg in ein Taxi und winkte vom Beifahrersitz aus in meine Richtung. Dann kam Regen auf.

Im »Laternengrill« las ich in der Tageszeitung den Vorbericht zu dem Championsleaguespiel Schalke gegen Sporting Lissabon. Nachteil Schalke: Christian Fuchs! Vorteil Lissabon: Der Verein hatte davon gehört! Wie hoch standen also die Chancen, dass Schalke im eigenen Stadion gewinnen würde? Ich überlegte und zitierte Thorsten Legat: »siebzig zu fünfzig!«

Zu guter Letzt der Expertentipp des Zeitungsfritzen an den Trainer der Schalker: Nani sollte man im Strafraum nicht unbeobachtet lassen.

Ich legte die Zeitung beiseite. Bier, Zigaretten, Fuchs. Im Hintergrund lieferte sich Helene Fischer mit dem Currywurstschneider ein atemlos packendes Wer-nervt-wen-am-meisten-Duell. Der Mann am Nebentisch erwürgte einen Teebeutel mit einem Löffel, eine junge Frau träumte sich die Nacht mit Weinbrand fort und eine Gruppe Studenten bestellte fleißig Bier. Zwei Gothic-Ladys warteten an der Theke, bestellten Frikadellen und quatschten über Esoterik und Séancen. Ich fragte mich ernsthaft, ob sie nicht einen Geist beschwören könnten, der Christian Fuchs davon abhielte, gegen Lissabon aufzulaufen? Wie wäre eine drohende Niederlage meiner Mannschaft sonst abzuwenden? Ich schaute auf die Uhr. Pommesgeruch, Gesprächsfetzen, Schlagerparade. Dazu passte das ständige Grinsen des Imbissverkäufers. Letztlich ausgetauscht mit dem schönen Lächeln von Ellen Jager.

»Hallo, sorry, bin spät dran!« Sie zog den Mantel aus, legte ihn auf den Stuhl neben ihr, kramte in der Handtasche nach Zigaretten und setzte sich. »Gott, hab ich einen Hunger! Hey, Teebeutel-Frank, Herrscher aller Imbissbuden, ein Pils und mein Nachtmenu! Und sei nicht so geizig mit dem Apfelmus!«

»Geht klar, Ellen, für dich tu ich doch alles«, säuselte Teebeutel-Frank, der eine Portion in die Mikrowelle schob. Als hätte er ein Anrecht auf »betreutes Arbeiten«, holte er schwerfällig das Bier aus dem Kühlschrank, schlurfte ächzend um die Theke zu unserem Tisch und buhlte mit einer oktavierten Stimme und einer Schnapsfahne um Aufmerksamkeit. »Bidde sehr, Madame, Grünkohl is' gleich feddich!« Er beäugte Ellen wie eine Teesorte, die belebend auf den Kreislauf wirken sollte. Dann zog er ab.

»Willst du nicht in meine Detektei einsteigen, Ellen?«, fragte ich lakonisch.

»Willst du, dass ich verhungere? Du sagst Sachen ...«, konterte sie lachend.

»Auch wieder wahr! Herr Ober, zwei Löffel bitte!«

»Wenigstens einer, der mich hin und wieder zum Lachen bringt. Ich hasse diese dunkle Jahreszeit, macht einen völlig depressiv!«

»Saisonale Winterdepression nennt man das, Ellen. Dagegen helfen schlechte Witze, Alkohol, Winterschlaf, Lottogewinn.«

Teebeutel-Frank beehrte erneut unseren Tisch. Den dampfenden Grünkohl in der einen, das Apfelmus in der anderen Hand.

»Ganz frisch, gnä' Frau! Von heute Mittach! Gut Schmeck! Aber aufpassen, is' heiß, der Teller!«

»Kommt ja auch direkt aus der Mikrowelle.«, meinte Ellen gutmütig.

Teebeutel-Frank rang sich ein wenn-Tee-zu-lange-zieht-Grinsen ab.

»Was macht die Gerüchteküche im Milieu, Ellen?«

»Kommt darauf an, was du wissen möchtest.«

»Ich habe den Überblick verloren. Machtstrukturen, Abläufe, wer mit wem welche Deals macht, wer ist raus und neu auf dem Zuhältermarkt? So etwas zum Beispiel, das wär's für's Erste. Ich bin ganz Ohr.«

Ellen rümpfte die Nase. »Wenn's mehr nicht ist ... Aber gut, ein wenig kann ich aus dem Nähkästchen plaudern, bin ja lange genug dabei.«

»Das bist du, Ellen, das bist du.«

Ellen legte den Löffel beiseite und nahm einen Schluck aus der Flasche. »Es macht die Runde, dass ein Investor aus Frankfurt das ›Laufhaus‹ im Winkel kaufen will. Du kannst dir ja vorstellen, dass das Thema die Gemüter der hiesigen Zuhältergilde erhitzt. Die Rumänen, Russen, Türken und die Deutschen.«

»Hat der Investor einen Namen? Und warum erhitzt das hier die Gemüter? Jeder kann sich doch einmieten? Frankfurt ist weit weg.«

»Ja, aber der Clou ist, dass Ilja Batov, Investor, Guru und selbsternannter König vom Main, seine Ladys ins Ruhrgebiet verlegen will. Er will sich hier häuslich niederlassen. Das schmeckt einigen Leuten hier nicht, wenn du verstehst …«

»Weniger Zimmer für die hiesigen Huren, weniger Geld für deren Zuhälter. Wer ist denn ganz besonders angepisst?«

»Ein mächtiger Russe namens Komarov, aber auch die Türken, allen voran Güler Saygun. Sie haben im gesamten Ruhrgebiet eine Vormachtstellung. Na, und dann ist da noch ein deutscher Emporkömmling aus Duisburg, der überall Fuß fassen will. Feddek, eine ganz miese Ratte. Er stammt aus dem Osten, hat ein paar Straßenstrichs in Duisburg und Umgebung. Er ist ganz scharf auf das ›Laufhaus‹ und träumt davon, eins in jeder Großstadt des Ruhrgebiets zu errichten. Tja, und die Rumänen machen sich hier auch gerade breit, miese Stimmung deswegen. Kleinkriege wie im Wilden Westen, sag ich dir. Und die Bullen kriegen es nicht mit oder halten die Hand drüber.«

Ich lehnte mich zurück und sah Ellen nachdenklich an. Überlegungen. Teebeutel-Frank brachte Whiskey und Martini.

»Zurück zu dem Fall Lisa Kyas. Gibt es da was Konkretes?«

Ellen lachte bitter und schaute mir dann geradewegs in die Augen. »Konkretes, Konkretes …«, äffte sie mich nach.

»Weißt du wirklich nichts?«, fragte ich und setzte meinen Dackelblick auf.

»Also gut. Ja, ich habe sie hier im ›Laternengrill‹ mit ihrem Märchenprinzen gesehen. Ein weiterer Mann saß mit ihnen an einem Tisch, den ich ab und an mal als Kunde hatte. Ich weiß aber nicht, wie der heißt oder was der macht. Das musst du schon selber herausfinden. Glaub mir, deine schöne Nase wird noch einiges mehr abkriegen. Ich habe dich jedenfalls gewarnt. Mehr kann ich nicht für dich tun ...«

»... ohne mich selbst dabei in Gefahr zu bringen?«, beendete ich den Satz süffisant.

Ellen sah mich wütend an. Ihre Nasenflügel flatterten. »Gleich breche ich dir die Nase, du süßer Schnüffler.«, drohte sie lakonisch.

»Die ist schon gebrochen. Kannst du den Kerl beschreiben, Ellen?«

»Langes graues Haar, aufgeschwemmtes Gesicht, groß und fett. Ekeliger Typ, sag ich dir.«

»Irgendein besonderes Merkmal?«

»Ja ... ja, schon. Er hat ein Muttermal auf der linken Wange.«

Ein Mann mit gewaltiger Körpermasse betrat den Laden. Schmerbauch, Doppelkinn, Glatze. Er kam an unserem Tisch vorbei und bedachte Ellen mit einem bösen Blick. Sie zuckte sichtbar zusammen. Er ging zur Theke und bestellte ein Bier.

»Kennst du den?«, fragte ich neugierig.

»Nur ein Kunde. Ich mag ihn nicht besonders. Er hat Extrawünsche der besonderen Art. Bislang bin ich mit jedem fertiggeworden. Er ist ein Schlappschwanz. Das ist alles«, entgegnete sie knapp und formte ein Lächeln, das nicht wusste, wofür es gebraucht wurde.

Ich beobachtete den Mann, wie er sich den Mund abwischte, das leere Bierglas abstellte und die Rechnung bezahlte. Als er anschließend den »Laternengrill« verließ, beachtete er uns nicht mehr.

Ellen wirkte nervös und bestellte Whiskey. Ich nahm ihr den Beschwichtigungsversuch nicht ab, beließ es aber dabei und hakte nicht weiter nach. Draußen wehte ein kalter Wind im Winkel.

Regennasser Asphalt glänzte im Schein der Straßenlaternen. Bei einer Zigarette hielt ich nach einem Taxi Ausschau. Zwei Leopardenminiröcke klapperten auf hohen Absätzen vorbei. Ansonsten verzeichnete der »Winkel« keine besonderen Vorkommnisse. Ich dachte an Nutten in Zuckerwatte, die Paradiesäpfel leckten, gewaltlose Zuhälter, die Friedenstauben züchteten, und Freier, die ihren Ehefrauen beichteten, dass es zu Hause doch am schönsten wäre.

Dann wurde die Situation heikel. Zwei harte Jungs auf der anderen Straßenseite nahmen mich ins Visier. Breitbeinig kamen sie auf mich zu. Umkreisten mich wie Geier ein Stück Aas. Zuhälterklunker, Schlagring, Boxervisage. Einer von ihnen, mit blutunterlaufenen Kokainaugen, zischte: »Du schnüffelst hier also rum, suchst jemanden, was?«

Ich schnippte die Zigarette in den Gully. »Ich suche meine Oma, sie wollte mir einen Schein zustecken.«

Kokainauge nickte dem anderen zu, der aussah wie eine Teppichmilbe, die mit dem Flokati-Verkäufer ein inniges Verhältnis pflegte. In einer Geschwindigkeit, die ich ihm nicht zugetraut hätte, packte mich Teppichmilbe und verdrehte mir den Arm. Ein Schlagring tanzte vor meinem Gesicht.

»Dann sei ein lieber Enkel und sag deiner Oma, dass wir es ganz und gar nicht mögen, wenn so eine Schwuchtel dumme Fragen stellt, sonst Fresse dick!«, drohte Kokainauge.

Mühsam pressten meine Lippen einige Sätze hervor, die die Situation nicht wirklich entschärften. »Meine Oma war nicht zu Hause. Vielleicht fährt sie ja im Hühnerstall Motorrad. Lass mich los, du Teppichmilbe!«

Eine schnelle Gerade traf meine Nase. Blut strömte über mein Gesicht. Nicht schon wieder. Plötzlich eine unerwartete Wendung.

»Aber meine Herren, wer wird denn gleich so grob sein? Ich für meinen Teil lehne jede Form von Gewalt ab!«

Ein kleiner Mann mit Schnäuzer paffte ein Zigarillo. Die Waffe in seiner Hand zielte auf die beiden Zirkusboxer. Endlich ließen sie mich los. Die Armverdreh-Nummer war tatsächlich zirkusreif.

»Verpisst euch Jungs, ihr hattet euren Spaß!«, meinte mein Last-Minute-Retter humorlos.

Ich rieb mir den Arm. Die schweren Jungs traten fluchend den Rückzug an, bis der nächste Block sie um die Ecke brachte.

»So wie du aussiehst, wirst du bestimmt oft verprügelt, nicht wahr? Entweder bist du ein Anfänger oder einfach nur lebensmüde«, sagte der Fremde und steckte die Waffe hinten in den Hosenbund. Das Zigarillo klebte an den dünnen Lippen.

»Beides«, antwortete ich.

»Ich beobachte dich schon eine ganze Weile. Du hast dieses Foto von dem Mädchen überall herumgezeigt. Unter anderem auch mir. Und danach warst du mit Ellen im ›Laternengrill‹. Mein Name ist Dux, Siggi Dux, Geschäfte aller Art, Szenekenner und Stehaufmännchen.«

»Mike Frühauf, Privatdetektiv, nicht mehr auf dem Laufenden, nicht schlagfertig, nicht kugelsicher und suizidgefährdet.«

Siggi Dux musterte mich eingehend. »Pass auf dich auf, Frühauf. Die Gegend ist nichts für Spätzünder, hier musst du früher aufstehen, sei also besser auf der Hut, wenn du nicht als tote Kanalratte enden willst«, sagte er dann.

Bevor ich antworten konnte, drehte er sich um und schritt gelassen davon. Zigarillo-Rauch umgab ihn. Zeitungpapier und Pommesschalen, vom Wind kräftig angeschoben, begleiteten ihn ein Stück seines Weges. Er bog hinter der Eisenbahnbrücke rechts ab und verschwand.

Vereinzelter Verkehrslärm der Hauptstraße drang zu mir herüber. Ich tastete nach der Packung Zigaretten, setzte mich auf den Bordstein, rauchte die letzte Zigarette und beobachtete den Mond, der mich ebenfalls im Auge hatte. Ein Taxi fuhr die Straße entlang. Ich winkte, riss die Beifahrertür auf und lümmelte mich auf den Sitz. Taxameter an, Wohin-der-Herr, müde Augen, nach Hause. Das Taxi nahm die Fahrt auf. Durch Pfützen, Schlaglöcher, Mondfetzen.

Der Wind heulte durch die Stadt. Regenwolken trübten den goldenen Oktober. Nur die Blätter der Bäume leuchteten in ihrer intensiven Farbenvielfalt und verneigten sich vor dem Herbst. Ich hatte aufgetankt, war ausgeruht und startklar. Mein Plan sah vor, die Eltern von Mosko zu befragen. Ich trank den letzten Schluck Kaffee und rauchte dabei eine Zigarette bei offenem Fenster. Dann machte ich mich auf den Weg nach Dorsten, eine Kleinstadt am Rande des Ruhrgebiets, das Tor zum Münsterland. Da ich es nicht eilig hatte, mied ich die Autobahn und fuhr über Recklinghausen am Knappschaftskrankenhaus vorbei.

Annette Mosko unterhielt mit ihrem Lebensgefährten Rolf Mertens die »Hexe«, eine kleine Gaststätte in der Innenstadt. Punkt zwölf Uhr marschierte ich in die schummrige Kneipe. Zwei Senioren kauerten am Tresen vor Bier und Weinbrand. Niemand sprach. Vermutlich Stammgäste, die den Verlust ihrer Jugend betrauerten. Jedenfalls machten sie diesen Eindruck auf mich. Tranig dösten sie auf ihren Hockern und starrten in ihre Gläser. Ich setzte mich dazu, fixierte ebenfalls ihre Gläser und wartete.

»Der Rolli is' auf'm Boiler. Kommt gleich!«, klärte mich einer von ihnen präzise auf.

Ich nickte, dass ich verstanden hatte, und ließ meinen Blick durch den Raum wandern. Dunkles Mahagoni drückte die Stimmung und die Tische warteten ergeben auf Besucher. Überall Hexenfiguren in allen Größen und Blumendekorationen in allen Farben. Ein Geldspielautomat pappte blinkend an der dunklen Holzwand. Ansonsten das übliche Sortiment an Einrichtung. Eine ganz gewöhnliche Kneipe, von denen es im gesamten Ruhrgebiet nur so wimmelte.

Ich warf Münzen in den Spielautomaten. Drückte auf »Start« und gewann prompt ein Freispiel. Dann tauchte ein Mittfünfziger auf, schlurfte hinter den Tresen und nickte mir behäbig einen Gruß zu.

»Was darf's denn sein?«, fragte er.

»Ein Pils. Sind Sie Rolf Mertens? Ich heiße Frühauf, Privatdetektiv.«

Wieder nickte er kurz. Mit dem frischgezapften Pils in der Hand deutete er mir an, ihm in den Nebenraum »Nur für Personal« zu folgen, in dem man ungestört miteinander reden konnte. Mit leeren Augen drückte er mir das Bier in die Hand. Seine Lippen waren fleischig, die Augenbrauen buschig und die dunklen Haare kräuselten sich mürrisch in alle Richtungen. Die Nase glich der eines Boxers, der zu oft im Ring verloren hatte. Schweißflecken zeichnete sich großflächig in den Achselhöhlen ab. Ich trank einen kräftigen Schluck.

»Sie haben es ja sicher schon gehört: Lisa Kyas ist ermordet worden. Hat sich Ralf inzwischen gemeldet?«, eröffnete ich das Gespräch.

Mertens hatte sich auf einen Hocker gesetzt und schüttelte den Kopf.

»Ist ihre Lebensgefährtin nicht hier?«

»Nein, die ist beim Arzt. Die Sache mit Lisa geht ihr sehr nahe. Mir auch ...«

»Verständlich, Herr Mertens, mein Beileid. Umso wichtiger ist es, dass ich Ralf finde. Wo könnte er ihrer Meinung nach untergetaucht sein?«

Ich zog ebenfalls einen Hocker heran und setzte mich. Mertens putzte sich die Nase mit einem Taschentuch.

»Seit Tagen zerbrechen wir uns darüber den Kopf. Vielleicht ist er bei seinem leiblichen Vater, Albert Mosko, vielleicht bei Freunden.«

»Albert Mosko?«, hakte ich nach.

»Ja, wir haben zigmal versucht, ihn telefonisch zu erreichen.«

»Wo wohnt er? Haben Sie eine Adresse?«

Mertens schnappte sich Zettel und Kugelschreiber und notierte Adresse und Name.

»Wie ist er so, der leibliche Vater?«, erkundigte ich mich weiter.

»Wie der so ist? Na, wenn Sie mich so fragen? Er ist ein Taugenichts! Hat mal 'ne Boxschule geleitet, jetzt ist er arbeitslos, säuft den ganzen Tag und macht krumme Geschäfte. Am ehesten finden Sie ihn am Essener Hauptbahnhof oder in den umliegenden Kneipen.«

»Er hat nicht zufällig ein Muttermal auf der linken Wange?«

»Ja, genau, woher wissen Sie das?«

»Nicht so wichtig. Wie sieht es mit Ralfs Freunden aus? Er wird doch welche haben?«

»Ja, sicher, Benni Krupka. Aber das wissen Sie ja schon. Dann sind da noch zwei andere. Mit denen ist er oft unterwegs. Die wohnen in der Zechensiedlung. Alpay Yildiz und Julian Rösner.

Ansonsten war er immer mit Lisa zusammen. Wissen Sie, der Ralf ist genauso ein Taugenichts wie sein Vater. Hat nicht mal 'ne abgeschlossene Berufsausbildung. Hat immer gleich alles geschmissen. Na, und die Annette, seine Mutter, hat ihm öfter aus der Patsche geholfen, finanziell, vor allen Dingen. Sie hat immer gesagt: ›Ach komm, der Ralf ist ein guter Junge! Der wird seinen Weg schon machen.‹«

»Wovon hat er denn gelebt?«, bohrte ich weiter.

»Von Gelegenheitsjobs, manchmal bei uns als Aushilfe hinter der Theke. Oder eben von der Sozialhilfe wie zuletzt. Ansonsten hat er immer rumgehangen in der Spielothek. Mit diesem Benni Krupka. Auch so 'n Nichtsnutz. Kein Geld, aber alles am Automaten verzocken! Die Annette wollte davon nix wissen. Hat ihn immer in Schutz genommen. Wie Mütter halt so sind. Sie hat ihn mehr oder weniger alleine groß gezogen. Aber das war vor meiner Zeit. Hab die Annette erst vor vier Jahren kennengelernt, als der Ralf fünfzehn war.«

Leise seufzte er. Ich bot ihm eine Zigarette an. Dankbar nahm er an. Eine Weile rauchten und schwiegen wir. Dann meinte Mertens zögerlich: »In der Zeitung stand, dass Lisa angeblich als Prostituierte gearbeitet hat. Stimmt das?«

»Das ist noch nicht erwiesen, Herr Mertens, aber ich werde herausfinden, ob das stimmt oder nicht.«

»Haben Sie noch fragen, Herr Frühauf? Meine Gäste warten. Wollen Sie noch ein Bier? Ich lade Sie ein.«

»Danke, ein andermal gerne, Herr Mertens, aber ich muss wieder los, die Arbeit ruft«, erwiderte ich und schüttelte ihm zum Abschied die Hand. Wieder draußen, empfingen mich die ersten Regentropfen. Ich rannte los in der Hoffnung, den Wagen halbwegs trocken zu erreichen, den ich auf einem Parkplatz am Rande der Altstadt abgestellt hatte. Dann setzte ein Platzregen ein, es goss wie aus Kübeln. Die Parkuhr war längst abgelaufen. Ich stieg in den Volvo und fuhr los. Ein aufgeweichtes Knöllchen pappte an der Windschutzscheibe.

Träge tastete ich mich durch den Nachmittag zum Essener Hauptbahnhof vor und tauchte in den Strom gehetzter Menschen aller Branchen ein. Taxifahrer dösten gelangweilt in ihren Autos. Eine Gruppe Teenager rauchte und wartete unter dem überdachten Eingang darauf, dass der Regenschauer aufhören würde. Hin und wieder nahm ein Taxi die Fahrt auf und verlor sich in den Armen der verstopften Großstadtstraßen. Einige wenige mit Reisekoffern beladene Urlauber schritten zu den Gleisen. Berufspendler jagten den Umsteigemöglichkeiten hinterher und Geschäftsleute machten im Vorbeigehen Erfolg versprechende Deals über ihre Smartphones klar. Imbissstände sorgten für den Snack zwischendurch. Ein letzter Check an den Fahrplänen und Uhrenvergleich. Kümmerliche Seelen vagabundierten in Richtung Fixer-Asyl oder bettelten um einen Euro. Auf den Bänken das Rascheln der Tageszeitungen. Smartphones klingelten von überall her. Ein Zug fuhr donnernd auf Gleis 3 ein. Der Geruch von Pizzahäppchen zu überteuerten Preisen stieg mir in die Nase.

In den Buchhandlungen schmökerten die Wartenden in Büchern und Zeitschriften. Zwei Polizisten begleiteten einen Tippelbruder aus der Bahnhofszone hinaus und eine Ankündigung über Lautsprecher hallte durch das Areal, dass in Kürze ein Zug aus München einträfe. Ein Zeuge Jehovas hielt tapfer den »Wachturm« in Brusthöhe. Ein Kreis hatte sich um einen Hütchenspieler gebildet und Taschendiebe rempelten ahnungslose Passanten an und langten kräftig zu. Ein altbewährter Trick.

Draußen am Hinterausgang tummelten sich die Pegeltrinker, Hehler und andere ausrangierte, schräge Vögel, die um ihre alltäglichen Überlebensdeals feilschten. Den Winter bereits im

Gepäck, denn in der Nacht wurde es bedenklich kühl. Gefühlte drei Grad Celsius unter null und ich mitten drin.

In einer der Stammkneipen, in der Albert Mosko täglich verkehrte, war um diese Zeit noch nicht sonderlich viel los. Eine blasse Rothaarige um die Vierzig mit Stickerei-Motiven auf dem rosa Pullover bediente den Zapfhahn und einen einsamen Gewohnheitstrinker mit eingefallenem Gesicht und glasigen Augen, der aussah, als säße er schon seit gestern so bedrückt dort und tränke Bier. Er trug ein zerschlissenes, rotes C&A-Sakko aus den Achtzigern und schaute über ein Gedeck hinweg unverhohlen in das üppige Dekolleté von Fräulein Wirtschaft. Dabei trank er den Schnaps auf Ex. Betrachtete man das Dekolleté genauer, so konnte man es auch getrost als Wirtschaftswunder bezeichnen. Wirtschaftswunder schenkte Wacholder nach und widmete sich dann wieder einer Zeitschrift, die alles über die neuesten Sorgen und Skandale anderer Leute zu berichten wusste. Zur Abwechslung löste ich den C&A-Mann ab und schaute gelassen, wie er zuvor, in den V-Ausschnitt, während er mittlerweile dazu übergegangen war, den Sportteil seiner Zeitung aufzuschlagen.

»Noch 'n Pilsken, Arne?«

»Ne du, lass man, muss gleich noch weiter. Aber 'n Wacholderchen, Irmi, tu ma ruhig ein machen! Kann nich' schaden!«

Irmi fand auch, es könnte nicht schaden, und hatte den Wacholder schon parat. Der einsame C&A-Mann stürzte ihn schnell hinunter, legte einen Schein auf die Theke, hob die Hand zum Gruß und eilte die Straße entlang, die zum Hauptbahnhof führte.

Ich überlegte, was als Nächstes zu tun war. Mürrisch kreiste der laue Nachmittag wie Fliegen um faule Eier und ich gähnte lethargisch all meine guten, investigativen Vorsätze fort. Ich hatte einfach keine Lust zu denken. Lieber in den Ausschnitt gucken. Der Spielautomat blinkte und forderte als einarmiger Bandit zum Duell. Ich hatte keine Schusswaffen in Münzform dabei. Die Musik strauchelte wie eine trächtige Hündin. Es lag nicht zuletzt an der Schlagersängerin, die so miserabel sang, dass sie einem das sieben Minuten-Pils verleidete. Ohne Schlager wäre das Leben doch um einiges angenehmer. Noch schöner wäre es gewesen, wenn Wirtschaftswunder nicht mit eingestimmt hätte. Schon wollte ich die Schlagersängerin postum verabschieden, als plötzlich ein Gesicht mit Muttermal hereinschneite. Es platzierte sich samt Besitzer dort an den Tresen, wo das U eine Kurve machte.

»Mach 'n Bier fertig, Irmi, und 'nen Doppelten!«, sagte das Gesicht.

»Kommt, Mosko, kommt.«

»Wann hast du Feierabend? Gehen wir zu dir?«, flüsterte Albert Mosko Irmi augenzwinkernd zu, so als hielte er den Jackpot in seinen Händen. Fragte sich nur, welches Casino man betrat. Jeder hatte da seinen eigenen Geschmack.

»Geht nicht. Mein Mann hockt auf der Bude und feiert Überstunden ab. Der wartet auf mich. Er hat eh den Verdacht, dass zwischen uns was läuft. Der guckt immer so komisch und stellt dauernd Fragen über dich. Lass uns eine Weile nicht sehen, bis Gras über die Sache gewachsen ist. Is' besser so. Mit Lambert ist da nicht gut Kirschen essen«, entgegnete Wirtschaftswunder logisch.

»Ha, ha, soll er doch kommen, der Wicht, der ... der soll ma kommen, den klopp ich weg wie nix und ich gewinn!« Siegessicher hob er die Faust.

»Ach Mosko! Hör auf, so 'n Stuss zu erzählen!«

Trotzig presste er die Lippen zusammen. Dann hatte er mich an der Kandare. »Was glotzt du so, Freundchen?« In Spiel-mir-das-Lied-vom-Tod-Pose baute er sich vor mir auf.

Ich zog die Diplomatie-Handbremse. »Hallo Mosko, ich bin's, erkennst du mich nicht?«

In Moskos versoffenem Boxerhirn ratterte es verdächtig laut. Dann entspannten sich seine verlebten Gesichtszüge. Seine einmal zu oft gebrochene Nase schnaubte den Ärger fort, als der Groschen fiel.

»Ja, sicher … von der Rennbahn … Du schuldest mir sicher noch Geld.«, brachte er heiser hervor und hielt die Hand auf.

Was sollte ich sagen? Ein Wink mit dem Zaunpfahl. Elfmeter musste man verwandeln. Ich legte einen Fünfzigeuroschein in seine Hand. Das war es mir wert, auch wenn ich noch nie auf der Rennbahn gewesen war.

»Wie geht's dir, Mosko, was machen deine Talente in der Boxschule?«

Albert Mosko balancierte schwerfällig auf dem Hocker und zog den Schnaps weg. Mit glasigen Augen betrachtete er mich. »Was geht dich das an, Fatzke? Tauchst hier auf und fragst mich so was. Nix is' mehr. Dicht die Bude, dämlicher Scheißkerl!«, ereiferte er sich.

»Tut mir leid«, sagte ich, »das mit deiner Schule. Warst 'n guter Trainer.«

»Klar, war ich das. Wat is', gibste 'nen Schnaps aus?«

»Geht klar, Mosko«, antwortete ich und hob zwei Finger in Richtung Wirtschaftswunder.

Nach einer weiteren Runde formulierte Mosko, der sich inzwischen in arger Schräglage befand, eine durch einen schweren Hustenanfall unterbrochene Frage, als hätte er eine Staublunge: »Wat willste eischentlich von mir?«

Ich sah ihn verdutzt an. Jetzt bloß keinen Fehler machen, denn ich wollte unseren Champ nicht provozieren. »Hör zu, Mosko, es geht um deinen Sohn Ralf. Du warst mit ihm und seiner Freundin im ›Laternengrill‹ in Bochum. Weißt du, wo ich die beiden finden kann?«

»Wieso willst 'n das wissen, du Arschkopp?«, giftete Mosko zurück.

»Dein Sohn steckt in Schwierigkeiten. Ein Geldeintreiber ist hinter ihm her. Und du weißt, was das bedeutet …«

Mosko faltete die Hände und betrachtete Bier und Schnaps. Dann schwenkte sein wässriger Blick direkt auf mich und sagte alles- und nichtssagend: »Vielleicht ja, vielleicht nein …«

»Ralfs Freundin ist tot …«

»Wat laberst du für 'n Scheiß? Die geht auffn Strich, geht die Hure, macht die Beine breit, verstehste? Hat 'nen Zuhälter. Geht anschaffen, kapierste dat?« Seine Faust krachte auf die Theke. Zornig schaute er mich an. »Los, du Gannef, sauf Schnaps mit Mosko, sauf Schnaps!«

Ich bestellte weitere zwei Wacholder, Wirtschaftswunder kannte das wohl schon. Irmi verdrehte die Augen und hob mahnend den Zeigefinger.

»Mensch Mosko, wenn du nicht schnaps-sicher bist, dann geh heim! Bissken leiser, wenn's recht ist! Noch mal sag ich dat nich'!«

Ich stieß mit Mosko an. Wir stürzten den Schnaps hinunter.

»Wer ist dieser Zuhälter? Kennst du ihn?« Fast hatte ich ihn soweit. Falsche Frage, falscher Ort.

»Wat scharwenzelst du denn hier rum? Biste 'n Spitzel, so 'n Fuzzi vonne Bullen, oder wat?«

»Privatdetektiv Frühauf, ich ermittle in dem Mordfall Lisa Kyas. Ihre Schwester Andrea hat mich beauftragt. Hör zu Mosko, ich muss deinen Sohn unbedingt finden. Er ist der Einzige, der weiß, weshalb Lisa ermordet worden ist. Und wenn er den Täter kennt, schwebt er in großer Lebensgefahr, geht das in dein dämliches, versoffenes, kleines Boxerhirnchen rein?«

Er maulte irgendeinen Fluch. Dennoch riss sich ein Fünkchen seines Verstandes zusammen. »Die zwei ham bei mir 'n paar Tage gewohnt, sind dann irgendwann abgehaun und nich' mehr aufgetaucht. Der Ralle kam dann noch ma' allein. Er war ziemlich wütend und hat erzählt, dat irgend so ein Zuhälter aus Bochum wollte, dat Lisa für seinen Stall arbeitet. Er hat dem Ralle zehntausend Euro angeboten. Aber dat Geld hat er nie zu Gesicht bekommen. Da hat er mich um Geld angepumpt. Wat kann ich für seine Schulden? Ich hab nix, hab selber Schulden. Seitdem hab ich den Ralle nich' mehr gesehen. Mehr weiß ich nich'.«

Mein Volvo rollte über die Straßen. Irgendein Kasper aus dem Hinterland trällerte im Radio, während ich versuchte, mit der Wegbeschreibung von Ellen Jager zurechtzukommen, die mich zu Siggi Dux führen sollte. Da ich den halben Tag mit Schnaps und Bier in der Rolle als Verhörspezialist zugebracht hatte, wurde es Zeit, jeden Cent des stolzen Honorars auch wert zu sein. Von meiner Wohnung aus hatte ich mit Ellen telefoniert, um die Adresse von Siggi Dux zu erfragen. Laut ihren Schilderungen war er ein mehr oder weniger sympathischer Gauner. Ein kleiner Fisch. Zumeist verhökerte er irgendwelche Hehlerware, dealte mit Marihuana, überführte geklaute Nobelkarossen über sämtliche Grenzen, war ein berüchtigter Spieler und der beste Szenekenner unter der Sonne. Wenn ich irgendwo mit der Suche nach Lisas Zuhälter anfangen sollte, dann bei ihm. Zurzeit lebte er mit seiner Lebensgefährtin Hilda zusammen in einer Wohnung über einer kleinen Kneipe mit Kegelbahn, die Hilda seit einem Jahr führte. Nachdem ich meinen Wagen auf dem »Nur für Gäste« reservierten Parkplatz ab- und nebenbei festgestellt hatte, dass die TÜV-Plakette längst abgelaufen war, registrierte ich gutbürgerliches Inventar à la Herne in »Hilda's Eckkneipe«. Holztische mit bestickten Deckchen und kitschigen Plastikblümchen. Der Geruch von Linsensuppe hing in der Luft und schlug mir auf den leeren Magen. Verschiedene vom Tod überraschte Wildexemplare überdauerten ihren Tod an holzvertäfelten Wänden. Zu guter Letzt der alte Mahagonitresen, an dem zwei Strategen in Jagdgarnitur an einem Wildbret zerrten. Dahinter spülte eine Frau eifrig Gläser. Ihre Hände tauchten in das Spülwasser ein.

»Ich nehme an, Sie sind Hilda?«

Hilda sah auf und betrachtete mich prüfend. Blondierte Kurzhaarfrisur. Schmollmund. Augenweide.

»Ja, die bin ich. Was darf's denn sein?«

»Ein Pils bitte!«

»In Arbeit«, sagte sie knapp.

»Ich suche einen gewissen Siggi Dux. Er hat mich gestern vor ein paar bösen Jungs beschützt, die mich verhauen wollten.«

»So, so, hat er das? Na, dann sag ich ihm mal Bescheid«, sagte sie und verschwand hinter einer Tür mit der Aufschrift »Privat«. Kurz darauf kam sie zurück hinter den Tresen und zapfte das Pils weiter. »Er kommt gleich. So, ein frisches Pils. Wohl bekomm's! Ich schreib es auf den Deckel.«, meinte sie lächelnd.

»Danke, es gibt doch nichts Schöneres, als ein frisch gezapftes Pils am frühen Abend.«

Hilda grinste augenzwinkernd und sammelte leere Gläser ein. Dann endlich watschelte der vor-bösen-Jungs-Beschützer um die Theke herum und zwirbelte an seinem ergrauten Schnurrbart. Hätte er den nicht, sähe er aus wie »Ente« Willi Lippens. Sogar das Watscheln war echt.

»Sieh an, der Frühaufsteher!«, begrüßte er mich.

»Manchmal ja, manchmal nein!«, entgegnete ich.

»Ellen hat mir deinen Besuch angekündigt. Was kann ich für dich tun? Geht es um das Mädchen, das du suchst?«

»Indirekt. Ellen meint, dass du die hiesige Szene besonders gut kennst. Ich bin momentan sehr empfänglich für Nachhilfeunterricht in Sachen Rotlichtviertel.«

»Ich sag's dir gleich, dein Mädchen habe ich noch nie gesehen. Keine Ahnung, wie ich dir helfen kann, mein junger Freund.«

Er klopfte mir auf die Schulter und watschelte mit zwei Pils in den Händen, die Hilda auf der Theke bereitgestellt hatte, zu einem Tisch, an dem wir ungestört miteinander reden konnten; weit genug von den beiden Freizeitjägern entfernt, die unterdessen ihren Schmaus beendet hatten, über Türkenwitze lachten und über die unglaublichen Zustände in Deutschland stänkerten. Kanaken hier, Kanaken da! Ihrer Meinung nach vergewaltigten sie brave deutsche Frauen, lebten auf Kosten tapferer deutscher Bürger und stanken nach Knoblauch. Der Ruf nach einer starken Hand wurde wieder laut, um endlich mit dem Gesindel aufzuräumen. Der eine, Erich genannt, schwenkte nach einigen weiteren Hetzparolen auf ein komplett anderes Thema um und verkündete die neuesten Urlaubspläne im Herrenkegelverein. Und die nächste Tour würde es in sich haben: Bangkok! Die Schaumkrone meines Bieres sackte plötzlich ein. Die beiden feisten Schweinsgesichter gerieten ins Schwärmen. Bläschenartige Kukident-Fetzen versammelten sich um ihre speckigen Lippen. Ich wurde das Gefühl nicht los, dass das Land innerlich verfaulte.

»Also, Frühauf, du bist quasi als Marlowe, so richtig bogartmäßig unterwegs, was?«

Ich schmunzelte leicht und antwortete so bogartmäßig wie möglich, indem ich ihm das Foto hinhielt, das Andrea Kyas mir gegeben hatte. »Ich habe eine Lizenz als Privatdetektiv, ja. Tu mir den Gefallen und schau dir das Mädchen noch mal genauer an«, fügte ich hinzu.

Er schlug die Augen nieder, kam meiner Bitte aber nach. »Die reinste Meerjungfrau. Ne, das Gesicht hab ich noch nie gesehen, den Bengel auch nicht.«

»Sie ist tot. Wurde vor drei Tagen aus dem Rhein-Herne-Kanal gefischt. Sie heißt Lisa Kyas.«

Siggi Dux stopfte sich ein Zigarillo in den Mund, ohne es anzuzünden, und meinte: »Ach, das Mädchen. Ich habe nur die Überschrift in der Zeitung gelesen. Aber du kannst mir glauben, dass ich jede Nutte von Bochum bis Buxtehude mit Vornamen kenne. Diese Meerjungfrau habe ich nie zuvor gesehen.«

»War auch nur 'ne Idee, Siggi! Es ist nur so, dass dieses Mädchen mit ihrem Freund Ralf Mosko untergetaucht ist, weil ein Kredithai namens Schrammek hinter ihnen her ist. Die beiden haben einige Nächte bei Moskos leiblichen Vater in Essen verbracht. Dieser wiederum behauptet, Mosko habe seine Freundin angeblich an einen Zuhälter verschachert. Nun ist Lisa tot und Mosko schwebt in Lebensgefahr! Vielleicht kannst du dich ja mal umsehen, mal umhören, wer dieser Zuhälter aus Bochum sein könnte?«

Wie um Wickie zu imitieren, rieb er sich mit dem Zeigefinger unter der Nase, als käme jeden Augenblick ein Geistesblitz um die Ecke geschossen. Er beugte sich konspirativ zu mir herüber und sagte mit gesenkter Stimme: »Ich hab da was läuten hören.«

Augenblicklich verharrte ich in einer Spitz-pass-auf-Lauerstellung.

»Ein Frankfurter Geschäftsmann namens Batov –«

»– will sich hier in Bochum häuslich niederlassen, um das hiesige ›Laufhaus‹ zu kaufen. Das hat Ellen mir schon verraten«, unterbrach ich ihn.

»Lass mich ausreden!«, blaffte er mich an, »Batov will in ganz großem Stil investieren. Dafür braucht er Mitstreiter. Ich weiß aus sicherer Quelle, dass er sich mit dem Russen Komarov verbündet hat. Batov will ein Monopol im Ruhrgebiet errichten und Komarov groß einsteigen. Und so ein ›Laufhaus‹ will gut mit Frischware versorgt werden. Wenn du verstehst, was ich meine …« Siggi Dux kaute genüsslich an seinem Zigarillo. »Wenn ich an deiner Stelle wäre, Frühauf, dann würde ich den Hebel bei Batov und Komarov ansetzen.«

»Das hört sich doch schon mal gut an«, sagte ich.

»Ich weiß nicht, warum ich einem Privatdetektiv helfen soll. Aber ich tu's! Ich werde weitere Quellen anzapfen. Bist in Ordnung.«

»Vielen Dank für die Blumen und den Tipp.«

»Kein Ding, und das Bier geht aufs Haus!«

»Wo finde ich diesen Komarov?«, fragte ich.

»Du hast Glück: Du wirst ihn heute Abend treffen. Er pokert gerne. Hohe Einsätze im Hinterzimmer. Ist ein geschlossener Kreis. Ich bring dich da rein.«

Ich nickte und trank den letzten Schluck Pils.

Wie aus dem Nichts kam plötzlich ein kleines Männchen auf unseren Tisch zugeschossen und blieb abrupt stehen. Eine Weile musterte es mich ausdruckslos, dann lachte es freudestrahlend: »Frühauf, du alte Brause. Hab gehört, du hast dich selbstständig gemacht. Meinen Glückwunsch!«

Pleßmann! Wolfgang Pleßmann! Ein Relikt aus der Vergangenheit. Der hatte mir gerade noch gefehlt.

»Spricht sich ziemlich schnell rum, dass ich die Branche gewechselt habe. Vom ewigen Studenten zum Marlowe für Arme.«

Pleßmann kicherte ausgelassen wie ein Lama im Spuckrausch. Er hatte eine steile Karriere als Autoknacker und langjähriger JVA-Bewohner hinter sich. Nun malochte er auf einem Schrottplatz in Herne. Seit Jahren hatte ich ihn nicht mehr gesehen. Früher hatten wir zusammen in einer eingeschworenen Nachbarschaft gewohnt und seine Mutter hatte so etwas wie ein Genie aus ihm machen wollen, ohne allerdings zu merken, wie sehr die Tatsachen gegen ihn sprachen. Ich weiß noch genau, wie Mama Pleßmann Punkt 15.00 Uhr auf dem Balkon gestanden und über den gesamten Hof einer idyllischen Arbeitersiedlung hysterisch nach ihrem Talent gerufen hatte: »Wolfgang! Komm sofort her! Sofort! Bis hiiieeer hin! Bis hiiieeer hin! Sofort!«

Der kleine Wolfgang war daraufhin losgeeilt und flugs der grausamen Stimme auf dem Balkon gefolgt. Wir Kinder, bedingungslos sarkastisch, hatten emphatisch gelacht und seine neuen Siku-Autos im Sandkasten vergraben, während er in die Wohnung hatte gehen und pauken müssen. Hatte er damals schon meine Matchbox-Autos geklaut und illegal über die Grenze der Nachbarschaft verschoben?

Wie dem auch sei, wir ließen das Lama im Spuckrausch stehen und brachen zu einer konspirativen Pokerrunde auf. Hilda winkte zum Abschied und der Regen spielte draußen einen Tusch.

Zigarrenrauch, Ass im Ärmel, Whiskey pur. Eine Pokerrunde im Hinterzimmer einer Ruhrgebietskneipe. Komarov saß mir gegenüber. Er hatte ein markantes Gesicht, buschige Augenbrauen und einen adretten Igelschnitt. Die Schläfen waren grau meliert, die Augen stahlblau und kalt. Siggi Dux verteilte die Karten. Ich studierte die anderen Gäste am Tisch. Ein Fettsack mit Achselhöhlen-Schweißflecken am Hemd, ein grobschlächtiger Rotschopf im hochgekrempelten Designerhemd, ein Narbengesicht mit Gel im Haar und ein nervöser Augenflacker-Typ mit zu viel Proteinmasse und Koks im Körper. Bluffen, Callen, Raisen, Rauchen. Flüche wurden leise ausgestoßen. Karten neu verteilt. Gewinner und Verlierer neu ermittelt. Gesicht abtupfen, das goldene Blatt, Full House. Siggi Dux schien eine Glückssträhne zu haben. Sein Zigarillo klebte lässig am Mundwinkel. Es herrschte angespannte Stille. Fettsack hustete einen Würfelhusten, der zu Eis gefröre, begegnete man Komarovs eiskaltem Blick, und musste passen. Ich hielt mich tapfer. Das neue Blatt gab mir Hoffnung. Drei Damen direkt auf der Hand. Ich erhöhte den Einsatz um zweihundert Euro. Komarov ging mit, Siggi Dux und die anderen Galgenvögel stiegen aus. Der Jackpot war zum Greifen nahe. Eine neue Karte für Komarov, zwei für mich. Risiko. Sekt oder Selters. Hanni oder Nanni. Der Rauch hing dick über unseren Köpfen. Aschenbecher und Nerven platzten aus allen Nähten. Was sollte ich sagen? Wer wie Komarov drei Könige in petto hatte, musste schon früher aufstehen, um mich zu schlagen. Wie immer half mir die Damenwelt aus der ärgsten Bedrängnis heraus. Wie im echten Leben. Diesmal trugen sogar vier Ladys zu meinem Glück bei. Sie kamen, sahen, Jackpot!

Komarov rümpfte die Nase, seine Stirn schwoll an. Ein Vulkan kurz vor dem Ausbruch. Er war restlos bedient. Wortlos stand er auf, kickte den Stuhl gegen die Wand und sagte dann mit freundlich aufgesetzter Stimme: »Ich brauche frische Luft, legen wir eine Pause ein, meine Herren!«

Der eine oder andere nickte zustimmend. Siggi Dux gab mir unauffällig ein Zeichen. Narbengesicht, Siggi Dux und ich folgten Komarov aus der verrauchten Kneipe. Draußen schimmerte der Mond durch Wolkenschwaden. Wir bildeten einen Halbkreis, rauchten und glotzten schweigend auf den glänzenden Asphalt.

»Wie laufen die Geschäfte, Komarov?«, brach Siggi Dux das Schweigen.

»Leck mich, Dux!«, entgegnete Komarov mürrisch.

»Wie heißt es so schön? Pech im Spiel, Glück in der Liebe. Es kommen auch wieder bessere Zeiten«, frohlockte Siggi Dux.

Komarov rollte die Augen, feuerte einen Jungs-holt-die-Messer-raus-Blick in Siggi Dux' Richtung.

»Willst du mir ein Gespräch aufzwingen? Halt die Fresse!«, grollte er genervt.

»Nicht die Spur, mein Bester, aber ich hätte da ein Geschäft vorzuschlagen. Zehntausend wären im Jackpot für einen verhältnismäßig geringen Aufwand.«

Komarov schaute verächtlich auf Siggi Dux herab. Dennoch wurde er hellhörig. »Zehntausend? Was ist das für ein Geschäft?«

»Mein Bekannter sucht den Zuhälter dieses jungen Mädchens, das aus dem Rhein-Herne-Kanal gefischt worden ist. Das ist 'ne Menge Holz.«

Siggi Dux reichte ihm das Foto von Lisa Kyas und Mosko. Komarov warf flüchtig einen Blick darauf und gab es ihm wieder zurück. Eine Weile paffte er unter dem hellen runden Mond. Zigarrenrauchringe waberten umher. Autos fuhren vorbei und der Wind biss sich durch Häuserzeilen.

»Ich werde sehen, was sich machen lässt und jetzt verpisst euch«, fauchte Komarov und schnippte seine Zigarre in hohem Bogen fort. Der blasse Mond hielt unterdessen ein Windmanöver ab, indem er düstere Regenwolken fortblies, die ihn umgarnten wie fatale Gangsterbräute in der Nacht.

Das Telefon klingelte zu früh und zu schrill durch einen traumlosen Schlaf. Meine Hand tastete nach dem Hörer.

»Bingo! Die Sache läuft! Komarov will sich mit dir treffen. Heute Abend um acht Uhr. Treffpunkt: Kfz-Werkstatt Patteka hinterm Bahnhof. Kennst du doch, oder? Was sagst du dazu? Hab ich's drauf oder nicht?«, prahlte Siggi Dux am anderen Ende der Leitung.

Die Sonne hatte sich leise und heimlich aus dem Griff einer dichten Wolkendecke entzogen und spielte eine Partie Darts mit meinen Augen.

»Na, das ist ja eine gute Nachricht! Hat er den Namen des Zuhälters?«

»Das weiß ich nicht. Komarov will dir seinerseits ein Geschäft vorschlagen«, entgegnete Siggi Dux.

»Okay, wir werden sehen, irgendwas geht immer.«, sagte ich. Mein Mund verlangte Kaffee, meine Stimme röchelte rau von zu vielen Zigaretten.

»Ein Danke wäre nicht zu viel verlangt.«

»Danke. Wir sehen uns heute Abend!«

Ich legte auf, schlich in die Küche, setzte Kaffee auf und schnippte eine Zigarette aus der Packung. Der Toaster gab Feuer und schaute mir beim Rauchen zu. Währenddessen machte eine graue Wolkenfront der Sonne einen Strich durch die Rechnung. Was war als Nächstes zu tun? Ich kramte in der Hosentasche herum und breitete den Geldsegen aus, den ich gestern beim Pokern gewonnen hatte. Ich zählte fünfhundert Euro. Kein schlechter Stundenlohn. Ich griff erneut zum Telefon und wählte Andrea Kyas Nummer.

»Kyas?«

»Guten Morgen, Frau Kyas, ich habe interessante Neuigkeiten für Sie. Heute Abend treffe ich mich mit jemandem, der eventuell weiß, wer der Zuhälter ihrer Schwester war. Er will mir ein Geschäft vorschlagen. Allerdings hat die Sache einen kleinen Haken, finanzieller Natur. Wir werden die Information wohl erkaufen müssen. Zehntausend Euro, um genau zu sein!«, klärte ich meine Klientin auf.

»Oh, ich tue alles, was nötig ist. Ich werde das Geld beschaffen. Kommen Sie heute Nachmittag zu mir nach Hause.«

»Das lässt sich einrichten, Frau Kyas, ich bin um 15.00 Uhr bei Ihnen. Lassen wir uns überraschen. Noch wissen wir nicht, welche Karten unser Geschäftsfreund in der Hand hält.«

Ich legte auf. Nach einem starken Kaffee und einer Dusche beschloss ich, Ellen einen spontanen Besuch abzustatten. Einen Blumenstrauß in der Hand, ein Dankeschön auf den Lippen, ein Frühstück zu zweit.

Ich kletterte in den Volvo, hielt an einem Blumenladen, ließ mir einen Blumenstrauß anfertigen und fuhr weiter in die Gußstahlstraße. Das Radio spuckte einen Popsong aus. Ein nasskalter Morgen im Winkel. Nur ein parfümierter Pelzmantel wehte vorbei und ein einsamer Wolf trat mit einer Zeitung unter dem Arm aus dem Kiosk. Ansonsten keine Menschenseele weit und breit. Ich stieg aus, steuerte auf den Kiosk zu, ging hinein, kaufte einen Becher Kaffee, eine Tageszeitung, eine Lakritzstange und balancierte alles zurück zum Auto. Auf der Kühlerhaube sitzend durchkämmte ich den Sportteil, nippte am Kaffeebecher und rauchte Kippen. Schalke hatte Lissabon mit 4:3 in der letzten Spielminute bezwungen. Während ich den Spielbericht las, an der Lakritzstange kaute, scannte ich jeden Winkel ab. Dann tat sich etwas. Zwei Streifenwagen und ein Zivilfahrzeug der Polizei rauschten an mir vorbei. Ich unterbrach das Kühlerhauben-Frühstück, nahm den Blumenstrauß aus dem Auto und trottete den Gesetzeshütern neugierig zu Fuß hinterher. Sie hielten vor Ellens Arbeitsplatz. Ich stockte und beobachtete, wie die Beamten hineingingen. Kurz darauf traf der Notarzt ein. Ein Krankenwagen wenig später. Ein paar Schaulustige kamen herbeigeeilt und begafften den Ort des Geschehens. Was war hier passiert? Hatte Ellen einen Unfall gehabt? Mir war unbehaglich zumute. Zögernd mischte ich mich unter die Schaulustigen und rauchte.

Jemand rief: »Da drin liegt 'ne Leiche!«

Mein Magen zog sich zusammen. Alarmsignale schrillten in meinem Kopf. Streifenpolizisten hielten die kleine Menschentraube zurück. Die Beamten der Spurensicherung hatten sich eingefunden. Lokalreporter brachten ihre Kameras in Position.

Ich ging auf einen Mann mit Schreiblock und Kugelschreiber zu und fragte: »Wissen Sie, was hier passiert ist?«

»Man hat eine Leiche gefunden. Eine Frau namens Ellen Jager, Prostituierte. Mehr war bisher nicht in Erfahrung zu bringen.«

Ich nickte wortlos und lief langsam zum Auto zurück. Erneut betrat ich den Kiosk, kaufte einen Flachmann, schraubte den Deckel auf und stürzte den Schnaps hinunter. Draußen warf ich den Blumenstrauß in einen Mülleimer. Der Mann im Ohr gab mir die Schuld.

Wir saßen in meinem Büro. Goldbraun schimmerte der Weinbrand im Glas. Ruth hatte die Hand auf meine Schulter gelegt und versuchte, mich zu trösten.

»Es tut mir aufrichtig leid. Es ist immer schwer, einen Menschen zu verlieren, den man gemocht hat. Mein herzliches Beileid, Frühauf.«

»Ach, Ruth, ich hätte sie nicht in die Sache mit reinziehen sollen. So was Stümperhaftes! Wäre ich nicht so ein Amateur, würde sie noch leben.«

»Gib nicht dir die Schuld. Noch weiß niemand genau, welche Umstände zum Tod geführt haben.«

»Das ist doch offensichtlich! Ellen wurde mit mir gesehen. Sie hat geplaudert! Das kommt in diesen Kreisen nicht gut an oder was glaubst du, warum die beiden Zuhälter-Arschlöcher mir aufgelauert haben? Geht klar auf meine Kappe! Ich hab's verbockt, verdammt!«

»An deiner Stelle würde ich versuchen, herauszufinden, wer sie umgebracht hat. Warum wurde sie getötet? Welches Motiv? Was sind die Hintergründe? Ich verstehe ja, dass du traurig und wütend bist – ich wäre es an deiner Stelle auch – aber davon wird Ellen nicht wieder lebendig. Wenn du sie in Ehren halten willst, dann finde den Mörder! Das bist du ihr schuldig!«

Ich seufzte laut und nippte am Weinbrand. Feiner Nieselregen benetzte die Fensterscheibe. Ich vernahm das leise Ticken der Küchenuhr, der Wind pfiff aus dem letzten Loch. Meine Seele hatte sich schwarz gefärbt wie der Himmel da draußen. Erinnerungen an Ellen stürzten auf mich ein: die verschrobenen Essgewohnheiten, Grünkohl mit Apfelmus. Ihre Augen, so blau wie kristallklares Wasser. Der Schmollmund, der Knicks, ihr Lachen. Ihre Stimme von weit her: »Ich habe immer noch einiges zu bieten.«

Und ob, Ellen und ob. Das hast du, als Freundin und als Mensch. Wohin gehen all die Gefühle?

Das Gedicht »Statt einer Antwort« von Jörg Fauser kam mir in den Sinn.

Worauf ich warte? Ich weiß
es nicht. Feuer? Ein
gerechtes Glück? Oder Winde, die die Dächer stürzen?

Viel Zeit, die am Fenster
Vorübergeht in bunten Kleidern.
Und ein Rauch,
wo ich Menschen vermute,
Worte, die den Zorn
in meinem Mund ersticken,

endlich auch Trauer,
schwer wie die Steine,
mit denen der Tag
meine Hoffnung begräbt.

»Frühauf? Frühauf!«

Langsam tauchte ich aus dem Meer der Erinnerung wieder auf.

»Nimm noch einen kräftigen Schluck, mein Lieber«, meinte Ruth.

Der Weinbrand brannte in der Kehle. Ich nahm einen letzten tiefen Zug von meiner Zigarette, die im Aschenbecher vor sich hin geschwelt hatte.

»Weißt du, Ruth, Ellen hat mir einiges erzählt, dass im Winkel irgendetwas im Busch ist. Heute Abend treffe ich mich mit dem Zuhälter Komarov. Er will mir ein Geschäft vorschlagen. Siggi Dux und ich haben einen Köder ausgelegt: zehntausend Euro für den Namen des Zuhälters. Kein Pappenstiel! Immerhin hat er angebissen. Vielleicht weiß Komarov, wer der Zuhälter ist.«

»Sei vorsichtig, Frühauf«, mahnte Ruth mit erhobenem Zeigefinger.

»Werde ich. Danke für deine Hilfe in diesem Fall«, sagte ich knapp und umarmte meine gute Freundin Ruth und fügte hinzu: »Ich werde die Mörder von Ellen und Lisa finden, das verspreche ich dir!«

»Ich weiß, Frühauf, ich weiß!«

»Ach, Ruth? Bist du bereit für einen weiteren Außeneinsatz? Du machst dich sehr gut darin. Könntest du Schrammek unauffällig beschatten? Ich muss wissen, was er vorhat. Mosko ist in großer Gefahr. Außerdem habe ich keine Lust, ständig hinter mich zu schauen, ob seine Leute mich verfolgen.«

Ihre grünen Augen lächelten strahlend. »So langsam gefällt mir der Job.«

»Diese Pistole hier habe ich von einem der Geldeintreiber. Nimm sie! Nur zur Sicherheit.«

»Okay!«

Sie wog die Waffe in der Hand, öffnete die Trommel und prüfte sie auf Herz und Nieren. Ein letzter Schluck Weinbrand breitete sich wohlig in der Magengegend aus. Ich tippte mir an die Stirn und verließ das Büro.

Draußen steckte ich mir eine Zigarette an und lief gedankenverloren zu meinem Auto.

Wenig später hielt ich in der Einfahrt der Villa Kyas im noblen Stadtteil Bochum-Stiepel. Andrea Kyas wartete bereits an der Haustür, die mehr wert war als mein komplettes Auto. In der Hand hielt sie einen braunen Aktenkoffer. Ich kurbelte die Scheibe herunter. Leicht geduckt lief sie durch den Nieselregen und überreichte mir den Koffer. Sie wünschte mir Glück. Ich versprach, mich nach dem Treffen mit Komarov bei ihr zu melden. Zum Abschied winkte sie und eilte zurück ins Haus.

Da es noch ziemlich lange hin war bis zum Abend, beschloss ich, mir noch eine Runde Schlaf zu gönnen. Ich fuhr nach Hause. Geldeintreiber hin oder her. Der Tod von Ellen nagte an mir. Ich war erschöpft, abgekämpft, fix und fertig, brauchte Schlaf und Ruhe, während dunkle Regenwolken die Stadt fest umklammerten.

Hinter dem Hauptbahnhof befand sich die Kfz-Werkstatt von Karl Patteka. Der Eingang war über den Hinterhof erreichbar.

Überall lagen Autowrackteile herum. Eine Katze verschanzte sich hinter einem Kotflügel, von irgendwoher erklang laute Reggae-Musik. Spärliches Licht, Wolkenwanderung, kühle Witterung. Lose Klingeldrähte, keine Namensschilder. Siggi Dux watschelte voraus und klopfte an einer abgeblätterten Eisentür. Ein Hüne mit brutalem Gesicht öffnete.

»Ist Komarov da?«, fragte Siggi Dux.

Der Hüne nickte und winkte uns herein. Wir folgten ihm in die Werkstatt. Zwischen aufgebockten Nobelkarossen, Kotflügeln und Reifen.

»Alles Hehlerware«, flüsterte Siggi Dux.

Komarov saß an einem Campingtisch und erwartete uns bereits. Auf seinem Schoß rekelte sich eine rotgefärbte Schönheit, geschmückt mit einer Federboa. Eine Neonlampe summte und Narbengesicht stand in einem Feinripp-Unterhemd regungslos in einer Ecke. Der Hüne zeigte auf eine Garnitur roter Plastikstühle. Wir setzten uns. Der Tisch: ein Stillleben für Spieler und Zocker. Zwei Aschenbecher, drei eingepackte Stapel neuer Karten, zwei Wodkaflaschen, eine Zigarrenschachtel und Gläser. Niemand sprach ein Wort. Komarov musterte mich abschätzend. Seine Miene war hart, seine Augen kalt wie immer. Er trug ein teures schwarzes Hemd, einen teuren schwarzen Anzug und einen albernen weißen Hut.

»Hat dein Freund das Geld dabei?«, wandte Komarov sich an Siggi Dux. Er sprach mit leichtem russischem Akzent. Ich legte den Aktenkoffer auf den Tisch. Ein Klickgeräusch ertönte und Komarov konnte sich vom Inhalt des Koffers überzeugen.

»Was für ein Geschäft willst du mir vorschlagen, Komarov?«, fragte ich angespannt.

»Du hast mir gestern viel Geld abgenommen. Ich hasse es, zu verlieren. Immer!«

»Und?«

»Wir werden ein Spiel spielen. Ich will Revanche: Gewinnst du, behältst du den Koffer und ich sage dir natürlich auch, wo du den Zuhälter deiner kleinen toten Schlampe findest, denn ich weiß zufällig genau, wer und wo er ist. Gewinne ich, schuldest du mir weitere zehntausend und du wirst deine Suche wohl fortsetzen müssen. Anders wird es nicht laufen. Friss oder stirb!«, zischte Komarov.

Federboa hatte uns inzwischen mit Wodka versorgt und sich neben Komarov gesetzt. In dem Aufzug sollte sie besser Instanthühnersuppen bewerben. Narbengesicht bearbeitete seine Nägel klassisch mit einem Klappmesser, der Hüne knackte mit den Fingern und Komarov trommelte leise mit einem Stapel Karten auf die zerkratzte Tischplatte. Damit hatte ich nicht gerechnet. Ich sah Siggi Dux an. Er nickte kaum merkbar. Daher schlug ich ein.

»Nun gut, Komarov, der Deal gilt. Zocken und fröhlich sein. Auch eine feine Devise, sich sein Leben zu versauen. Ich nehme an, wir pokern?«

Komarov lachte heiser und fuhr unbeirrt fort: »Kennst du das Kinderspiel ›Pinkatsch‹, auch ›Fuchsen‹ oder ›Tingeln‹ genannt? Im Abstand von einem Meter fünfzig wirft jeder eine Münze gegen eine Hauswand. Derjenige, der am nächsten dran ist, hat gewonnen. Wir spielen bis Drei! Ganz einfach und fair. Ich schlage vor, wir gehen in den Hof.«

Er ging voraus, wir folgten ihm nach. Nachdem sich einer nach dem anderen im Hof eingefunden, der Mond einen Spalt durch die Wolken erhascht hatte und eine Kreidelinie aufgemalt worden war, kramte Komarov nach zwei Zwanzigcentstücken. Federboa warf eine Euromünze in die Höhe. Kopf oder Zahl. Komarov würde anfangen. Als Kinder haben wir wohl alle schon einmal »Fuchsen« gespielt. Betrachtete ich mein dilettantisches Billardspiel, so befürchtete ich das Schlimmste: Mehlauge reloaded. Komarov gab sich siegessicher. Er liebte eindeutig das

Spiel, das Risiko. Was hätte ich anderes tun können? Es war die einzige Chance, die ich hatte, den Namen des Zuhälters aus dem Mund eines anderen Zuhälters zu erfahren. Ich war dicht dran.

Komarov postierte sich leicht gebeugt vor der Abwurflinie, fixierte die Hauswand und warf locker aus der Hüfte. Kurz und schmerzlos. Ein famoser Wurf. Die Münze landete gefährlich nahe an der Hauswand. Siggi Dux schlug die Augen nieder. Ahnte er, was ich schon längst wusste? Um es kurz zu machen: Der Begriff »Mehlauge« traf völlig auf mich zu. Das Geldstück prallte gegen die Hauswand und blieb ein ganzes Stück hinter dem Komarovs. Federboa jubelte ihrem Helden artig zu. Er breitete die Arme aus wie Moses, der kurz zuvor das Meer geteilt hatte und legte nach. Dieses Mal hatte er sich verschätzt. Die Münze kullerte in Richtung Niederlage. Ich nahm Maß und machte es besser. Unentschieden. Federboa bekam Schnappatmung und japste ein »oh nein« in die Runde. Komarov war an der Reihe. Der Wind verfing sich in unseren Haaren und der Mond hatte sich endgültig verzogen. Erneut ein guter Wurf. Meiner ganz passabel. Komarov führte souverän und trank aus der Wodkaflasche. Er nahm nun einäugig die Hauswand ins Visier, die Münze schnitt durch die Luft. Narbengesicht erkannte, dass sein Boss diesen Versuch vergeigen würde. Ich glich wieder aus. Nieselregen fiel in den Hof ein. Jetzt ging es um die Wurst. Hopp oder Top! Lotto, Toto, Rennquintett. Der Hüne lief auf und ab, Federboa kaute an den Fingern und Narbengesicht schien innerlich zu beten.

»Gehen wir's an, mein Freund, letzte Runde!«, sagte Komarov und küsste sein Zwanzigcentstück.

Was sollte ich sagen? Heldenpose, locker aus der Hüfte, triumphale Gestik. Gebannt sah er zu mir herüber. Die Katze hatte den Vorposten aus rostigen Kotflügeln verlassen, schlich an den Mülltonnen vorbei und beobachtete aus sicherer Entfernung, wie ich kniend und mit zittrigen Händen zu einem finalen Wurf ansetzte. Leise setzte die Münze auf, rollte elegant über den Hof, überholte das Geldstück meines Gegners, drehte eine feine Pirouette und berührte schließlich hauchzart die Hauswand.

Komarov bestaunte meine ausgefeilte, neu erfundene Münz-Roll-Technik und ich machte innere Luftsprünge. Dann sah ich sein aschfahles Gesicht, die leicht bebenden Nasenflügel und die großen Augen der Bestürzung. Ein Wutausbruch blieb jedoch aus.

»Du hast Glück, nicht nur bei Frauen«, sagte er stattdessen.

»In letzter Zeit läuft's ganz gut. Es gab aber auch schon mal schlechtere Zeiten«, antwortete ich

Komarov lachte laut auf. »Wie heißt du, mein Freund?«

»Frühauf, Mike Frühauf.«

Es folgte, was folgen musste.

»Du stehst wirklich sehr früh auf. Ein guter Wurf, sogar sehr gut.«, säuselte er daher.

»Nur so gut, wie's der Gegner zulässt.«, konterte ich gewagt.

Komarov lachte immer noch. Ein gutes Zeichen? Siggi Dux hielt sich am Glas fest und Narbengesicht versah mich mit einem eisigen Blick. Plötzlich zückte Komarov eine Pistole und grinste.

»Was ist, wenn ich gar nicht daran denke, den Deal einzuhalten?«, fragte er

»Na, dann wirst du uns wohl über den Haufen schießen müssen.«

Federboa stand neben mir, lächelte so verführerisch wie nach dem Verzehr einer Instanthühnersuppe. Mit einer schnellen Bewegung riss ich sie an mich, zog einen Kugelschreiber aus meiner Jackentasche und setzte ihn an ihre Kehle. Eine innige Schwitzkasten-Umarmung.

Siggi Dux schüttelte missbilligend den Kopf. »Aber, aber, meine Herren, Spielschulden sind Ehrenschulden oder etwa nicht, Komarov?«

Belustigt betrachtete der die Szenerie. Ein Fenster zum Hof öffnete sich, eine verdutzte Federboa bibberte vor Angst oder Kälte. Ein Kugelschreiber konnte eine wirksame Waffe sein. Narbengesicht fuchtelte mit dem Messer hin und her, der Hüne verschluckte sein Kaugummi. Inzwischen hatte Komarov diskret die Waffe wieder eingesteckt und applaudierte.

»Spielschulden sind Ehrenschulden! Ich halte mein Wort. Jetzt lass Ludmilla los, trinken wir Wodka auf deine Glückssträhne!«

Misstrauisch entließ ich Federboa aus meinem Griff. Kreischend vertrieb sie die Katze. Nachdem wir uns alle wieder beruhigt hatten, legte Komarov freundschaftlich seinen Arm um mich und lotste mich zurück in die Werkstatt. Narbengesicht köpfte eine Flasche Wodka. Und Federboa? Sie hatte wohl eingesehen, dass bei aller Liebe die Pose Suppenhuhn-im-Hof keinerlei Beachtung in der Nachbarschaft finden würde. Laut schnappte die Tür zurück ins Schloss. Wütend griff sie nach dem Wodka und nahm einen kräftigen Schluck aus der Flasche. Dann saßen wir wieder in der gleichen Ausgangsposition wie vor dem Hof-Intermezzo.

»Trink, Brüderlein, trink. Nastrovje!«, sprach Komarov und hob das Glas.

»Nastrovje!«, gab ich zurück.

Wir stießen an. Komarov forderte Federboa auf, nachzuschenken.

»Und? Wie heißt er?«, fragte ich höflich an.

Komarov setzte zu einem Grinsen in altbewährter Manier an. »Also gut: Er heißt Armin Feddek und hält sich zurzeit in Duisburg-Marxloh, Körnerstraße Ecke Kantstraße auf. Ist ein brauner

Betonbunker. Hausnummer weiß ich nicht mehr. Dort werden Frauen aus aller Welt in die Kunst der Liebe eingewiesen.«

Ich betrachtete den Zuhälter skeptisch, der an einer Zigarette nuckelte.

»Und jetzt trinken wir, Frühauf! Du hast gewonnen, ich habe verloren. So einfach ist das. Spielschulden sind Ehrenschulden.«

Federboa füllte die Gläser nach. Draußen klapperte der Wind im Hof.

»Ellen Jager wurde ermordet. Sie hat im Winkel als Prostituierte gearbeitet. Du weißt nicht zufällig, wer dafür verantwortlich ist?«, wandte ich mich wieder an Komarov.

Er starrte mich ausdruckslos durch den Tabaknebel hindurch an. »Ellen war eine schöne Frau. Ich habe ihr oft angeboten, mit mir zusammenzuarbeiten. Doch sie hat jedes Mal abgelehnt. Eines kann ich dir versichern: Ich habe nichts damit zu tun. Nur so viel: Vielleicht hat sie über Dinge geredet, die sie nichts angingen? Sich zu weit aus dem Fenster gelehnt? Generell mag man es in unseren Kreisen nicht sonderlich, wenn jemand viel redet. Schon gar nicht mit jemandem, der mit Fotos hausieren geht und Leute ausfragt. Ich weiß nicht, wer Ellen getötet hat, und es ist mir auch egal.«

3

Ich hatte den Aktenkoffer in ein Schließfach am Hauptbahnhof gesperrt. Dann und wann schaute ich mich um, ob mir jemand folgte. Vielleicht der Geldeintreiber? Oder gar das Narbengesicht? Aber niemand beschattete mich. Schrammek verhielt sich ausgesprochen passiv. Warum hielt er die Füße still? Autos rollten auf dem nassen Asphalt vorbei, Passanten durchquerten die Straßen und die Nacht zeigte sich der Stadt von ihrer dunkelsten Seite, während ich über Stock und Stein wanderte. Ich hatte heute Abend viel riskiert. Das Glück in Münzform war mir hold gewesen. Spielschulden waren Ehrenschulden. Körnerstraße Ecke Kantstraße. Ein brauner Betonbau. Wahr oder falsch, wahr oder falsch? Ich lief weiter. Mein Schädel brummte, mein Magen knurrte. Der Hunger trieb mich schließlich in den türkischen Dönerladen »Sultan« an der Viktoriastraße, der noch nicht geschlossen hatte. Hastig schlang ich einen Döner hinunter und trank dazu ein Bier aus der Dose, das nach Aluminium schmeckte, Marke Neptun. Ich war wohl definitiv das Schlusslicht hier, letzte Handgriffe für den nahenden Feierabend. Da ich kein Spielverderber sein wollte, das machte sich immer schlecht, zahlte ich, nahm Bier und Döner mit nach draußen und lief ziellos durch die Straßen. Bogenlampen reckten sich empor und beleuchteten dunkle Gassen und Straßenbuchten, als rieten sie jedem Nachzügler mit übernächtigter Stimme, bloß auf der Hut zu sein. Die Nacht war kühl. Nasskalt, Nieselregen und Herbst. Der Mond spähte durch ein Guckloch und verschaffte sich einen Überblick über die Stadt bei Nacht. Das Leben zerfloss allmählich in den wenigen Lichtern der Wohnhäuser und die Atmosphäre auf den Straßen glich einer ausgestorbenen Goldgräberstadt, die einst von sich behauptet hatte, dass es hier etwas zu holen gäbe. Ein Punker schlief auf einer Bank. Der Wind stemmte sich heftig wie ein Brecheisen gegen Türeingänge und Fenster. Nur ein Pärchen kam mir eng umschlungen entgegen und war verliebt. Turtelndes Lachen ließ auf eine zärtliche Nacht schließen und erstarb sogleich, nachdem sie in einem der Häuserblocks verschwunden waren, während ich die mittlerweile leer getrunkene Bierdose gegen den Bordstein kickte. Ein Penner sammelte Pfandflaschen auf, die verstreut mit dem restlichen Müll an der U-Bahnstation Engelbert-Brunnen herumlagen, und rezitierte dabei Monologe einsamer Weisheit.

Meine Weisheit hingegen verschlug es in den »Intershop« und freute sich auf den Wodka Lemon, den ich bestellte. Meistens hatte der »Shop« noch auf, wenn alle anderen Kneipen längst geschlossen hatten. Eine Blondine saß allein am Tisch und zog sich die Lippen nach, ließ das Sektglas in ihre Hand gleiten und klimperte ein Lächeln. Die Kellnerin servierte einen weiteren Wodka und klimperte auch. Blond. Beide. Ich trank und lauschte der Musik. Mein Blick löste sich von der Sektblondine und überflog abschätzend die neue Umgebung. Rechts vom Eingang schob eine lange mit rotem Leder bezogene Sitzbank vier verchromte Tische vor sich her, zu denen sich mehrere Barhocker gesellten. »Pure Morning« von Placebo verstärkte die düstere in gedämpftes Rotlicht eingetauchte Atmosphäre aus den Lautsprechern. Von einer schwarz-weiß Reproduktion an der Wand blickte James Cagney zur Theke herüber, als hätte man ihn seit Jahren bei dem Versuch, einen Drink zu bestellen, glatt übersehen. Dennoch war er das Logo und die Seele des Shops. Nicht wegzudenken. Also beobachtete Cagney, wie eine einsame Notvisage mürrisch über einem Bier grübelte und ein Philosoph gerade an gebrochenem Herzen starb. Leise winselte er den Namen Annegret vor sich hin und der Whiskey heilte schließlich doch keine Wunden: Er hatte gleich die ganze Flasche dabehalten.

Ein schlaksiger Althippie mit sechsunddreißig Semestern Soziologie ohne Abschluss auf dem Buckel umgarnte eine zierliche Brünette, die ihm vergeblich klarzumachen versuchte, dass er ihr den ihren gefälligst herunterrutschen könnte. Beleidigt drehte er sich weg. Ich schaute hinüber zu James Cagney und ahnte bereits, was sich hinter seiner Stirn abspielte: *Das ist mir doch egal. Ich hatte sie eh alle!*

Hin und wieder vernahm ich aus Richtung der Blonden ein Lächeln, eine Mischung aus Kiosk-Sekt, Hallo-Herr-Kaiser und meine-Wohnung-deine-Wohnung. Also unternahm ich den kühnen Versuch, ein Cagney-Lächeln herbeizuzaubern. Es blieb bei dem Versuch und endete in einer Mischung aus Kontaktanzeige-des-Monats, Ein-Colt-Für-Alle-Fälle, Abschleppdienst, Heiratsschwindler, Luftikus und Na-wie-wär's-mit-uns-beiden. Der echte Cagney erstarrte im Rahmen, ich wettete mit ihm um den Deckel, wer den ersten Schritt machen würde.

Die Sektblondine hieß Jana und sang eine lausige Version von »Strangers in the Night« unter der Dusche. Ich rauchte und nippte am Bier. Der Dunst stieg auf, rang mit der Luft und verstrickte sich in allerlei Gedankengänge, die sämtliche Aussichten auf Erfolg von vornherein ausgeschlossen hatten. Doch ich kam zurecht. Mit den Frauen, die ich nicht verdient hatte, mit Gott, der mich jedes Mal im Stich gelassen hatte, mit der Welt, die allzu oft untergegangen war und vielleicht sogar mit der Zukunft, die mir stets verheißungsvoll erschienen war. Jedenfalls auf meine Art, die in diesem Augenblick so aussah, dass ich feierlich meine Flasche erhob und einen Toast auf Ellen trank. Immerhin lebte ich, das war doch zumindest etwas. Und zwar so, wie ich es wollte: unabhängig und frei, zwischen den winzigen Nischen einer Gesellschaft, die so ein Leben nicht unbedingt akzeptierte. Leider konnte ich den Gedanken nicht weiter ausführen, denn die lausige Version von »Strangers in the Night« tropfte aus der Dusche, trocknete sich ab, zog meinen Bademantel über, nahm das Bier mit hinüber zum Schreibtisch und zauberte daraus einen improvisierten Schminktisch. Ich sah sie an und lächelte: Sie war schön, allerdings nicht im klassischen Sinne. Sie war keine von diesen unwichtigen und belanglosen Göttinnen, derer man viel zu schnell überdrüssig wurde, weil sie makellos und im Grunde genommen ohne eine Spur von Authentizität waren. Jana hatte vielmehr die Ausstrahlung, die ein für alle Mal klarstellte, dass sie wusste, was sie vom Leben wollte. Ein schönes Gesicht mit einem Hauch von Einzigartigkeit und ungezwungener Aufrichtigkeit, unempfänglich für Neid, unangebrachte Arroganz, Kochrezepte und Modezeitschriften. Ich zog sie sanft zu mir. Die Welt wurde zum Überflieger des Augenblicks und verwandelte sich, zwischen improvisiertem Schminktisch und halbvollen Drinks, in eine mysteriöse Stille, die unbeirrbar zeitlos verstreichen sollte und die die Gedankenwelt und Alltagssorgen auf ein Abstellgleis lenkte.

Jana hing noch fest in seidigen Träumen. Frisch geduscht und rasiert inspizierte ich neugierig den Kühlschrank. Angebrochenes Heringsfilet in Dillsoße, Kondensmilch der flockigen Art, eine Frikadelle mit Bissspuren. Die leere Kaffeedose duftete nach Jakobs Krönung und das Brot war dicht bedeckt mit Schimmel. Also blieb mir ein Einkauf nicht erspart.

Unten im Flur spielten die Nachbarkinder »Nightmare on Elm Street«, während der Student aus der WG über mir versuchte, sich mit dem Fahrrad zwischen ihnen hindurchzuzwängen. Weil er aussah wie Freddy Krueger, beendete er den Horrorstreifen – Pädagogik war noch nie seine Stärke – mit einer wütenden Schimpfkanonade. Kreischend rannten die Blagen auf die Hunscheidtstraße. Danach war Ruhe.

Mit der gequälten Leichtfüßigkeit eines angeschossenen Rehs sprintete ich die letzten Stufen hinunter und ging in den Supermarkt, in dem es Nahrungsmittel für verkaterte Frühaufsteher gab. Sekt, Käse, Brötchen und ein geklauter Apfel. Auf Fensterkissen gestützt, beobachteten mich missmutige Rentner und sahen dabei zu, wie sich vor dem Haus ein kühler wolkenverhangener Herbsttag einrichten wollte. Auf den Gehwegen wurde eifrig Laub geharkt. Man wusch und reparierte Autos, nur um den heiligen Vorgang am nächsten Tag mit dem gleichen Enthusiasmus zu wiederholen. Eine junge Studentin schüttelte eine Bettdecke aus dem Fenster, die wohl lieber ihren Mitbewohner geschüttelt hätte, und mein fieser Nachbar aus dem ersten Stock, Berthold Metze, auch unter dem Pseudonym »Nörgel-Berti« bekannt, stand mit einer »Bild-Zeitung« bewaffnet am Kiosk. Kurz und trocken rotzte er auf den Gehweg der Hunscheidtstraße und schlenderte dann auf die Hausnummer 60 zu, in der wir beide wohnten. Da ich ihm nicht begegnen wollte, horchte ich angestrengt vor der Haustür, wie die klassischen »Fünf Freunde«, Sekt, Käse, Brötchen, ein geklauter Apfel und ich, bis Stille im Treppenhaus herrschte. Jeder wusste, wie das war, wenn allzu dreiste Nachbarn ihre vermeintliche Rolle als Hausmeister zu ernst nahmen und an allem herummäkelten, was man gemäß der Hausordnung versäumt hatte. Ich hegte den leisen Verdacht, dass er schon in einem sehr frühen Entwicklungsstadium die Weichen für eine Karriere als Denunziant gestellt hatte. Auf die Studenten und mich hatte er es besonders abgesehen.

Oben angekommen, schloss ich die Wohnungstür auf und schaltete das Radio an: Kollegah sang gerade »Du bist Boss«, was ich natürlich als Kompliment auffasste. Ich war also der Boss und mit einem von Gott oder Kollegah gesegneten Darfschein ausgestattet, der es mir erlaubte, alle und jeden herumzukommandieren. Da ich den Kaffee vergessen hatte, würde ich unverzüglich von meinem Darfschein in der Nachbarschaft Gebrauch machen. Wahrscheinlich lauerte Nörgel-Berti hinter seiner Wohnungstür. Deshalb pirschte ich mich auf leisen Sohlen zurück in den Hausflur und klingelte bei Opa Krawczyk. Er war nicht nur mein Vermieter, sondern auch eine Art Vaterfigur. Ich war der Einzige, der ihn »Opa Krawczyk«, und er wiederum der Einzige, der mich »mein Jung« nennen durfte; ein fabelhafter Mensch, der mir ein ums andere Mal aus der Patsche geholfen hatte. Er bewohnte die größte und schönste Wohnung im Parterre dieses malerischen Altbaus und hatte vermutlich auch das meiste Geld auf dem Konto. Ich klingelte erneut, dann stand der Rentner vor mir.

»Ach, Opa Krawczyk«, fing ich an, »mir ist der Kaffee ausgegangen. Kannst du mir vielleicht welchen borgen?«

»Ich habe gerade frischen aufgebrüht. Komm doch rein, mein Jung.«

»Würde ich ja liebend gern. Aber ich habe Damenbesuch«, zwinkerte ich ihm zu und er verstand, indem er mir spitzbübisch lächelnd den Kaffee überreichte. Ich dankte und versprach ihm, auf eine Partie Billard vorbeizuschauen. Zurück in meiner Wohnung schluchzte das Radio »Treading Water«, als wollte sich der Sänger direkt von der Seufzerbrücke stürzen. Mussten sie denn diese Heulboje ausgerechnet in meinem Radio einsperren? Ich machte Kaffee, biss in den geklauten Apfel und kaute den Refrain mit. Träge schaute ich dabei hinunter auf die Straße. Wenn es ein Patentrezept gäbe, am Fenster herumzulungern, ohne dabei zu verhungern, würde ich es aus reiner Ideologie tun. Die Welt war aber eben nur fast fair und ich musste meinen Job doch ein wenig ernster nehmen.

»Guten Morgen«, grüßte ein verschlafenes Murmeltier, »oh, Kaffee ist gut.« Jana bediente sich am Automaten. In der einen Hand die Zigarette, in der anderen den Kaffee. »Sag mal, kannst du dieses Gesäusel nicht abstellen? Das macht einen ja wahnsinnig.«

Also schaltete ich das Radio und den gesamten Wahnsinn gleich mit ab, küsste sie sanft und ließ den neuen Tag mit geborgtem Kaffee und zu vielen Zigaretten richtig anrollen. Mit dem gegenseitigen Versprechen »wir sehen uns«, setzte ich sie danach in der Innenstadt am »City Point« ab und begab mich auf den Weg ins Büro an der Herne Straße – ein Altbau direkt neben dem Spürkel/Bauhaus-Werbeträger-Gebäude an der U-Bahn-Station Zeche Constantin – und dachte an Ellen, während mein Volvo V 90 sein Unwesen durch diesen wahnwitzigen Verkehr trieb.

Im Büro warf ich einen Blick auf die unerledigten Alltagsrequisiten. Die Telefonrechnung, die Kopfschmerzen und den Kleinkram hakte ich ab, indem ich die Zeitung aufschlug: »Eklat auf Schalke - Sporting legt Veto bei der UEFA ein«, »Schalke-Wahnsinn: Siegtreffer in letzter Minute«, »Hooligans gegen Salafisten: Erhöhte Alarmbereitschaft vor Köln-Demo«.

Hooligans? Salafisten? Vielleicht ein einziges großes Missverständnis? Vielleicht hatten sie einander nur verwechselt, weil sie sich von der stereotypischen Denkstruktur her nicht groß unterschieden? Während ich diesen oder jenen Sachverhalt erörterte, hörte ich den Anrufbeantworter ab. Außer dass Harry volltrunken durch die Leitung gelallt und gesungen hatte, weil der BVB 4:0 gegen Galatasaray gewonnen hatte, waren keine weiteren Anrufe eingegangen. Harrys Stimme überschlug sich. Ein BVB-Fan manövrierte sich kollabierend ins Abseits. Am nächsten Tag würde er den peinlichen Vorfall hartnäckig verleugnen, sodass ich mir angewöhnt hatte, nicht auf sein Gequatsche einzugehen. Stattdessen tätigte ich einen Anruf bei meiner Klientin, der auf keinerlei Resonanz stieß. Anschließend mixte ich mir einen Luxusdrink an der Spüle und vermengte Wodka mit abgestandener Cola. Das Ergebnis sah aus wie eine Urinprobe bei einem Blaseninfekt. In einem Rutsch schluckte ich die Brühe hinunter und machte mich schleunigst auf den Weg. Das Geschäft »Leben« lief schon lausig genug.

Draußen angekommen, fegte der Wind durch meine Haare, während ich den Wagen aufschloss und den Zündschlüssel drehte. Der Motor stotterte bedenklich und soff wieder ab. Ich fluchte, der Motor stotterte. Je lauter ich fluchte, umso leiser röchelte er, bis er keinen Ton mehr von sich gab. Jemand klopfte. Mein Nachbar Mehmed. Ich drehte die Scheibe herunter und er schüttelte verächtlich den Kopf.

»So funktioniert das nicht, Alter. Warte, ich hol Überbrückungskabel!«

Wieder die verfluchte Lichtmaschine. Zum Mäusemelken. Und um der Welt und mir zu zeigen, wie unfähig sie und ich doch waren, nahm Mehmed die typische Mechaniker-Heldenpose ein. Ein Mäusemelker über sämtliche Lichtmaschinen. Eine motzende Lichtgestalt. Nach einigen Finger-weg-Alter-ich-mach-das-Kollega-und-jetzt-lass-den-Motor-kommen-Tiraden warf auch er das Handtuch. Ich rief Harry an und bat ihn, meinen Volvo unter die Lupe zu nehmen.

»Kein Problem! Bis heute Abend ist er wieder fahrtüchtig. Du kennst mich.«

»Danke, Harry, bis dann!«

Wolken setzten Regenwasser auf, das grau und düster durch den Tag fiel. Der triste Alltag hatte sich auf den Straßen breit gemacht.

Ich spurtete in Richtung U-Bahn und stieg an der Haltestelle Zeche Constantin in den Zug, der kurz darauf in das pulsierende Herz von Bochum stieß. Da ich Lust auf einen heißen Kaffee hatte, entschied ich mich spontan für einen kleinen Zwischenstopp und schloss mich dem Strom einer namenlosen Menschenschar an, vorbei an Banken, Kaufhäusern und Sonderangeboten. Studenten plauderten in Cafés, Leute jagten hektisch ihren Terminen nach und ein Penner bettelte um ein bisschen Geld. Niemand beachtete ihn. Kragen hoch und durch! Durch den Regen, durchs Leben, durch die Träume, durch die Ewigkeit! Schnaufend tobte der Verkehr Blech an Blech und der Wind wehte ungemütlich durch die vielen Gassen und Häuserzeilen. Noch war es Herbst. Bald jedoch würde der Winter Einzug halten, während ich meine Hände an einer heißen Porzellantasse aufwärmte – in einem Stehcafé, abseits vom Glück.

Ich stürmte in die Arme eines verbrauchten Tages ohne Gruß und Zuversicht. Ich lief schnell weiter. Nur nicht stehen bleiben! *Geh weiter, Frühauf, geh weiter!* Schließlich blieb ich doch stehen und zog den Kragen hoch. Der Wind heulte in den einzelnen Betonbuchten und löste das Versprechen ein, dass der heutige Tag sich von der kühleren Seite präsentieren würde. Der kalten Jahreszeit zum Trotz, träumte ich davon, frei wie ein Vogel einfach über die trostlosen Großstadtdächer hinwegzufliegen. Nicht lange und sie hatten mich wieder, die Geister der Großstadt. Am Bochumer Hauptbahnhof stieß mich beinahe ein Passant um. Ich stieg in die S-Bahn S 1 nach Duisburg HBF, die kurz darauf an freien Feldern, an brachen Industrieanlagen, an Speditionen und einsamen Hinterhöfen vorbeisauste. Mein erklärtes Ziel war Duisburg – Marxloh, Kantstraße Ecke Körnerstraße.

Was würde ich dort finden? Welche Antworten würde ich erhalten? Ich blinzelte auf die müde Meute.

Ein Kommen und Gehen an den Stationen. Auf dem Vierersitz neben mir kauerten Kaugummi schmatzende Teenager, die modisch eher die schlechten als die guten Zeiten durchmachten. Etliche Berufstätige pendelten zur Arbeitsstätte und schauten dabei trübe aus dem Fenster. Haltestellen wurden angefahren und Fahrgäste ausgetauscht, ohne dass man hätte sagen können, wer nun ein- oder ausgestiegen war.

Hatte Feddek Lisa Kyas umgebracht und anschließend im Rhein-Herne-Kanal entsorgt? Wie sollte ich vorgehen? Sollte ich mich vor dem braunen Betonbau einfach in Lauerstellung bringen? Oder sofort mit der Tür ins Haus fallen? Ich musste mir eingestehen, dass ich mir keinen Plan zurechtgelegt hatte. Ich dachte zurück an Ellen. Es war bestimmt kein Zufall, dass sie so zeitnah nach der Ermordung von Lisa Kyas sterben musste. Hingen die beiden Fälle etwa zusammen? Hatte mir Ellen wirklich alles gesagt oder wichtige Details einfach verschwiegen, weil sie – was? – gemacht hatte? Wer hatte Ellen auf dem Gewissen? Was war bloß das Motiv gewesen, weshalb Ellen kaltblütig umgebracht worden war?

Die Bahn hielt in Essen-Frohnhausen. Eine attraktive Frau setzte sich mir gegenüber und ein Mann neben mich. In ihrem Blick spiegelte sich der untrügliche Ausdruck wider, den ich im Laufe der Jahre nur allzu gut kennengelernt hatte.

Ihre Beine in schwarzen Netzstrümpfen ragten wohlgeformt und muskulös aus ihrem Mini-Lederrock hervor. Die hohen Wangenknochen verliehen ihrem Gesicht einen Hauch von kühler Arroganz und edler Distanz. Sie trug alte, abgelaufene Doc Martins sowie eine amerikanische Polizeilederjacke. Der Mann neben mir steckte in einer Jogginghose, die schon bessere Zeiten gesehen hatte, und seine Füße in einem Paar ausgelatschter, gammeliger Turnschuhen, deren Originalfarbe man nur erraten konnte. Ich tippte auf Weiß. Die Frau wühlte in ihrer Handtasche, ein billiges Gucci-Imitat, und wirkte unruhig. Im Gegensatz zu ihr schaute der Mann gelassen geradeaus, in Gedanken vertieft. Man konnte es rattern hören, genau wie den Zug auf den Schienen. Seine Haare waren zerzaust und fettig. Das Nikotin hatte an Zeige- und Mittelfinger gelbliche Flecken hinterlassen. Sie hörte endlich auf zu kramen und angelte sich umständlich eine Zigarette aus der Packung.

Fahrgäste drängten in Richtung Tür. Der Zug hielt. Duisburg Hauptbahnhof. Die Menschen stoben auseinander und steuerten auf die verschiedenen Ausgänge zu. Übelgelaunt und atemlos drängelten sie an mir vorbei. Die Skyline zeigte sich grau verhangen und die Hauptstraße wurde vom Verkehr bestimmt. Kinder mit Schulranzen warteten ungeduldig an der Ampel. Ich schlenderte ziellos durch die Straßenzeilen. Nach geraumer Zeit lief ich auf das Einkaufszentrum »Galeria Kaufhof« zu und schlängelte mich durch eine Käuferschar. Zwei junge Leute bummelten an den Schaufenstern entlang. Eine Mutter holte ihren Säugling aus dem Kinderwagen. Ein Mann las im Stehen Zeitung und gähnte seine Müdigkeit aus dem Gesicht.

Luxus, den du dir nicht leisten kannst, dachte ich noch, als die Frau aus der S-Bahn mich ansprach: »Hast du mal Feuer?«

Diesmal war sie ohne Begleitung. Ich schaute mich um, konnte den Typ aber nirgendwo ausmachen.

»Na klar!«, entgegnete ich knapp und ließ mein Zippo-Feuerzeug lässig aufschnappen.

»Danke«, sagte sie.

Ihre Stimme klang heiser, sonor, fast männlich, genau genommen wie die von Marianne Faithfull. Eine Weile schwiegen wir. Sie zupfte ihre Netzstrümpfe zurecht.

»Was für ein Leben!«, meinte sie resigniert, »was für 'n Hundeleben!«

Ich sah sie an. Als erstes registrierte ich das makellos schöne Gesicht. Vielleicht vom Leben ein wenig zu hart zurechtgeschnitten, ein wenig unterkühlt oder distanziert. Ihre welligen, blonden, halblangen Haare trug sie offen. Sie hatte einen vollen ebenmäßigen Mund und mandelbraune Augen. Ein Piercing schmückte die Nase, ein anderes die Augenbraue. Ich schätzte ihr Alter auf um die dreißig. *Eine Frau, die dir deinen verdammten Kopf verdreht, dein Herz stiehlt und letztlich nur aus Rauch besteht.*

»Ja, ist ein absoluter Scheißtag heute!«, stellte ich gleichgültig fest.

Sie nickte leicht und rauchte. »Willst du 'ne Kippe?«, fragte sie.

»Wäre nicht schlecht! Das verscheucht den Blues.«

»Ich kenne das, bin zurzeit auch im Blues-Modus«, lachte sie und hielt mir eine frische Packung hin.

Wir stellten uns nach draußen. Ich bediente mich ihrer Zigaretten und gab Feuer.

»Nicht weit von hier ist ein nettes Café«, schlug sie vor, »ich hab keine Lust, den Tag allein zu verbringen. Komm, ich lade dich auf einen Kaffee ein!«

Der schöne Spätnachmittag mit der hübschen Frau aus der S-Bahn hatte sogar den Regen zurückgehalten, der jetzt in der Dämmerung seine Aktivität wieder aufnahm. Hatte ich zuvor etwas Zerstreuung in diesem gemütlichen Café gefunden, so enthüllten die Straßenlaternen unter den nunmehr durch das Lächeln der fremden Frau aufgeweichten Schichten umso deutlicher meine Einsamkeit. Wenn ich mich doch bloß nicht so fühlen würde, als hätte ich den Anschluss endgültig verpasst. Wie das klang! Endgültig. Dieses unbestimmte, wabernde Gefühl wuchs mit jedem Schritt, je schneller ich mich dem Ort meiner Verabredung näherte. Ich ging die Straße entlang, überquerte den

Zebrastreifen und schritt über den Parkplatz eines schmucklosen Baus aus den Siebziger- oder Achtzigerjahren im Stadtviertel von Duisburg-Marxloh. Körnerstraße Ecke Kantstraße. *Sei auf der Hut, Frühauf,* mahnte meine innere Stimme. Doch ich ignorierte diese Stimme vorerst und drückte die Klingel. Aus den Klappen der Postkästen spähten aufgeweichte Prospekte heraus. Eine Muskelanhäufung öffnete die Tür.

»Ist der Chef da? Ich bin der Neue.«, wandte ich mich an den professionellen Aufpasser.

»Ne, noch nicht, du kannst oben warten, dritte Etage. Ist nicht zu verfehlen, immer dem Halligalli nach. Es wird gerade 'ne heiße Stute eingeritten. Und ich steh hier unten in dem zugigen Pissbau und frier mir den Arsch ab! Viel Spaß, Kollege, spritz einen für mich mit ab!«

Ich nickte knapp und erklomm die abgewetzten Stufen im Treppenhaus. Kaum im dritten Stockwerk angekommen, hörte ich einen entsetzlichen, bis ins Mark gehenden Schrei. Mit bebenden Nasenflügeln lugte ich in den abgedunkelten Raum hinein. In der Ecke eine versiffte Kloschüssel ohne Deckel. Daneben ein verkalktes Waschbecken. Blutspritzer klebten an den gekachelten Wänden. Meine Nackenhaare sträubten sich und ein eiskalter Schauer lief mir über den Rücken. Grelles Scheinwerferlicht fiel auf eine mit Handschellen an die Bettpfosten gefesselte Frau. Mit gespreizten Armen und Beinen lag sie ausgestreckt da, wie ein Abbild des goldenen Schnitts von da Vinci, und wurde brutal von zwei schnaufenden Männern vergewaltigt. Ein Dritter im Bunde dokumentierte das Schauspiel mit einer Digitalkamera. Ausdruckslose, tote Mädchenaugen starrten zur Decke. Getrocknete, unsichtbare Tränen und ein stummer Mund, der nicht einmal mehr wimmern konnte, als triebe sie in einem gefrorenen See unter einer dicken Eisschicht ohne jede Chance auf Rettung.

Ich schwankte, mir wurde schwindelig, kotzübel. Plötzlich machte es Klick. Lauter als die erstickenden Schreie des Mädchens. Wie ein Derwisch packte meine Hand den ersten Peiniger und warf ihn mit enormer Geschwindigkeit gegen die Kacheln. Sofort hämmerte ich ihm die harte Rechte ins Gesicht und er krachte mit dem Hinterkopf gegen das Waschbecken. Behände zog ich den zweiten Peiniger von dem Mädchen herunter. Er konnte sich nicht schnell genug aufrichten und ich schlug schonungslos dreimal mit der Faust zu. In rasender Wut knöpfte ich mir den Kameramann vor. Mein Gegner verharrte in Lauerstellung. Dann griff er an. Die halbherzigen Vorstöße armruderten hilflos ins Leere. Ich eröffnete eine Schlagkombination, als wäre mein Gegner ein Sparringspartner im Ring. Er knickte einfach so weg wie ein abgebrochener Strohhalm. Dann durchsuchte ich die auf dem Boden verstreut liegenden Kleidungsstücke, fand den Schlüssel für die Handschellen und befreite das Mädchen von den Fesseln. Ich holte tief Luft, setzte mich auf die Bettkante und barg mein Gesicht in den Händen. Das Mädchen saß derweil stumm auf dem Bett, die Knie angezogen, und schaukelte apathisch hin und her. Ich zog meine Jacke aus und legte sie um ihre spitzen Schultern.

»Komm, Mädel, es ist vorbei, ich bringe dich hier raus. Alles wird wieder gut!«, raunte ich ihr zu. Teilnahmslos schaute sie mich an. Sanft redete ich auf sie ein: »Wir müssen hier weg, kannst du laufen? Ich bringe dich hier raus.« Langsam streckte ich den Arm aus und öffnete meine Hand. »Komm, schnell!«

Behutsam erhob sie sich, die Beine zitterten, die ersten Schritte waren wackelig. Sie ergriff meine Hand. Ich ging voraus. Einen Schritt nach dem anderen. Den Gang entlang. Wieder einen Schritt. Pause. Innehalten. Horchen. Der Treppenabsatz. Eine Stufe nach der anderen. Vorsichtig. Schweiß. Eine Tür schepperte. Von irgendwoher. Pause. Innehalten. Die letzte Stufe. Unten, im Parterre riss der Türsteher die Augen weit auf.

»Der Neue mit der russischen Stute im Arm! Wohin soll denn die Reise gehen, Freundchen?«, fragte er.

»Für dich wird's wohl eine Reise in Jenseits.«

Ich verpasste ihm eine Kopfnuss, die ihn wie einen nassen Sack zu Boden gleiten ließ. Durch die offene Tür sah ich einen Lkw, der in der Einfahrt stand. Ich tastete nach dem Schlüssel in der Jacke des bewusstlosen Türstehers, fand ihn und entriegelte die Fahrerseite. Vorsichtig schob ich das Mädchen auf den Fahrersitz, dann bugsierte ich mein eigenes Gewicht hoch und bettete sie anschließend hinten in die Koje des Führerhauses. Ich ließ den Motor an. Der Laster zischte laut und setzte sich in Bewegung. Im nächsten Moment drückte ich sofort auf die Bremse. Denn ein schwarzer Mercedes düste frontal auf mich zu. Ich sah, wie der Fahrer mit den langen blonden Haaren aus dem Wagen sprang und eine Art Wischer mit den Händen formte.

»Ey, du Arschloch, bist du übergeschnappt?«, brüllte er. »Was soll die Scheiße! Stell den Motor ab!«

Ich öffnete die Fahrertür und kletterte aus dem Führerhaus, während der Motor tuckerte. Einen Schwinger in den Magen, die bekannte Rechte in die Fresse. Bäuchlings flog Blondschopf auf die Kühlerhaube und rutschte zu Boden. Rasch befühlte ich seine Taschen und griff die dicke Brieftasche ab, in der ein Personalausweis steckte: Armin Feddek. Sieh einer an! Anschließend stieg ich in den Benz, parkte den Wagen ein Stückchen weiter und zerstach sämtliche Reifen mit meinem Klappmesser. Schnell rannte ich zurück zum Lkw und knallte die Tür zu. Nichts wie weg von hier! Zwischen den eingerissenen Wolkenfetzen betrachtete eine weiße Mondsichel passiv das Geschehen, wie ich mit dem Mädchen auf die Tube drückte und den Schreckensbau auf der vom letzten Herbstschauer regennassen Straße allmählich hinter mir ließ.

An der Ausfallstraße war die Richtung schicksalhaft vorherbestimmt, denn egal, welchen Weg man einschlagen würde, er endete immer auf dem Abstellgleis. Inmitten von Rost, Hyänen und Verlierern. Umgeben von Säufern im Mondlicht, von Stadtstreichern in Zeitungspapier eingehüllt, die beharrlich dem eisigen Nachtwind trotzten. Von Hobos, die einfach auf einen Zug aufsprangen und für immer abtauchen würden, ohne die geringste Spur ihrer Existenz zu hinterlassen. Gefangen im eigenen Zwielicht, majestätisch in ihrer Einsamkeit, Kojoten der Nacht, den Regen ständig im Schlepptau, auf der Suche nach einem Zuhause, gestrandet dann und wann, hängengeblieben irgendwo, ohne Erinnerung, aber mit jeder Menge Kummer im Herzen, der niemals vergehen würde, außer man betäubte ihn mit billigem Fusel oder mit einem Fernfahrertraum aus der Thermoskanne.

Die Wolken platzten aus allen Nähten und ließen den Nachtregen unbarmherzig gegen die Windschutzscheibe prasseln. Die Scheinwerfer des Lkws erfassten die bleiernen Tropfen, die sich wie ein Vorhang vor ihnen zerteilten, sobald das tonnenschwere Vehikel sie durchstieß. Die Scheibenwischer schoben das Regenwasser von einer Seite zur anderen. Ich saß auf dem Bock und kniff die Augen zusammen. Seit einer Stunde folgte ich ziellos dem nassen Asphalt der A 3, während das Mädchen in der Koje unruhig schlief. Von Zeit zu Zeit gab es wimmernde Geräusche von sich, bis ich das Radio einschaltete, einen Sender ohne Gequatsche fand und die Lautstärke so weit regelte, dass das herzzerreißende Gewimmer übertönt wurde. Ich wollte nicht daran erinnert werden, was ich in diesem gekachelten Raum gesehen hatte.

Monotoner Sprechgesang leierte aus dem Radio. Draußen war die Sintflut ausgebrochen und der Lkw rollte weiter geradeaus durch die Finsternis. Der Herbst höchstpersönlich hatte die Regie in diesem Horrorstreifen übernommen und war sehr geschickt darin, die passende Atmosphäre für diesen Plot zu inszenieren. *Wohin, Frühauf, sag was! Wohin?* Aber Frühauf sagte nichts. Gleichmäßig ratterte der Motor, prasselte der Regen, arbeiteten die Scheibenwischer, flankiert von Leitplanken in der Dunkelheit. Vorbei an Ausfahrten, Rastplätzen und Tankstellen. Sich entfernende Rücklichter auf der Überholspur. Aquaplaning. Müde Augen, müde Knochen. Die Scheinwerfer auf den Mittelstreifen gerichtet. Gleichmäßig. Immer geradeaus. Kilometer um Kilometer. Wie in einem Road-Movie. Den Regen im Schlepptau.

Wohin, Frühauf, wohin? Jetzt sag was! Doch Frühauf sagte nichts, gab sich wortkarg, schwieg, wollte nichts sagen, weil ich einfach nicht wusste, was ich sagen sollte und schaute stattdessen ohne Unterlass in den Paranoia-Außenspiegel. *Halt bloß die Killer in Schach, Frühauf! Sind sie uns etwa bereits auf den Fersen? Haben sie unsere Fährte bereits aufgenommen, wie die Wölfe die Witterung nach frischer Beute? Kleben sie womöglich schon an unserer Stoßstange und warten nur auf eine günstige Gelegenheit, um plötzlich aus heiterem Himmel auszuscheren, damit sie uns abdrängen können? Antworte mir, Frühauf, antworte mir gefälligst!* Und Frühauf antwortete, indem er den Blinker setzte, die beleuchtete Tankstelle anpeilte und den Motor auf einem eigens für Lkws ausgewiesenen Parkstreifen abstellte. Jawohl, Frühauf antwortete, indem er ganz fest seine Augen schloss. Ich flüsterte: »*… die Killer kommen früh genug, aber wie sie aussehn, bleibt sich völlig gleich …*«

Ständig wurde sie in jene Kulisse zurückgeworfen wie ein Ball, den man gegen die Wand schoss. Gekachelte Wände, zersprungene Kloschüsseln und zerplatzte Schädel. Klebriger Männerschweiß und erzwungene Küsse, all die Frauen ohne Gesichter, die um Gnade bettelten. Verzweifelt brüllte eine Frau »don't touch me« und die durch Scheinwerfer erhellte Nacht wurde mit lärmendem Getöse und schillernden Figuren erfüllt. Die zerzausten Haare der Schnapsgaukler leuchteten wie fluoreszierende Luftschlangen unter den Laternen und jemand vergoss Konfettitränen in den schmalen Gassen. Jongleure der Heilsarmee schnappten artistisch nach dessen traurigen Augen, formten sie zu bunten Bällen, warfen sie geschickt in die Höhe und blieben im sicheren Timing der Verlorenheit. Nackte Füße der Fakire wandelten über das Nagelbrett zerbrochener Träume. Zuhälter boten unter einem bleichen Regenmond wie professionelle Trickbetrüger frisch in Folie verpackte Jungfrauen feil. Troubadoure sangen Balladen über den schmerzhaften Verlust von Liebe und Verrat. Der Karnevalszug gespenstischer Hofnarren rauschte vorbei und gebrochene Kirmesherzen weichten im Rinnstein der Straßen auf, während der Regen gnadenlos auf das Gemäuer dieser Stadt fiel.

Kaltes, fahles Licht. Morgengrauen. Ein Schrei auf der Raststätte, erstickt, ungehört. Flatternde Augenlider. Erwachen. Augenaufschlag. Geweitete Pupillen. Herzrasen. Puls. Desorientierung.

»Gde ya? – Wo bin ich?«

Langsam richtete das Mädchen sich auf und berührte ungläubig den grauen Vorhang, der die Koje abschirmte. Vorsichtig blinzelte sie hinaus. Das Tageslicht blendete. Erst jetzt bemerkte sie das Brennen auf ihrer geschundenen Haut, die Schmerzen überall in ihrem Körper. Sie untersuchte ihr geschwollenes Gesicht. Ihre Augen weiteten sich und der Puls fing an zu rasen. Unfähig auch nur zu schreien, kroch sie in sich zusammen und hielt ihre Hände abwehrbereit nach vorne gestreckt.

»Ruhig, Mädchen, ruhig. Keiner tut dir mehr was. Du bist in Sicherheit. Ich hab dich da rausgeholt. Kannst dich nicht mehr daran erinnern, was?«, stammelte ich unsicher und lächelte sie unbeholfen an. Kurz wandte ich mich von ihr ab und griff in eine Plastiktüte. Daraufhin reichte ich ihr eine Dose Cola. Eine Zeitlang verharrte ich so in der Position, bis sie zitternd die Dose entgegennahm.

»Keine Angst, Mädchen, ich will dir helfen.«

»Masha? Gde moya Masha?«

»Ich bin Mike, Mike Frühauf«, sagte ich und zeigte dabei auf mich, »ich will dir helfen. Helfen, verstehst du mich?«

»Helfen?«

Ich nickte, zeigte auf sie. »Ja, helfen. Wie heißt du? Dein Name?«

Sie zögerte, bevor sie antwortete: »Oksana. Oksana Kopylova. Babuschka? Gde moya babuschka? Ty otvesjesch'menya k moey sestra Masha?«

»Sestra? Masha ist deine Schwester?«

Sie nickte eifrig: »Masha, Deutschland.«

In Zeichensprache formte sie ein Lenkrad und richtete ihren Zeigefinger auf mich.

»Mach dich erst mal ein bisschen frisch. Hier, nimm die Arbeitsgarnitur mit. Dort drüben ist das WC und der Waschraum. Wir werden deine Sestra Masha schon finden.«, erklärte ich mit Händen und Füßen, so gut es ging.

Langsam kletterte sie aus dem Lkw und suchte den Waschraum auf. In der Zwischenzeit kramte ich im Handschuhfach herum. Mehr als eine angerissene Packung Novalgin war nicht im Angebot. Aber immerhin besser als nichts. Ich filzte die Brieftasche von Feddek, zählte das Bargeld – eintausendfünfhundert

Euro – und warf einen Blick auf die Visitenkarten: »Golden Girls«, »Desire«, Komarov, »Spedition Pleschke«, »Kreditvermittlung Schrammek«, »Be Fit«, Steuerbüro Fleischer, Rechtsanwalt Lörrach, Batov Immobilien GmbH. Nichts Besonderes. Dennoch fotografierte ich jeden einzelnen Kontakt via Smartphone. Rechtsanwalt Lörrach. Der Hausanwalt von Feddek? Durch das offene Seitenfenster beobachtete ich geistesabwesend, wie Oksana Kopylova vom Waschraum zurückkam. In der Arbeitsgarnitur versank sie geradezu. Die weite Hose und den warmen Pullover hatte sie umgekrempelt.

Es war früh am Morgen und die Raststätte Hünxe-Ost verwaist. Niemand nahm Notiz davon, wie Oksana zu mir in den Lkw stieg, wie ich den Motor startete und auf der leeren Autobahn beschleunigte. Die nächste Ausfahrt fuhr ich ab und folgte einer Landstraße Richtung Dorsten. Der Laster holperte über Pfützen und Schlaglöcher. Straßenschilder, Ampeln sowie Ortsein- und ausgänge ließ ich hinter mir. Vorbei an Kirchen, Industriegebieten und Fußballplätzen.

Während Oksana ihrer Morgentoilette nachgegangen war, hatte ich die Zeit genutzt, um Getränke und belegte Brötchen zu besorgen und alte Kontakte wieder aufzufrischen. Jetzt wusste ich, was zu tun war. Jetzt wusste ich, wohin. Die Räder rollten über den Asphalt. Durch die vom Regen befleckte Windschutzscheibe sah ich, wie vor mir ein Linienbus stotternd eine Haltebucht ansteuerte. Ich setzte den Blinker und überholte eine Kehrmaschine, die mit rotierenden Bürsten den Rinnstein säuberte. Ein Fahrradfahrer klingelte einen Passanten an und scheuchte ihn fluchend zur Seite. Oksana packte hinten in der Koje ein in Folie eingeschweißtes, belegtes Brötchen aus. Ich trommelte im Takt gegen das Lenkrad und summte, ein wenig zufriedener mit mir selbst, eine Ballade aus den Achtzigern mit, die gerade im Radio gespielt wurde.

Die Müdigkeit übermannte mich mit einer Heftigkeit, dass mir bereits die Augen zufielen. *Bloß nicht einschlafen,* ermahnte ich mich, während ich dem Sprecher des WDR Verkehrsfunks lauschte. Immer wieder wanderte mein Blick in den Außenspiegel. Niemand folgte uns. Doch das war nur eine Frage der Zeit. Ich wusste, dass wir auf der Flucht waren. Unsere Verfolger würden alle Hebel in Bewegung setzen, um uns zu stellen. Die Killer warteten schon. Und wie sie aussahen, das wusste ich nur allzu genau. Schrammek und Feddek.

Gott sei Dank hatten wir nicht mehr lange zu fahren und würden ein bisschen verschnaufen können. Etwas Zeit, die Gedanken zu ordnen, ein paar Stunden Schlaf zu kriegen. Eine warme Mahlzeit, eine heiße Dusche und saubere Klamotten. Das oberste Gebot war jetzt, den auffälligen Lkw loszuwerden. Ecke Eschenstraße und Rheintörchenstraße in Duisburg-Wanheimerort stellte ich den Laster an einem Randstein vor einer Anhäufung von Kleingärten ab. Hastig rafften wir unsere notwendigsten Sachen zusammen und liefen die Eschenstraße hoch, rechts in die Fuchsstraße, vorbei an Hewag und dem Bauspielplatz. In Höhe der Stadtteilbibliothek bogen wir links in die Fliederstraße ein und folgten dieser, bis wir vor einem nichtssagenden Gebäudehaufen an der Fischerstraße in der Nähe der Post anhielten.

Dort stand ich nun mit Oksana und drückte in aller Herrgottsfrühe die Schelle von Krawuttke. Er empfing uns im Morgenmantel mit zu wenig Schlaf und zu viel Schnaps in den Augen.

Gähnend schloss er hinter uns die Tür und sagte: »Gott, Frühauf, schon mal aufs Tacho geguckt? Das ist ein grobes Foul, eine Blutgrätsche, von hinten in die Beine!«

Ich lächelte dünn. »Hör zu, Krawuttke, ich bin in echten Schwierigkeiten. Ein paar fiese Typen sind hinter mir her. Ich brauche deinen Wagen.«

Unschlüssig und konsterniert schaute er abwechselnd Oksana und mich an, bis er seine Sprache wieder gefunden hatte. Geifernden Blickes blieb er bei Oksana hängen.

»Wer issn die hübsche Maus hier? Hast sie mir noch gar nicht vorgestellt. Mensch, der Frühauf mit 'ner heißen Braut mitten in meiner Bude. Ist das zu fassen?« Grinsend zeigte er eine Reihe gelber Mausezähnchen.

Ich winkte ab. »Ich hab's eilig, Krawuttke, ein anderes Mal, ehrlich. Aber jetzt brauche ich deinen Wagen. Geht das klar?« Ich wedelte mit einem Fünfhunderteuroschein aus Feddeks Brieftasche vor seiner Nase.

»Das is 'n Argument. Steht unten vorm Haus. Ist der blaue Twingo. Größer hab ich's nich«, sagte er und händigte mir die Schlüssel aus.

»Ich auch nicht«, entgegnete ich. »Und danke, Krawuttke, hast einen gut bei mir.«

Ich flog über die Wanheimerstraße am Marienhospital vorbei und bog in die Friedenstraße ein. Von der Mercatorstraße aus, steuerte ich auf die A 59 zu, die ich am Autobahnkreuz Duisburg wieder verließ. Von dort wechselte ich auf die A 40 Richtung Essen. Schweigend kaute ich einen Kaugummi und hielt die Spur. Oksana schnappte sich einen Katalog für Sportmode, den sie im Auto gefunden hatte. Ich hatte mich auf die rechte Spur verzogen und sah neidisch den links davonbrausenden Luxusautos und den adretten Sportmodellen hinterher. Während Oksana in dem Sportkatalog blätterte und ich monoton in die Weite der Autobahnlandschaft übers Lenkrad hinweg hinausschaute, lag der gräuliche Schimmer der Morgensonne auf unser beider Gesichter und erhellte zaghaft unsere Profile in stiller Morgenandacht.

Es war inzwischen tiefe Nacht. Regen prasselte gegen das Hotelzimmerfenster. Wie lange hatte ich in diesem unbequemen Sessel geschlafen? Ich rieb mir die Augen, schaute müde auf die Uhr und tastete nach den Zigaretten. Vergeblich.

»Dass ausgerechnet jetzt die Zigaretten ausgehen müssen«, sagte ich genervt. Oksana saß auf dem Bett und sah mich fragend an. »Zigaretten«, ich rauchte eine imaginäre Zigarette. Schattenrauchen. Mit dem Zeigefinger deutete ich nach draußen.

»Njet, njet!«, rief sie ängstlich.

Sanft streichelte ich ihr über die Wange und lächelte. Sie schüttelte den Kopf.

»Njet.«

»Keine Angst, liebe Oksana. Hier bist du in Sicherheit. Ich bin nur kurz weg.«

Ich gab ihr ein Klappmesser, das ich immer im Auto aufbewahrte. Meistens um Bier zu öffnen. Fragend sah sie mich. Das Messer in der zittrigen Hand.

»Mach dir keine Sorgen. Ich bin gleich zurück.«

»Njet.«

Ihren Protest ignorierend verließ ich das Zimmer, das Hotel, um irgendwo in dieser verregneten Nacht, Zigaretten zu besorgen. Die Jacke über den Kopf gezogen, schützte ich mich halbwegs vor dem wütenden Niederschlag. An der Kreuzung hielt ich mich rechts und eilte eine Hauptstraße entlang. Ein paar Meter noch, dann erblickte ich eine Kneipe. Ich schlüpfte hinein und fand den Zigarettenautomaten. Hastig kramte ich nach Kleingeld und fütterte ihn. Und wie ich mein Glück kannte, spuckte er das Geldstück wieder aus, als wäre es ein Fremdobjekt, das ausgespien werden musste, weil es von mir stammte. Ich rieb die Münze gegen die glatte Fläche des Automaten und startete einen neuen Versuch. Endlich rastete das Geld ein. Nachdem ich schnell die Klappe gezogen und die Packung Zigaretten entnommen hatte, rannte ich zurück zum Hotel. Kurz darauf stieß ich die Tür zur Lobby auf und spurtete völlig aus der Puste die Treppe – immer zwei Stufen auf einmal nehmend – in den ersten Stock hinauf. Die Hotellobby war verwaist. Wahrscheinlich hatte sich der Nachtportier wieder in sein Büro verzogen und löste Kreuzworträtsel. Es war auch nicht viel los.

Augenblicklich hielt ich in der Bewegung inne, als ich die Tür zu unserem Zimmer offen vorfand. Ich hatte sie doch hinter mir zugezogen? Oder etwa nicht?

Vorsichtig huschte ich in das Zimmer hinein. Plötzlich stürmte ein Mann auf mich zu. Seine überkronten Goldzähne funkelten, als er diabolisch lächelte. Seine Faust traf mich ins Gesicht und ich ging zu Boden. Verschwommen sah ich, wie Goldzahn langsam auf Oksana zuschritt und ihre Kehle mit bloßen Händen umschloss.

»Dobrij veches, Oksana Kopylova. Kak tvoi dela?«

Mit der Zunge leckte er über ihr Gesicht und bemerkte dabei das Messer nicht, das Klappmesser, das ich zu ihrem Schutz zurückgelassen hatte. Oksana stach zu. Tief glitt die Klinge in den Bauch hinein. Ungläubig starrte er sie an. Seine Hände ließen von ihr ab. Packten den Griff und zogen das Messer heraus. Schließlich sackte er zusammen, röchelte, lag gekrümmt auf dem blutroten Teppich und stieß einen letzten Atemzug aus. Dann gingen bei mir die Lichter endgültig aus.

Als ich wieder wach wurde, raste mein Herz bei dem verheerenden Anblick. Eine Gänsehaut überfiel mich. Blut, Blut, überall war Blut. Und der Mann mit den überkronten Goldzähnen mittendrin. Immer noch leicht benommen setzte ich mich auf die Bettkante und fühlte mich komplett hilflos. Wo war Oksana Kopylova? In Panik weggerannt? Regentropfen wimmerten gegen das Fenster. Ein Motor heulte unten vorbei. Von irgendwoher laute, genervte Flüche. Das Leben rüstete sich allmählich für einen neuen Tag. Nur hier drinnen ruhte bereits der Tod. Ich musste schleunigst weg von hier.

Wie hatten sie uns so schnell gefunden? Mit einem entschlossenen Ruck erhob ich mich jäh aus meiner Lethargie und raffte das wenige Gepäck zusammen, das ich auf dem Nachttisch abgelegt hatte. Die Tatwaffe ließ ich zurück. Ich lief die Stufen hinunter, rannte durch die verlassene Lobby und schlüpfte durch den Ausgang. Hektisch streckte ich die Fühler aus und sondierte das Viertel nach verdächtigen Individuen.

Schwer atmend rannte ich zum Auto, schloss auf, sprang hinein, Motor an, Gang eingelegt und trat kräftig aufs Gaspedal. Bedrohlich schlingerte der Twingo durch die engen Kurven. Lichthupen blitzten auf wie die überkronten Goldzähne des Toten und Hupsignale hinterließen ein Echo auf der Gegenfahrbahn. Der Auspuff zischte und der Motor röhrte. Abwechselnd schaute ich von der Frontscheibe in den Rückspiegel.

Sind die Häscher schon hinter mir her? Schneiden sie mir den Weg an der nächsten Kreuzung ab? Ich war in Panik ausgebrochen. Die Richtung war nach wie vor schicksalhaft vorherbestimmt. Abstellgleis, Sackgasse, Einbahnstraße. Doch ich jagte weiter, wollte nicht kapitulieren. Tachonadel, heiße Reifen, Paranoia. Mit geröteten Augen blickte ich stur auf den Mittelstreifen. Wo war Oksana? Was hatte sie vor? Wo wollte sie hin? Sestra Masha? Fragen über Fragen. War es sinnvoll, nach Hause zu fahren? Was sollte ich tun? Was war jetzt das Richtige? Schrammek und Feddek waren hinter mir her, eine Leiche lag im Hotel »Gloria«. Ich musste Mosko finden, die Morde an Lisa und Ellen aufklären und Oksana suchen.

Ein Telefon wäre nicht schlecht. Mein Smartphone hatte keinen Saft mehr, das Ladegerät lag zu Hause. Also beschloss ich, zurück nach Bochum zu fahren. Alles Weitere würde sich finden. Ich schaltete das Radio ein, steckte eine Zigarette an und raste durch den Wind.

Die Wohnungstür war aufgebrochen worden. Wachsam schob ich die Tür auf. Einen Moment stand ich unschlüssig herum. Dann knipste ich das Licht an. Ich schlich durch den schmalen Flur, der bis zum Badezimmer führte. Ich betrat die Küche. Der Boden übersät von Töpfen, Geschirr und Besteck. Die Schranktüren standen offen. Rechts gelangte ich in mein Wohnzimmer. Hier war ein Schrank umgestoßen worden. Glassplitter, Lampen, Bilder und andere Gegenstände stellten ein Szenario der Verwüstung dar. Selbst die Polster waren zerschnitten worden.

Das gleiche Bild bot sich mir im Schlafzimmer. Es war ebenso verwüstet. Pferdeschwanz-Zuhälter-Feddek oder Kredithai Schrammek? Sollte ich ins Büro fahren? Dort sah es bestimmt genauso aus. Müde schaute ich aus dem Fenster. Der Mond quetschte sich durch eine rissige Wolkenbank. Nachdenklich rauchte ich in die Nacht hinein. Irgendwann hatte ich in dem ganzen Chaos das Ladekabel gefunden. Ich nahm das Smartphone zur Hand, tippte die PIN-Nummer ein und rief Siggi Dux an. Niemand nahm ab. Meine Klientin würde ich morgen anrufen. In der Küche öffnete ich den Kühlschrank und schnappte mir die letzte Flasche Pils und verließ die Wohnung.

Unten auf der Straße wehte mittlerweile ein abgeschwächter Wind. Ich schaute mich nach allen Seiten um, vergewisserte mich, dass mir niemand folgte, ließ den Twingo stehen und ging zu Fuß in die Innenstadt. Ziel war der »Intershop«. Immerhin lag dort noch meine heiße Ware aus dem Büro von Schrammek, in einem Jutesack verborgen. Vielleicht würde sogar meine Sektblondine an der Theke warten. Ich warf die leere Flasche in einen Strauch, rannte die letzten Meter und riss die Eingangstür auf.

Statt der Sektblondine hockte Siggi Dux gedankenverloren am Tresen. Eine Schnapsdrossel rempelte mich an und stolperte wortlos vorbei. Die Kellnerin hatte die letzte-Runde-Jungs-Mimik aufgesetzt. Die verbliebenen Gäste, ausschließlich Nachzügler ohne Frauen, sinnierten hartnäckig vor ihren Drinks. Ein Kneipenprophet schaute der Kellnerin nach und ertrank mit zu viel Schuss seinen Kummer im Glas. Ansonsten gab es die üblichen Duelle an der Schnapsfront ohne Sieger. Ich nahm neben Siggi Dux Platz.

»Ich bin überrascht, dich hier zu sehen«, begrüßte ich ihn.

»Ich auch«, seufzte er.

Die Kellnerin schaltete sich dazwischen: »Hey, Frühauf, letzte Runde! Ein Pils, ein Gin Tonic?«

»Ja, Eva, wie immer«, sagte ich.

»Was ist mit deinem Jutesack? Den hast du das letzte Mal vergessen.«

»Kann ich den noch etwas länger hier lagern lassen?«

»Ja, klar, Frühauf, kein Problem!«

Eva servierte Gin und Pils.

»Was für ein Dreckstag, Frühauf!«, sagte Siggi Dux.

»Ach Siggi, da gibt es ziemlich viele von.«

Cagney im Rahmen grinste schief. Er kannte solche Hundstage auch.

»Ich hab mein Auto und jede Menge Zaster beim Pokern verloren. Ich trau mich nicht nach Hause. Hab gehofft, dich hier zu treffen. Wo hast du eigentlich die ganze Zeit gesteckt? Ich hab tausendmal bei dir angerufen und immer nur die Mailbox erreicht.«

»Lange Geschichte, Siggi.«

Wir stießen an und spülten die Dreckstage hinunter.

»Kann ich bei dir pennen? Hilda springt im Dreieck.«

»Klar Siggi, wenn du zwischen Töpfen in einer derangierten, in alle Einzelteile zerlegten Wohnung übernachten willst?«

»Schrammek?«

»Wer sonst. Oder Feddek ...«

»Feddek? Was zur Hölle hast du mit Feddek zu tun?«

Ich spulte eine Zusammenfassung der wesentlichen Ereignisse ab. Kantstraße Ecke Körnerstraße, Oksana Kopylova, die Flucht, Krawuttke, die Leiche im Hotel.

»Eine Leiche? Verdammt, das ist übel! Und Oksana ist über alle Berge? Dann war dein Tag ja auch ein verfluchter Dreckstag!«

Ich nickte zustimmend. Eva hatte inzwischen die Rausschmeißer-Mimik aufgesetzt und einer nach dem anderen verließ den heiligen Shop. Ich legte einen Schein auf die Theke, tippte mir an die Stirn, lächelte Eva zu und begab mich mit Siggi nach draußen, wo uns ein leichter Nieselregen auf Stippvisite empfing. Mit Zigarette und Zigarillo im Mundwinkel geisterten wir durch die Straßen wie Nachtschatten. Wir begegneten Schnapsdrossel, die es sich auf einer Motorhaube gemütlich gemacht hatte und schnarchend wahrscheinlich von Glühweinwürmchen träumte.

Ich rieb meine Hände aneinander und beobachtete aufmerksam die Straße. Autos parkten auf den Seitenstreifen und funkelten metallisch im Schein der Straßenbeleuchtung. Kaum Nachtverkehr. Eine schneidige Windböe kickte eine Zeitung in den Hauseingang eines Schuhladens. Eine einsame Ampel an der Kreuzung schaltete auf Rot und eine Katze strich fauchend um den Block. Bestimmt war sie auf Beutefang unter einem sternenlosen Himmel, der in die Nacht hineingähnte. Ich tat es ihm gleich, zündete noch eine Zigarette an und dachte dabei an Oksana. Ich würde sie schon finden, redete ich mir ein, denn schließlich war ich der beste Detektiv der Welt.

Doch hätte der beste Detektiv der Welt ein bisschen besser aufgepasst, wäre er nicht zu eitel gewesen, dann hätte er die Schritte früher gehört, die unheilvoll auf dem Asphalt widerhallten und sich an ihn heranpirschten wie der Jäger an seine Beute.

Plötzlich wurde hinter meinem Rücken eine Autotür aufgestoßen und ein Überfallkommando polterte aus dem Wagen. Verschwommene Gesichter, anonyme Hände, kalter Atem. Ich spürte nur noch einen stechenden Schmerz in der Schultergegend. Überrascht sauste ich herum, schwankte und schrie, während mich der nächste Schlag einer vermummten Person in Bomberjacke und Springerstiefeln in die Magengegend traf. Ich röchelte, sie lachten. Zwei der drei Schläger versuchten, mich zu packen. Ich entwand mich ihrem Griff, rammte einem den Ellenbogen in die Seite, trat dem zweiten ins Gesicht und versuchte, über die Straße zu rennen, in der irrigen Annahme, ich könnte mich mir nichts, dir nichts aus dem Staub machen. Doch der zweite hielt mich am Ärmel fest, landete wieder einen Schwinger direkt in den Magen und verpasste mir einen Hieb gegen den Hals. Ich knickte ein, rang verzweifelt nach Luft, von der ich plötzlich abgeschnitten zu sein schien, und fiel mit blutigem Gesicht auf die nasse Straße.

Einer sprang auf meinen Rücken, zerrte an meinen Haaren und zischte drohend in mein Ohr: »Da haben wir dich ja, du Schnüffler! Schöne Grüße von Schrammek! Wenn du nicht bald lieferst, bist du demnächst ein toter Schnüffler! Du weißt, wovon ich rede. Ist das klar, du Mistkerl?«

Und der Widersacher verpasste mir peitschende Ohrfeigen, woraufhin die anderen mich unentwegt mit Tritten bearbeiteten. Ich hielt die Hände schützend über den Kopf. Tränen schossen mir in die Augen. Die Schmerzen zogen sich nur vorübergehend zurück, um sich erneut in tausendfacher Mannigfaltigkeit zu entladen. Aus den Augenwinkeln heraus sah ich, wie Siggi Dux auf dem Rücken in einer Pfütze lag. Der Regen hatte wieder eingesetzt und prasselte auf mich herab. Eine gnadenlose Schwärze rings um mich herum hüllte mich ein.

4

Morgendunst lag über dem Spielplatz, auf dem ich aufwachte. Die ersten Sonnenstrahlen brachen durch die mittlerweile aufgelockerten Wolkenfetzen. Umständlich rappelte ich mich hoch und klopfte mir den Sand von der Kleidung. Am Fuße der Rutsche sitzend, zog ich die letzte Kippe aus der Packung. Das Feuerzeug sprang auf und ich sog mit einem tiefen Zug den Rauch der Zigarette ein. Ich war völlig gerädert. Mein Schädel pochte ohne Unterlass. Der Oberschenkel schmerzte, den ein in vollendeter Perfektion geschwollener Bluterguss zierte. Allerdings hatte ich Glück im Unglück gehabt und ansonsten nur leichte Schürfwunden und Schrammen davongetragen. Die Erinnerung an die vergangene Nacht kam zurück und hinterließ einen schalen Nachgeschmack.

Wo war Siggi? Vergeblich tastete ich nach meinem Smartphone, das entweder verloren gegangen oder von den Schlägern gefilzt worden war. Letzteres traf wohl eher zu, denn Feddeks und meine Brieftaschen waren ebenfalls weg. Die Frage, wer diese Schläger gewesen waren, die uns feige aufgelauert hatten, brauchte ich mir nun auch nicht mehr zu stellen. Die Angreifer hatten mir die Antwort geliefert. Ich verschanzte mein zugerichtetes Gesicht hinter einer verbogenen Sonnenbrille und kotzte lang und dreckig in den Sandkasten.

Fassungslos schaute mir eine junge Mutter dabei zu, die die ganze Zeit auf einer Bank gesessen hatte. Ich fragte mich, was eine junge Frau in aller Herrgottsfrühe auf einem Spielplatz zu suchen hatte? Erst jetzt bemerkte ich das kleine Mädchen, das mit dem Zeigefinger auf mich deutete, während ein kleiner Köter unbekümmert mit dem Schwanz wedelte, in der Hoffnung, das Erbrochene bald sorgfältig beschnüffeln zu dürfen. Es sollte sogar Hunde geben, die ab und an so etwas fraßen. Erleichtert trat ich mit dem Bus den beschwerlichen Heimweg durch die halbe Stadt an.

Eine Stunde später schloss ich die Haustür auf und ächzte die Stufen hoch. Auf der Treppenstufe vor meiner Wohnung saß Siggi Dux, wie ein Häufchen Elend. Mit einer tiefgefrorenen Spinatpackung aus dem Supermarkt kühlte er die Schwellungen im Gesicht. Seine freie Hand machte eine abfällige Geste.

»Sag nichts! Mensch, Frühauf, war das 'ne beschissene Nacht. Wäre ich doch bloß mit dem Arsch zu Hause geblieben, anstatt auf Verbrecherjagd zu gehen. Hilda wäre da das kleinere Übel gewesen.«

»Na, wenigstens haben sie dir deinen Humor nicht herausgeprügelt«, meinte ich trocken und schloss die Wohnungstür auf.

Siggi, der sich nur ein müdes Lächeln abringen konnte, folgte mir geradewegs in die auf links gedrehte Küche und bediente sich sogleich am Kühlschrank.

»Die haben ja die ganze Bude auf den Kopf gestellt. Ah, Wodka ist jetzt genau das Richtige! Na, wenigstens die Pulle ist heil geblieben. Hast du 'n Glas?«

Ich hob zwei unversehrte Gläser vom Küchenboden auf, hielt sie unter den Wasserhahn, trocknete sie mit meinem blutbesprenkelten Hemd ab und goss großzügig ein. In einem Zug spülte er das Zeug runter. Ich tat es ihm gleich.

Nach einer Runde Schweigen sagte Siggi: »Ich hab's dir ja gleich gesagt, dass Schrammek und Co. äußerst gefährlich sind. Die haben ihre Augen und Ohren überall. Mein Gott, mein Schädel platzt gleich. Ich brauch dringend 'ne Schmerztablette.«

Siggi sah übel mitgenommen aus, als hätte eine Marschkapelle ihr komplettes Repertoire auf seinem Gesicht geprobt. Vorsichtig befühlte er die Beulen und Dellen. Ihn hatte es weitaus schlimmer erwischt als mich. Da half auch kein Spinat, den er unterdessen in mein Gefrierfach gelegt und durch einen Eisbeutel ersetzt hatte.

Ich schaute launisch aus dem Fenster. Wolken hatten sich neu formiert und thronten majestätisch über dem gesamten Wohnblock. Noch hielten sie den Befehl zurück, die schwere Regenkavallerie losstürmen zu lassen. Herbstliche Windböen fegten über die Straßen hinweg.

»Ich muss zurück ins Hotel und checken, ob der Baum brennt, ob Oksana vielleicht dorthin zurückgekehrt ist. Ich habe da so ein mulmiges Gefühl im Bauch. Von mir aus kannst du dich aufs Ohr legen.«

Doch Siggi Dux hörte mich nicht mehr. Er lehnte zusammengesunken im Stuhl und war eingenickt. Ich weckte ihn nicht. Stattdessen nahm ich eine Dusche und behandelte notdürftig meine Blessuren mit Antiseptikum und Salben. Ich schlüpfte in frische Klamotten und überließ Siggi Dux dem Sandmännchen.

Ich lief zum Hauptbahnhof und fuhr mit der U 35 zum Büro. Dort fand ich meinen Wagen unverschlossen vor und den Zündschlüssel, der hinter der Sonnenblende verborgen war. Ich stieg ein und ließ den Motor an, der dank Harry sofort ansprang. Im Handschuhfach fahndete ich erfolgreich nach einem Zwanzigeuroschein, kramte nach Tabletten aller Art und entschied mich, ohne zu zögern, für die dickste. An einer Bäckerei bremste ich abrupt ab. Der Motor tuckerte. Ich ließ ihn laufen und eilte mit leerem Magen auf die Bäckerei zu. Dabei stieß ich eine Mittfünfzigerin im gewagten Minirock zur Seite, drängelte mich ungehobelt an der Schlange vorbei, erstickte jeden latenten Beschwerdeversuch im Keim und erstand zu guter Letzt zwei ausgebeulte Brezeln und eine überteuerte Cola. Dann machte ich es mir auf dem Fahrersitz bequem, würgte den Motor ab und kaute genüsslich vor mich hin.

Plötzlich kam die rotblonde Verkäuferin im weißen Kittel mit lockigen Wuschelhaaren und rotem Schmollmund winkend aus dem Laden auf mich zugerannt. Ich begrüßte sie mit einem hallo-schöne-Frau-Lächeln und hoffte, sie würde kehrtmachen und Brötchen in den Ofen schieben. Sie tippte aufgeregt gegen mein Fenster. In der Hand ein paar Münzen Kleingeld. Mein Wechselgeld. Ich kurbelte die Scheibe herunter und kratzte ein heiseres »Danke« aus meiner schwarzen Raucherlunge. Fasziniert schaute sie auf die Schrammen in meinem Gesicht und reichte mir das Geld durch das Fenster, wobei sie meine Hand länger berührte als nötig. Sie hatte Blut gerochen. Doch ich fühlte mich eindeutig zu alt für solche Späße, süßglasierte und zuckerkringelnde Botschaften der Verliebtheit auszutauschen. Das Geld für die Brezeln sollte heute reichen. Bevor sich ihre gutgelaunten Sommersprossen an meinen Dreitagebart heften konnten, verpuffte ihr hauchzart geflüstertes »gern geschehen« in der Luft. Es verflüchtigte sich wie der Ausstoß sämtlicher Schadstoffe meines Wagens.

Sie winkte meinem Volvo hinterher und musste sich eingestehen, dass sie heute nichts mehr gebacken kriegen würde; zumindest, was mich betraf. Unter anderen Umständen hätte ich mir eine solche Gelegenheit nicht durch die Lappen gehen lassen. Sie waren sowieso schon rar gesät. Solche Konstellationen ergaben sich natürlich nie, wenn über längere Zeit akuter Frauennotstand herrschte. Im Gegenzug hupte ich zum Abschied zweimal trocken und meine holde Prinzessin der Backzunft verlor sich zusehends mehr im Rückspiegel, je höher die Tachonadel kletterte.

Vor dem Hotel erblickte ich das Großaufgebot von Polizei und Rettungskräften. Resigniert stellte ich den Volvo ab. Bei Tageslicht machte das Hotel »Gloria« einen noch maroderen Eindruck. Mehr schlecht als recht hatte der abgeblätterte Bunker über die Jahre hinweg den Wetterkapriolen getrotzt. Die Neonlettern an der Außenfassade hatten schon gestern Nacht nicht richtig funktioniert. Der Anstrich war verblasst. Ein kleines Stundenhotel der billigsten Sorte. Eine neue Farbe war so bitter nötig wie bei mir eine Rasur. Versonnen kratze ich über die Bartstoppeln. Hatte die Polizei etwas herausgefunden, über Oksana und mich? Um Aufklärung bemüht, ließ ich meinen Volvo stehen und schritt zu einem uniformierten Beamten, der mürrisch vor einem Absperrband gähnte.

»Gehen Sie weiter! Hier gibt es nichts zu sehen!«, blaffte er mich an.

Blaulichter, Spurensicherung, Großalarm. Ich nickte und ging weiter, bemüht, einen Schlupfwinkel, einen geöffneten Fensterspalt oder einen Hintereingang zu finden. Ich erspähte eine verrostete Eisentür. Ein Beamter stand davor und rauchte. Das Funkgerät in seiner Hand knisterte. Dann verschwand er. Ich schaute nach allen Seiten und überwand das Absperrband. Niemand beachtete mich. Leise öffnete ich die Tür und lugte vorsichtig hinein. Keine Menschenseele. Ich schlich mich durch einen langen Gang, folgte der Treppe, die zur Lobby führte und huschte dann durch die verwaiste Rezeption. Ein Radio dudelte leise vor sich hin. Ich stieg die knarrenden Stufen hinauf in den ersten Stock und traf auf einen Haufen Polizisten und Sanitäter. Ich blieb im Türrahmen des Zimmers stehen. Die Spurensicherung hatte ihre Arbeit bereits beendet. Ein Mann mit grauem, schütterem Haar stand nachdenklich vor einer Kreidezeichnung am Boden, die von einer an der Decke hängenden Lampe angeleuchtet wurde. Feine Regentropfen schlingerten im Zeitlupentempo am Fensterglas herunter. Ein weiterer Mann mit abstehenden Ohren und angefressenen Haaren schob sich an mir vorbei.

»Der Tote stammt aus der Ukraine und heißt Gleb Starchenko. Dreiundvierzig Jahre alt. Er hatte eine Arbeitsgenehmigung und war als Nachtwächter bei der Speditionsfirma Pleschke in Gelsenkirchen beschäftigt. Mehr habe ich so schnell nicht in Erfahrung bringen können, Theo.«, sagte er zu seinem Partner.

Der Mann mit dem grauen, schütteren Haar blickte nicht auf und sagte leise: »Danke, Staedtler, gute Arbeit.«

Staedtler wartete auf Nachschlag. Unschlüssig presste er die Hände ans Becken. Daher griff ich in die Szenerie ein und räusperte mich.

»Ähm, 'tschuldigung, mein Name ist Frühauf, Mike Frühauf, Privatdetektiv. Vielleicht kann ich etwas Licht in die Sache bringen.«

Ruckartig drehten sich die beiden Beamten zu mir um und sahen mich erstaunt an. Sie beäugten mich skeptisch, was nicht besonders verwunderlich war. Mit all den Schrammen und Kratzern im Gesicht, erinnerte ich sie anscheinend eher an den Täter als an einen seriösen Ermittler. Oder an Goldzahn, kurz bevor er draufgegangen war.

»Was machen Sie hier und wie sind Sie hier hereingekommen? Das ist ein Tatort! Sie haben hier nichts verloren, Herr … «, wies mich der Grauhaar-Bulle schroff zurecht, der auffallend große Ähnlichkeit mit diesem Brockmöller, dem Partner an der Seite von Manfred Krug aus der Krimireihe »Tatort«, hatte.

»Frühauf«, beendete ich den Satz.

»Also, Herr Frühauf. Ich bin Hauptkommissar Theo Benrich und das ist mein Kollege Jens Staedtler. Sie sind Privatdetektiv. Nun gut, was heißt ›Licht in die Sache bringen?‹ Was wollen Sie uns mitteilen? Ich hoffe für Sie, dass Sie etwas Wichtiges zu sagen haben, sonst werde ich Sie hinausbegleiten und eine Anzeige wegen Behinderung polizeilicher Ermittlungen am Tatort folgen lassen.«

Seine grauen Augen lagen eingebettet in buschige Augenbrauen und dicke Tränensäcke. Ich schätzte sein Alter auf um die Fünfzig. Auf seinem Pullover galoppierten kleine braune Pferde über kleine braune Hügel. Gewiss ein Weihnachtsgeschenk von seiner Frau. Ich überlegte, wie viel ich diesem Brocki-Verschnitt erzählen sollte. Üblicherweise hegte jeder gute Detektiv einen schlimmen Verdacht gegen den Schutzmann, begründet auf einer langen, traditionellen Feindschaft. Sollte ich ihm die Wahrheit sagen? Der Nachtportier würde ohnehin eine mustergültige Beschreibung von Oksana und mir abliefern.

»Tja, Herr Hauptkommissar. Ich bin im Zuge privater Ermittlungen gestern Nacht in diesem Hotel aufgekreuzt. In Begleitung einer jungen Frau aus der Ukraine, die in die Fänge der Zwangsprostitution geraten ist. In einer Duisburger Wohnung war ich Zeuge einer Vergewaltigung, aus der ich diese junge Frau befreit habe. Seitdem ist der Milieu-Zampano Armin Feddek hinter der Frau und mir her. Er ist einer der Drahtzieher. Und Goldzahn hier ist einer seiner Schläger.«

»Sie waren sozusagen vor Ort. Alles sehr vage, was sie mir da auftischen. In welcher Sache ermitteln Sie denn ›privat‹, Herr Frühauf?«

»Im Grunde genommen bin ich nur durch Zufall in den Sumpf dieser perversen Zwangsprostitution hineingerutscht. Mein eigentlicher Auftrag war ein anderer.«

»Ein anderer?«

»Eine gewisse Frau Kyas hat mich beauftragt, den Mord an ihrer Schwester Lisa aufzuklären. Sie sind sicher im Bilde, worum es geht. Eine von vielen spärlichen Informationen führte mich eben hierher. Reine Routine, wie Kommissare das in Krimiserien immer so sagen.«

»Was für eine Spur? Haben Sie nun was zum Tathergang zu sagen oder nicht? Was ist hier passiert?«

»Also gut, Herr Hauptkommissar, das Mädchen aus der Ukraine hat den Mann mit den überkronten Goldzähnen in Notwehr erstochen, mit meinem Klappmesser. Wenn Sie es mir freundlicherweise wiedergeben würden? Der Fall ist doch wohl damit abgeschlossen, nicht wahr?«, meinte ich lapidar.

»Herr Frühauf, ich nehme sie hiermit vorläufig fest. Es besteht dringender Tatverdacht, dass Sie den Mord an Gleb Starchenko verübt haben. Reine Routine, wie Kommissare das in Krimiserien immer so sagen …«

Ich hörte nicht mehr hin. Hätte ich doch auf Siggi Dux gehört, der friedlich in meiner ramponierten Küche schlief, statt mich um Kopf und Kragen zu reden. Schlaf wäre die bessere Alternative gewesen. Mein Schädel dröhnte wie der gesamte Ballermann zur Hauptsaison. Nichts wurde einem geschenkt. Aber auch rein gar nichts. Ich Volldepp! Gestatten? Privatvolldepp Mike Frühauf, seines Zeichens Kamikaze-Schnüffler, der die Frühschicht wieder verpennt hatte. Wie ich meinen Nachnamen doch inbrünstig hasste. Der Tag war nun endgültig gelaufen. Letztendlich hatte ich sie doch eher an den Täter erinnert.

Der Regen tröpfelte leicht gegen das Bürofenster von Hauptkommissar Benrich. Hier saß ich nun und ließ das spekulative Frage- und Antwortspiel in allen Variationen über mich ergehen. Die Heizung ratterte zu laut und zu warm. Der Raum war stickig und roch nach Deoversagen und Acrylsocken, die zu viele Überstunden auf dem Konto hatten. Staedtler putzte sich geräuschvoll die Nase und beschwerte sich griesgrämig über das Wetter. Auf dem Flur hasteten gedämpfte Stimmen und hektische Schritte an der verschlossenen Tür vorbei. Benrich kauerte hinter dem Schreibtisch und nippte an seinem Hagebuttentee. Ebenso wie der Teebeutel saß ich in der Patsche. Als wäre ich die Unschuld vom Lande, klebte mein Blick an diversen idyllischen Bürorequisiten. Adrette Schubladenschränke, todschicke Schreibtische und moderne Computerterminals. An den Wänden ein Kalender mit dem Bergbaumuseum im Herbst und gut gemeinte Freund-und-Helfer-Tipps, die eindringlich vor abgezockten Neppern, Schleppern, Bauernfängern warnten.

»Noch einmal, Herr Frühauf, was haben Sie in diesem Hotel gemacht?«

»Das habe ich Ihnen bereits dreimal erzählt«, sagte ich genervt.

»Ich habe viel Zeit«, erwiderte Benrich.

»Ich habe einen Tipp bekommen, dass sich der Zuhälter von Lisa Kyas in Duisburg-Marxloh, Kantstraße Ecke Körnerstraße, aufhält. Darum habe ich mich dort eingeschlichen und bin dann unfreiwillig Zeuge der Vergewaltigung an Oksana Kopylova geworden. Das war schon schrecklich genug … grauenhaft … Was hätte ich Ihrer Meinung nach denn tun sollen? Einfach nur tatenlos zusehen? Also habe ich sie befreit und bin mit ihr geflohen, eben in dieses Hotel.«

»Von wem haben Sie den Tipp bekommen?«

»Von einem Informanten, dessen Namen ich nicht nennen möchte.«

»Und dann waren Sie Zigaretten holen? Haben das Mädchen alleine im Hotel zurückgelassen?«

»Genau. Als ich wieder zurückkam, habe ich die Tür angelehnt vorgefunden. Ich also rein ins Zimmer und plötzlich ist dieser Goldzahn auf mich losgestürzt und hat mich niedergeschlagen. Verschwommen habe ich noch erkennen können, wie Oksana den Mann in Notwehr erstochen hat. Dann war vorübergehende Ohnmacht angesagt. Als ich wieder aufgewacht bin, war

Oksana nicht mehr da. Sie hat sich auf und davon gemacht – verständlicherweise – aus Angst, verhaftet und danach in die Ukraine abgeschoben zu werden.«

»Und Sie sind zum Tatort gefahren, in der Hoffnung, Oksana Kopylova wäre ins Hotel zurückgekehrt?«

»Genau, Herr Hauptkommissar«, bestätigte ich in spöttischem Tonfall.

Dann klopfte es. Herein kam ein Tom Magnum-Verschnitt in Begleitung eines Toto-und-Harry-Duos. Allmählich war ich zu der Überzeugung gelangt, es könnte sich unmöglich um ein Polizeirevier, sondern nur um eine Double-Agentur handeln. Hier arbeiteten scheinbar ausschließlich bekannte Gesichter aus dem Fernsehen. Nur Staedtler nicht, der doubelte sich selbst. Das Ermittlungsteam hatte sich um Benrich herum gruppiert. Noch schwiegen sie. Keiner sagte einen Ton. Meinetwegen sollten sie. Ich würde mich von nun an auf die gleiche Art revanchieren. Vier der fünf Augenpaare musterten mich geringschätzig. Nach ihren Gesichtern zu urteilen, dachten Harry und Toto ans Poppen, Staedtler an Toto und Magnum an Miss Higgins, wenn es denn je eine gegeben hatte. Nur Benrich dachte nicht, sondern sprach.

»Sie bleiben also bei Ihrer Aussage, Herr Frühauf?« Schweigen im Walde. »Ich könnte Sie vierundzwanzig Stunden hier festhalten, das wissen Sie?« Ich nickte und kaute Kaugummi. »Nun gut, Ihre Fingerabdrücke sind nicht auf der Tatwaffe, einem Klappmesser, wie mir meine Kollegen soeben mitgeteilt haben. Ferner haben wir herausgefunden, dass Ihre Angaben halbwegs stimmen. Sigurd Dux und Frau Kyas haben ihre Aussage bestätigt. Außerdem hat sich eine Zeugin gefunden, die eine Beschwerde wegen ungebührlichen Benehmens auf einem Kinderspielplatz auf unserer Wache gemeldet hat. Die Beschreibung trifft exakt auf Sie zu. So weit, so gut. Soviel dazu, Herr Frühauf.«

Ich schaute auf den Linoleumboden und blieb stumm wie ein Fisch.

»Hören Sie«, begann Benrich erneut, »ich habe keinen Augenblick geglaubt, dass Sie für den Mord im Hotel verantwortlich sind. Spielen wir doch mit offenen Karten. Feddek ist eine Ratte. Es wäre zu schön, ihm ein Bein zu stellen.« Schleimte Benrich etwa? Troff der ganze Linoleumboden schon? »Oksana Kopylova ist auf der Flucht. Sie hat Starchenko erstochen, sei es im Affekt, sei es in Notwehr. Wir müssen Feddek und Oksana Kopylova unbedingt finden! Ich leite eine Ringfahndung ein«, sagte Benrich mehr zu sich selbst. Dann schaute er mir fest in die Augen und reichte mir seine Visitenkarte. »Überlegen Sie es sich, Herr Frühauf. Meinetwegen können Sie jetzt nach Hause gehen.«

»Eine Sache noch: Es geht um den Fall Ellen Jager. Können Sie mich in Kenntnis setzen, wie weit Ihr Ermittlungsstand ist? Ich denke, dass dieser Fall etwas mit Feddek zu tun hat. Ellen Jager hat mir einige wichtige Hinweise gesteckt. Nun ist sie tot. Was wissen Sie darüber?«, fragte ich.

Benrich spielte mit dem Teebeutel. Beutelchen raus, Beutelchen rein. »Ellen Jager wurde mit einem Messer erstochen. Wir haben keine brauchbaren Spuren. Zu viel Publikumsverkehr. Interessant ist allerdings, dass Ellen Jager die Schwester von Edgar Bärwald war. Wir wollten ihn als Zeugen vernehmen. Leider ist er zurzeit nicht auffindbar. Wir wissen, dass Bärwald gelegentlich für Feddek gearbeitet hat. Als Mädchen für alles. Er betreibt eine Boxschule in Essen und ist kein unbeschriebenes Blatt.«

Alles schien auf ein Geben und Nehmen hinauszulaufen. Konnte ich einem Bullen mit Pferdemotiven auf dem Pullover über den Weg trauen?

»Woher wussten Sie eigentlich, dass die Kyas anschaffen gehen musste?«, fragte ich weiter.

»Ein Freier hat ausgesagt, dass die Kyas als Prostituierte für Feddek gearbeitet hat. Kurz bevor er ihre Dienste im ›Laufhaus‹ in Anspruch nehmen konnte, hat er gesehen, wie Feddek ihr Geld abgenommen hat und wütend aus dem Zimmer gestürmt ist. Und wenn wir schon über den Fall Lisa Kyas reden: Zunächst hatten wir auch den Verdacht, dass Feddek der Täter ist. Doch er hat ein Alibi.«

Mir war bewusst, dass ich eigentlich nur die Mordkommission hätte anrufen müssen, um den Namen des Zuhälters zu erfahren, statt zehntausend Euro bei einem idiotischen Glücksspiel zu riskieren. Aber wer will schon groß mit der Polizei zusammenarbeiten?

»So einer wie Feddek hat doch immer ein Alibi, wenn er eins braucht.«

»Diesmal hat er tatsächlich eines, Herr Frühauf, Feddek war zur Tatzeit in einen Verkehrsunfall verwickelt.«

»Und Ralf Mosko?«

»Der ist wie vom Erdboden verschluckt.«

»Was unternehmen Sie im Fall Schrammek?«

»Wir werden ihn aufsuchen, ihn befragen. Er wird alles abstreiten. Wir haben keine Beweise. Und einen Kredit einzuräumen ist nicht strafbar.«

»Vielleicht liefere ich Ihnen die Beweise, die Schrammek zur Strecke bringen: Wucher, Nötigung und so weiter. Fragen Sie nach einem Jutesack, den ich im ›Intershop‹ hinterlegt habe.«

Ein Meer aus dichten Wolken zog über die Herbstlandschaft hinweg und schwarze Krähen ruhten auf Drähten. Ich lief den Feldweg entlang, der an einer Schrebergartenkolonie vorbeiführte, abseits vom hektischen Stadtbetrieb. Moderne Fertigbauholzhäuser aus dem Baumarkt konkurrierten mit selbst gebastelten Flickwerklauben, die im Laufe der Jahre immer wieder ausgebessert worden waren. Meine mürrischen Gedanken hatten sich der Herbststimmung mühelos angepasst und flogen wie die Krähen in alle Richtungen. Leichter Nieselregen befeuchtete die Luft. Eine Reiterin galoppierte über eine Wiese und begegnete einem Spaziergänger mit Hund. Ein kleiner Bach schlängelte sich träge durch den Nachmittag, während der Hund hinter einem Stock herjagte, den sein Herrchen in hohem Bogen geworfen hatte. Überall hatten sich Pfützen auf sandigem Grund gebildet, die der Nachtregen zurückgelassen hatte. Ein Hochsitz am Waldrand wachte auf verlorenem Posten über friedliche Wiesen und Felder.

Ich war in die Natur hinausgefahren, wie ich es immer tat, wenn ich meine Gedanken ordnen wollte. Wie sollte ich nun weiter vorgehen? Was hatte ich in der Hand? Feddek hatte ein Alibi, Oksana und Mosko waren wie vom Erdboden verschluckt. War Feddek der Mörder von Ellen? Was hatte sie gewusst? War sie in diesem Fall tiefer verstrickt gewesen als angenommen? Hatte Feddek etwas mit ihrer Ermordung zu tun? Komarov, Feddek, Batov, »Laufhaus«. Feddek war Komarov im Weg, sonst hätte er mir nicht den entscheidenden Tipp gegeben. Eins war jedenfalls sicher: Ellen ist nicht getötet worden, weil sie mit mir gesehen worden war oder zu viel geplaudert hatte. Das Motiv war ein anderes. Unschlüssig schüttelte ich die Gedanken ab und trat den Rückweg an. Immerhin war ich schon über eine Stunde unterwegs gewesen. Ich ließ den Volvo anspringen und raste heimwärts wie ein Aspirin direkt.

Der Feierabendverkehr wütete bereits auf den Straßen, als ich an der Kreuzung am Schauspielhaus rechts in die Hattinger Straße einbog. Gewagte Überholmanöver und Hupkonzerte. Ich hielt am Kiosk wie üblich im Halteverbot. Selbst im Freien war alles eingehüllt vom Alkoholgeruch eines Stammgastes namens »Iglu«. Ein Berufsalkoholiker ganz oben in der Liga. Den Spitznamen hatte er meines Wissens deswegen bekommen, weil er ständig kalte blaue Hände und einen schlohweißen Pottschnitt hatte, quasi einem Iglu gleich. Sein richtiger Name war Gerd Nattler, einst Platzwart eines hiesigen Fußballclubs, der in der Kreisliga erfolglos auf Punktejagd gegangen war. Allerdings hatte man ihn wegen seiner ständigen Sauferei entlassen. Bei »Uns Heinz« war er Stammkunde. Er war immer da, von morgens bis abends. Wo sollte er auch sonst hin?

»Na Spätzünder, Frühschicht um? Wie geht dich dat?«, grüßte er. Sein Gesicht war aufgedunsen und seine milchigen Augen schimmerten glasig. Er lächelte besoffen und man sah, dass sämtliche Vorderzähne fehlten. Vielleicht hatte er zu viele Pullen mit seinem Gebiss geöffnet.

»Normal, Iglu!«, gab ich zurück.

Jetzt bloß kein Gespräch. Doch er setzte seinen Flachmann an und nickte gleichgültig. Dann blätterte er weiter durch die neueste Ausgabe von »Sexy«. Mir war es nur recht.

Endlich erschien »Uns Heinz« in üblicher Joggingmontur und öffnete die verglaste Fensterklappe des Kiosks. »Na, Meister, Tabak oder 'n paar Pülleken Bier?«

»Alles, Heinz, außerdem brauch ich was für Opa Krawczyk, Pralinen oder so was.«

»Oh, haste Scheiße gebaut? Ich hab hier wat ganz Töftes. Ich nenn dat ›Weiberversöhnungsauslese‹, Pralinen vom Feinsten. Dat kriegste nich überall, da lecken sich die Weiber normalerweise die Finger nach. Der Horst vonne Waldstraße nimmt die auch immer für seine Alte. Und? Et hat bisher immer geklappt! Aba der Krawczyk is ja keine Frau, trotzdem macha die auch ganz gerne. Is auch wat für alte Oppas, nich nur für die Weiber.«

»Na gut, pack den Mist ein und gib mir noch eine Flasche Mariakron dazu, Heinz!«, entschied ich kurz entschlossen.

Iglu war währenddessen im Stehen eingeschlafen und sackte in kurzen Abständen an der Außenfassade entlang – seine Haare hatten dort bereits einen dicken Fettabdruck hinterlassen – friedlich zu Boden. Ich bezahlte und ging. Auf »Uns Heinz« konnte man sich verlassen.

Schmunzelnd rappte ich »Vater Schmidts Wandertag« von Grobschnitt in einer gewöhnungsbedürftigen »Cracknigger«-Version durchs Treppenhaus und legte die Pralinen und die Pulle Mariakron vor Opa Krawczyks Tür. Sozusagen als Dankeschön für die säumige Mietzahlung. Während ich die Stufen zu meinem Domizil erklomm, hörte ich lärmenden Fernsehbetrieb »Achtung Kontrolle – Einsatz für die Ordnungshüter« aus meiner Wohnung. Ich klingelte an meiner eigenen Schelle, obwohl ich der eigentliche Mieter dieser Wohnung war. Vielleicht hatte sich das ja während meiner Abwesenheit geändert. Aufhebung des Mietvertrags wegen eklatanter Verstöße aller Art!

Ordnungshüter Siggi Dux öffnete in Unterhosen die Tür und meinte dreist: »Also, wenn Sie von der GEZ sind, ich gieß hier nur die Blumen.«

»Lass den Blödsinn, du Komiker«, blaffte ich ihn an und schob mich an ihm vorbei. Ich pflanzte mich auf die Couch und trank den allerletzten Rest Wodka aus der Flasche. Inzwischen hatte Siggi Dux die Wohnung einigermaßen wieder auf Vordermann gebracht.

»Du hast ja Hausfrauenqualitäten: Achtung, Siggi Dux – Einsatz für den Ordnungshüter. Richtig gemütlich, diese Gangster-Wohnung. Mit anderen Worten: ein Heim für Ganoven.«

»Die Bullen haben sich bei mir via Handy gemeldet. Sie hatten die Nummer von Hilda. Mann, ist die sauer! Kann ich ein paar Tage bei dir wohnen? Sie hat mich endgültig rausgeschmissen«, erklärte Siggi Dux kleinlaut.

»Du fühlst dich hier doch jetzt schon wie zu Hause, also was soll's«, erwiderte ich so neutral wie möglich. »Und eine Hand wäscht die andere. Ach ja, und deine zarte Hand macht den Abwasch«, fügte ich hinzu, deutete auf die Küche und warf ihm ein Geschirrtuch zu, das ich zum Trocknen auf die Heizung gelegt hatte. Ungeschickt schnappte er danach, legte es sich über die Schulter und ging tatsächlich in die Küche, um zu spülen.

Ich zog die Tür zu, ging die Treppe hinunter hinaus auf die Straße und sah, dass im Kiosk »Uns Heinz« noch Licht brannte. Ich hatte Lust auf ein Bier. Doch dazu sollte es nicht kommen: Nicht nur die kühle Abendluft umklammerte mich wie ein eisiger Schraubstock, sondern auch ein muskelbepackter Unterarm, der mir fast die Luft abschnürte. Er hatte mir in der Dunkelheit vor dem Haus aufgelauert.

»Keinen Mucks, meine Waffe ist direkt auf dein Köpfchen gerichtet. Und die kann was, macht 'n Loch wie 'n Scheunentor.«

Das hätte er mir nicht zu sagen brauchen, denn ich spürte das kalte Metall genau an der beschriebenen Stelle.

»Verdammt, was soll das, du Affenhirn?«, krächzte ich gequält.

»Halt's Maul, Arschloch! Mein Chef will dich sprechen, hat da drüben geparkt. Los, beweg deinen Scheißarsch!«

Er dirigierte mich zu einem Benz, dessen Tür von innen geöffnet wurde. Mit einer unmissverständlichen Geste deutete Affenhirn ein los-einsteigen-Arschloch an und presste mich auf den

Rücksitz, auf dem er sich direkt neben mich plazierte und mir seine Waffe in die Rippen stieß.

»Guten Abend, Frühauf, ungewöhnlicher Name, wusste gar nicht, dass es den überhaupt gibt. Heute wohl eher zu spät unterwegs, was? Na ja, scheißt der Hund drauf. Es gibt Wichtigeres zu besprechen«, begrüßte mich ein blonder Pferdeschwanz.

»Ein Zuhälter, der ganze Sätze sprechen kann, ist auch recht ungewöhnlich, Feddek«, gab ich forsch zurück.

»Danke für's Kompliment. Zuhälter – ich sehe mich eher als Geschäftsmann. Aber lassen wir die Spitzfindigkeiten beiseite. Jemand hat mir dein Portemonnaie in die Hände gespielt. Also hab ich mir gedacht, ich fahr mal rüber, um es dir zurückzugeben und ein wenig mit dir zu plaudern. Ich will auch keinen Finderlohn.«

»Deins habe ich dir ja bereits wieder zukommen lassen. Ich will auch keinen Finderlohn.«

Höhnisch musterte er mich. Dann wich sein netter Kumpelton einer härteren Gangart. Eiskalt fauchte er: »Hör zu, Frühgeburt, ich will meine Russenschlampe zurück und du bringst sie mir! Du hast Zeit bis morgen Abend, 21.00 Uhr, ›Rote Laterne‹, sonst beißt Mosko ins Gras. Ist das klar? Morgen Abend, 21.00 Uhr.« Feddek reichte mir meine Brieftasche und mein Smartphone nach hinten.

»Woher weiß ich, dass du nicht bluffst?«, fragte ich.

»Schau dir dieses Portrait an!« Er zeigte mir ein Foto und warf es mir anschließend an den Kopf. Darauf zu sehen war Mosko, grün und blau geschlagen und an ein Heizungsrohr festgekettet. »Wenn du sie gefunden hast, hinterlässt du 'ne Nachricht in der ›Roten Laterne‹. Und jetzt verpiss dich, du Frühlingsrolle! Find die Russenschlampe, klar?!«

Affenhirn grinste ganz seiner Gattung gemäß und ließ mich aussteigen. Ich sah die Rücklichter kleiner werden, als die Reifen des Benz davonquietschten. Mosko in der Gewalt von Feddek!

Hey, Frühauf, wieder mal die Frühschicht verpennt? Oksana Kopylova. Du musst sie unbedingt finden, koste es, was es wolle, sagte ich zynisch zu mir selbst.

Ich spurtete die Stufen zu meiner Wohnung hoch und schellte Sturm. Siggi Dux öffnete mit seinen zarten Spülhänden und guckte doof.

»Schon zurück? Is' aber schade, wollte gerade deine Wohnung nach Pornos durchsuchen.«

»Du hast doch hier aufgeräumt«, gab ich völlig außer Atem zurück. »Hör zu: Feddek hat Mosko in seiner Gewalt, wir müssen die Kopylova finden!«

Ebenso schnell, wie ich ihm die Fakten dargelegt hatte, suspendierte er sich eigenmächtig vom Spüldienst, zog sich etwas an und griff nach seiner Jacke. Wir hatten keine Zeit zu verlieren.

Schnell kletterten wir in den Volvo und brausten dem Ultimatum entgegen, unter einer Wolkendecke, die sich mühelos der Finsternis angepasst hatte und in düsterer Vorahnung mit zu viel Regen im Gepäck übers Ruhrgebiet hinwegzog. Erbarmungslos knallte ein Regenguss auf die Straße und gegen die Fassaden der Häuser. Meine Scheibenwischer versuchten, die Sintflut zu bändigen, während ich mich in den dichten Ringverkehr der Innenstadt einfädelte. Autos verschnauften an Kreuzungen vor roten Ampeln, andere schlossen vorsichtig von hinten auf und lauerten auf den Sprung zur Grünphase. Passanten flohen in überdachte Hauseingänge. Ich nahm die Autobahn Richtung Essen. Boxschule Bärwald. Wir postierten uns vor dem Eingang.

»Was willst du denn hier?«, nuschelte Siggi Dux undeutlich. Er kaute an einem Zigarillo.

»Ich warte darauf, dass ein Boxschüler, der nicht so groß und muskelbepackt aussieht, herauspurzelt.«

»Willst du ihn verprügeln, weil du in letzter Zeit so oft verprügelt worden bist?«

»Witzbold! Nein, ich will ihn nach Bärwald ausfragen.«

»Ach so.«

Schweigend rauchten wir. Der Regen hatte eine Pause eingelegt und Wolken untersuchten kaum wahrnehmbare Mondabdrücke, als wäre der Himmel ein geheimnisvoller Gauner in der Nacht. Lange Zeit tat sich nichts. Der Herbst präsentierte sich abends von seiner kühleren Seite. Die Standheizung funktionierte nicht mehr. Mit heißen Kaffeebechern vom Kiosk und Zigaretten vertrieben wir den Schlaf und die Langeweile. Wenigstens hatte mich das Standlicht nicht im Stich gelassen. Seit ungefähr zwei Stunden bewachten wir den Eingang. Dann verließ eine junge bildschöne Frau die Boxschule und lief an unserem Wagen vorbei. Blonde Hochsteckfrisur, große blaue Augen, Lederjacke, Minirock, hohe Stiefel.

»Bleib im Wagen und halt die Augen auf, Sissi!«

»Ey, hast du gerade ›Sissi‹ gesagt?«

»Nein, Sigurd, du hast dich verhört.«

Ich knallte die Autotür zu und hängte mich an die Frau. Immer dem Parfum nach. Sie bewegte sich auf die Fußgängerzone zu, überholte einen Kläffer, der verblüffende Ähnlichkeit mit Frauchen hatte, und bog in eine Nebenstraße ein. Hier blieb sie stehen und schien auf jemanden zu warten. Nach zehn Minuten blauem Dunst, erschien ein gedrungener Typ mit einer aalglatten Tolle im Haar in Begleitung einer schlanken Gestalt in einem grünen Parka, die Kapuze tief ins Gesicht gezogen. Nach kurzer, wortloser Begrüßung stiegen sie in einen Mini, den die Schönheit dort geparkt hatte. Wenn man ihn brauchte, war er normalerweise immer da: mein Volvo! Nur jetzt gerade nicht!

Deshalb beeilte ich mich, eines der Taxis zu erhaschen, die zahlreich am Bahnhof auf Kundschaft warteten.

»Folgen Sie dem Mini! Möglichst unauffällig!«, wies ich den Fahrer ungeduldig an. Glücklicherweise zeigte die Ampel Rot, sodass wir noch Sichtkontakt halten und somit die Verfolgung gelassen aufnehmen konnten. Warum verfolgte ich sie? Nur wegen Bärwald? Oder vielleicht deshalb, weil sie so außergewöhnlich schön war, weil ich so neugierig war, weil ich sie so mysteriös fand? Der Taxifahrer reihte sich hinter einem gelben Käfer, zwei Fahrzeuge hinter dem Mini, ein. Die Ampel sprang auf Grün um. Der Mini fuhr in gemütlichem Schritttempo und hielt schließlich vor dem Eingang des »Desire«, einer Tabledance-Bar im Herzen von Essen. In angemessenem Sicherheitsabstand stoppte auch das Taxi. Die schöne Frau parkte den Wagen direkt vor dem Etablissement. Die drei stiegen aus und gingen hinein. Einige wenige Autos standen verlassen da wie Statisten vor einer Herbstkulisse. Wer waren die Schmalztolle und die schlanke Gestalt im grünen Parka?

Nachdem ich Siggi Dux nach Hause beordert hatte, setzte ich die Verfolgung der schönen Frau fort. Nasse Seitenstraßen, eilige Passanten, parkende Autos im Regen. Nach einer Weile betrat sie den »McDonald's« am Hauptbahnhof und stellte sich in der Schlange rechts von mir an. Mein Magen knurrte. Die Servicemitarbeiterin lächelte. Ich verlangte ein Menu. Aus den Augenwinkeln heraus beobachtete ich meine Zielperson, die gerade in ihrem Portemonnaie nach Kleingeld suchte. Meine Bestellung ging deutlich schneller von der Hand. Ich eroberte einen freien Tisch und besudelte mich prompt mit meinem Hamburger. Ab und zu nippte ich an der Cola. Hier gab es allerlei buntes Volk zu beobachten. »McDonald's« war nicht nur ein Pilgerhort für Fast

Food-Liebhaber, sondern auch ein Treffpunkt zwielichtiger Gestalten. Hier werden teilweise Drogendeals im großen Stil abgezogen. Meist auf der Burger-Toilette. Ich beobachtete weiterhin die Schönheit. Sie bahnte sich mit ihrem Tablett eine schmale Gasse durch die gurrende Party-Chicken-Menge und platzierte sich an der Tischreihe mir gegenüber. Wahrscheinlich unter Drogen, wenn man ihre großen blauen und leicht geröteten Augen betrachtete. Ganz schön stoned, die Kleine. Mit einer eleganten Handbewegung strich sie sich eine blonde Haarsträhne aus ihrem Gesicht und tunkte Pommes in den Ketchup. Verträumt musterte sie die Rudelbildung am Bestell-Counter, ohne wirklich einen Fixpunkt anzupeilen. Den hatte bereits ein anderer an ihr festgemacht: Ein kahl rasierter Bengel in grau-weiß gefleckter Armeehose stieß mit Absicht seinen Ellenbogen gegen ihren Kopf und setzte sich breit grinsend an den Nebentisch. Seine Gefährten in ähnlicher Kostümierung und gleicher Gesinnung bildeten untergeben die Nachhut. An ihrem Gesichtsausdruck konnte man nicht ablesen, was in ihr vorging. Sie ließ es schweigend über sich ergehen, indem sie keine Miene verzog. Gute Miene zum bösen Spiel? Keineswegs. Die Lage sollte sich bald zu ihren Gunsten ändern. Die Pinkelgesichter hatten augenscheinlich ihren Spaß daran, sie mit den Resten ihrer Mahlzeit zu bewerfen. Sie blieb cool. Dann stand sie auf und steuerte mit ihrem Tablett auf den Ausgang zu. Zuvor hatte sie allerdings kräftig ausgeholt und den Anführer der Pinkelgesichter mit der gesamten Wucht des Tabletts mitten ins Gesicht getroffen. Ein schneller linker Haken folgte. Er schlug hart auf dem Boden auf. Entgeistert hatte die Nachhut ihr hinterhergeschaut, wie sie lässig den Laden verließ. Es dauerte eine Weile, bis ihre wenigen grauen Zellen sie ermahnten, endlich aufzuspringen, um ihr zu folgen. Vor dem Eingang blieben sie jedoch stehen und schauten panisch nach allen Seiten. Anscheinend war sie verschwunden, wie vom

Erdboden verschluckt. Einige Neugierige, die von dem Vorfall Notiz genommen hatten, flüsterten aufgeregt miteinander. Die selbsternannten Freischärler diskutierten aufgebracht die unhaltbare Situation, in die ich nun endlich eingriff. Schluss mit lustig: Ich packte mir Chef-Pinkelgesicht und stieß seinen Kopf blitzschnell gegen die Tür. Laut wimmernd hielt er sich die blutige Nase. Die Nachhut hatte einstweilen den kompletten Rückzug angetreten und hinter einem Vectra Stellung bezogen. Einige Passanten gingen gleichgültig vorbei und kümmerten sich nicht weiter um uns.

»Ey, wat soll 'n dat, Mann?«, schluchzte Chef-Pinkelgesicht, bevor er sich endgültig davonmachte.

Ich watete durch den Regen die Hauptstraße entlang – hatte Glück – und holte meine Zielperson wieder ein, die in eine Seitengasse bog. Also, weiter durch den Regen, Fersengeld geben. Plötzlich blieb sie stehen und drehte sich um. Verblüfft brach ich meine ansonsten vortrefflichen Beschatterqualitäten ab. Erwischt!

»Warum verfolgen Sie mich?«, fragte sie.

»Ich heiße Frühauf und bin Privatdetektiv, die gleiche Pfeife wie Matula«, raunte ich ihr zu.

Sie kam einen Schritt näher und musterte mich mit einer Mischung aus Schmunzeln, Neugier und Argwohn. Der Regen fiel über uns her. Wir trieften vor Nässe wie nach einer holprigen Wildwasserfahrt im Kanu.

»Und? Was wollen Sie von mir? Braucht ein einsamer Matula noch eine Frau für's Bett in einem ›Fall für Zwei‹ heute Nacht? Für alle Fälle?«

Ihr Humor gefiel mir. Sie war nicht auf den Kopf gefallen.

»Keine Angst, so was macht ein Matula nicht. Ich habe nur ein paar Fragen an dich. Wie gesagt, ich bin Privatdetektiv und ermittle in einem wichtigen Mordfall. Tja, und eine Spur hat mich zu der Boxschule von Edgar Bärwald geführt. Anscheinend trainierst du dort.«

Sie war vermutlich Mitte oder Ende zwanzig. Wir stellten uns in einem Hauseingang unter. Der Nachtregen prasselte in stetigem Rhythmus.

»Ja und? Was hat das mit mir zu tun?«

Sie wirkte plötzlich ein wenig verunsichert, ängstlich, als hätte die Nacht tausend Augen und Dr. Mabuse würde sie gleich erschrecken. Die feuchte Kälte der ungemütlichen Jahreszeit zog unablässig durch unsere Knochen.

»Ich brauche ein paar Informationen über Edgar Bärwald«, sagte ich.

»Eddie? Okay.«

Der Wind heulte klamm und kalt um den menschenleeren Block.

»Wir könnten ein Taxi rufen, wenn du willst, und ich bringe dich nach Hause«, bot ich ihr an.

»Nicht nötig, ich wohne gleich hier. Ich heiße Neriah«, erwiderte sie lächelnd.

Wir betraten ihre kleine, spärlich eingerichtete Wohnung. Sie hängte die Lederjacke an den Haken im Flur und ging in die Küche, um Kaffee aufzusetzen. Danach lief sie ins Bad, duschte, schlüpfte in einen Bademantel und wickelte ein Handtuch um ihren Kopf. Ich verfeuerte zwei Zigaretten am Küchentisch und schaute auf eine gerahmte Aktfotografie von Günter Blum. Nachdem sie den Kaffee eingegossen hatte, schaltete sie den iPod ein und setzte sich zu mir. Mariah Carey hangelte sich durch zwölf Töne in zwölf Tonlagen. Dann nahm sie ihr Handtuch ab und wuschelte durch ihre frisch gewaschenen, langen blonden Haare.

Sie war wirklich sehr schön. Erstaunlich! Ich saß spät in der Nacht mit einer blonden Traumfrau am Küchentisch. Sie umschloss mit beiden Händen ihre Kaffeetasse und führte sie langsam an die Lippen, während ich auf ihre wohlgeformten Beine sah. Sie bemerkte meinen Blick und lächelte. Die Art von Lächeln, das einen umhaut.

Dennoch versuchte ich mich zu konzentrieren und richtete meine erste Frage an sie: »Du arbeitest im ›Desire‹?« Sie nickte und schlug die Beine übereinander. Jetzt hatte ich noch mehr Bein zu bestaunen. Ich vergötterte den fast unsichtbaren Flaum auf ihrem Oberschenkel. »Als was, wenn ich fragen darf?«

»Na, als was wohl? Bestimmt nicht als Mutter Theresa!«, lachte sie.

»Ähm, wohl kaum!«, räusperte ich mich unbeholfen.

»Ich arbeite als Stripteasetänzerin. Irgendwie muss ich ja mein Psychologie-Studium finanzieren«, fügte Neriah entschuldigend hinzu.

»Wo ist Bärwald?«

Rauchringe waberten durch die Küche. Sie schürzte die Lippen und meinte: »Keine Ahnung, ich habe ihn schon länger nicht mehr gesehen. Schrecklich, das mit ihrem Tod … arme Ellen … Sie hätte nicht so weit gehen dürfen, nicht in dieser Branche.«

»Was meinst du damit: ›nicht so weit gehen dürfen‹? Wovon redest du?«

»Na ja, es gibt halt so Gerüchte. Gerüchte, dass ein Zuhälter namens Feddek Minderjährige in den Club hineingeschmuggelt hat, auf besonderem Wunsch. Tja, und Ellen wusste offenbar davon, mehr als sie sollte.«

»Feddek? Der hat auch überall seine Finger im Spiel.«

Sie biss sich auf die Lippen, schien damit beschäftigt zu sein, ihre Gedanken zu ordnen.

»Woher wusste Ellen davon? Was weißt du darüber, Neriah?«

»Da war so ein Kunde, der laut Ellen viel Geld dafür bezahlt hat. Ellen hat zwei- bis dreimal in der Woche im ›Desire‹ vor allem als Tänzerin gearbeitet. Angeblich hat sie ein Gespräch zwischen Feddek und diesem besonderen Kunden belauscht, indem es genau darum ging, ob Feddek ihm auch was Jüngeres besorgen könnte. Keine Nutten, wie er sich ausgedrückt hat. Das ist das, was Ellen mir gesteckt hat. Mehr weiß ich auch nicht.«

»Hast du einen Verdacht, wer dieser Kunde gewesen sein könnte?«, fragte ich weiter.

»Nein, aber dem ganzen Gerede zufolge, soll er ein ziemlich erfolgreicher Geschäftsmann sein.«

Rauchschwaden von unseren Zigaretten hangelten sich gemächlich zur Decke.

»Kommt keiner der Stammkunden in Frage?«

»Eigentlich nicht. Sind nur stinknormale Typen, die 'n bisschen Spaß haben und die Sau raus lassen wollen. Alles, was sie zu Hause nicht dürfen oder nicht wagen würden.«

»Hast du schon mal minderjährige Mädchen im Club gesehen?«

»Nein! Nie! Und wenn, dann wären sie nicht vorne durch den Laden geschleust worden«, kam ihre prompte Antwort.

Irgendwie glaubte ich ihr nicht. Vielmehr hatte ich den Eindruck, dass sie mir etwas Wesentliches verschwieg, als dürfte sie nicht mehr sagen, weil sie sonst in Schwierigkeiten geraten könnte. Aber es war eben nur eine Vermutung. Plötzlich klingelte es. Neriah schrak hoch und stieß die Kaffeetasse vom Tisch.

»Erwartest du noch Besuch?«, fragte ich.

»Eigentlich nicht …«, antwortete sie und schlich leise zur Wohnungstür. Irgendetwas war hier oberfaul. Sie hatte Angst.

»Mach auf, Engelchen, ich weiß, dass du da bist«, erklang von draußen eine heisere Stimme. Aufgeregt und mit schwerem Atem linste sie durch den Spion.

»Hartmann, der hat mir grad noch gefehlt! Ihm gehört das ›Desire‹«, flüsterte sie besorgt.

Ich ging weit weniger besorgt zur Tür, riss sie mit einem Ruck auf und meinte ganz trocken: »Wird kein Skatabend, Junge, worauf du einen lassen kannst!« Eine Parabellumpistole unterstützte meine Drohung.

Hartmann entpuppte sich als die Schmalztolle aus dem Mini. Er trat verdutzt ein. »Ein Besucher. So spät! Sieh an, sieh an …«, erfasste er die Situation rasch, »ich bin auch ein Besucher, der nur noch schnell einer netten Bekannten ›Gute Nacht‹ sagen möchte. Das ist alles.«

»Na klar, Mann! Und du singst ihr noch ein Schlaflied«, parierte ich süffisant. »Ich habe eine Menge Fragen.«

Hartmann begriff gar nichts. Noch nicht. Ich dirigierte ihn in die Küche. Abschätzend saßen wir um den Küchentisch herum wie eine kaputte Familie nach einem misslungenen Ausflug in den Zoo.

»Ich bin dir gefolgt. Was willst du hier?«, zischte Hartmann.

»Das geht dich nichts an.«

Meine Parabellum war scharf auf ihn gerichtet. Er grinste überlegen wie ein Bösewicht aus einem Bondstreifen.

»Nun, ich komme in Frieden und wollte nur nach dem Rechten sehen. Was hast du ihm erzählt, Neriah? Ich hoffe für dich, mein Engelchen, dass du dir nicht deinen hübschen Mund verbrannt hast.«

»Schnauze, Hartmann!«, rief ich und schaute Neriah an.

»Ich … ich … habe nichts gesagt, Tony, ehrlich nicht!«

»Ich habe dich vor dem ›Desire‹ mit einer Person im grünen Parka gesehen. Wer ist das, Neriah?«, fragte ich.

»Ja …«, begann sie.

»Halt's Maul, Schlampe, zum letzten Mal!«,
schäumte Hartmann.

»Ach, du kannst mich mal, Hartmann, du Schwein! Ich hab's so satt. Ich bin fertig mit dir!«, schrie Neriah zurück.

»Zum letzten Mal, Hartmann: Sei still! Ich will kein Wort mehr von dir hören. Es sei denn, ich frage dich! Klar? Sonst Loch im Kopf!«, stauchte ich ihn zurecht. »Also, Neriah, wer ist diese Person im grünen Parka?«

Ängstlich schaute sie Hartmann an. Dann blieb ihr Blick an mir hängen. Sie holte tief Luft und sagte leise: »Ich habe keine Angst mehr vor diesem Drecksschwein. Ich lasse mich nicht länger einschüchtern«, sie sah Hartmann jetzt fest in die Augen, »deine Drohungen kannst du dir sonst wo hinschieben, Hartmann. Ich pack aus! Hörst du? Ich pack aus!«

Er verdrehte die Augen. Ich schaltete mich schnell dazwischen.

»Du brauchst keine Angst mehr zu haben, Neriah. Vertrau mir. Wir werden woanders weiterreden, nicht hier. Pack ein paar Sachen zusammen. Hier bist du nicht mehr sicher. Und jetzt zu dir, Schmalztolle, leider muss ich dich bitten, eine Zeitlang hier zu bleiben.«

Ich holte ein Paar Handschellen aus meiner Jackentasche und fesselte ihn an den Ofengriff. Hartmann wurde richtig fuchtig.

»Was soll das, Schnüffler, wenn ich dich in die Finger kriege …«, giftete er.

»Wir verschwinden, Neriah«, sagte ich. Jacken, Hand- und Reisetasche, Zigaretten, Licht aus, Abflug. Die Tür krachte ins Schloss, während wir hinaus in den Regen stürzten.

An einer Tankstelle holte ich Bier, Gin, Tonic Water und Zigaretten. Am Hauptbahnhof mietete ich ein Zimmer im Hotel »Ibis«. Ich nahm Neriah in den Arm und wir gingen auf unser Zimmer. Neriah setzte sich auf das Bett, die Beine übereinander geschlagen.

»Woran denkst du? An Ellen?«, fragte sie.

Ich drehte mich zu ihr um und strich mir über den Stoppelbart. »Was hat Ellen mit Hartmann zu tun gehabt?«

»Ellen hat gelegentlich als Tänzerin ausgeholfen, das hab ich doch schon gesagt. Hartmann war ganz vernarrt in sie.«

»Und Feddek?«

»Er war öfter im Club und hing mit Hartmann und diesem Geschäftsmann ab.«

»Ich habe mich gefragt, warum Ellen ermordet worden ist. Du hast behauptet, dass Ellen ein Gespräch zwischen Hartmann und Feddek belauscht hat, in dem es darum ging, ob Feddek minderjährige Mädchen für einen Kunden, diesen Geschäftsmann besorgen könnte.«

Neriah antwortete nicht gleich, streckte sich auf dem Bett aus. Ein Schatten huschte über ihr Gesicht. »Das war alles, was Ellen erzählt hat.«

»Wie sieht dieser Geschäftsmann aus? Kannst du ihn beschreiben?«

»Er hat eine Glatze, ist ziemlich fett. Ellen hatte ihn ab und an als Kunden. Er soll ziemlich pervers und brutal veranlagt sein.«

»Was heißt das?«

»Na, Fesselspiele. Er liebte Vergewaltigungsspiele. Und er hat auch gerne mal zugeschlagen.«

»Daher das Veilchen?«

»Nein, das ist von Hartmann.«

Ich griff nach der Tüte von der Tankstelle und öffnete zwei Flaschen Bier. Schweigend stießen wir an. Bei offenem Fenster rauchte ich eine Zigarette. Der Regen hatte aufgehört. Nachtglanz über der Stadt. Die Lichter, die Menschen, Großstadtimpressionen.

»Und diese Person im grünen Parka? Was hat es mit ihr auf sich? Was willst du dir von der Seele reden?«, bohrte ich weiter nach.

Sie ließ sich Zeit mit einer Antwort. Steckte sich eine Zigarette an und schaute hinaus auf die Skyline voller Lichtspiele. Dann streifte sie die Schuhe ab und setzte sich im Schneidersitz auf das Bett.

»Ich habe vorhin gelogen, als ich behauptet habe, ich hätte nie minderjährige Mädchen im Club gesehen.«

»Feddek, Hartmann …«

»Ich war mal mit Hartmann zusammen. Der kann so brutal sein. Der sorgt dafür, dass alle nach seiner Pfeife tanzen. Er hat mich gezwungen, auf die Mädchen, die Feddek aus aller Herren Länder in den Laden brachte, aufzupassen. Es war schrecklich. Dreizehn-, vierzehnjährige Mädchen, die ältesten waren siebzehn. Irgendwann habe ich es nicht mehr ausgehalten.«

»Und du hast Ellen davon erzählt, verstehe …«

»So ist es. Wahrscheinlich wurde sie deswegen umgebracht, weil sie reinen Tisch machen und zur Polizei gehen wollte, oder so«, vermutete Neriah.

»Und die Person im grünen Parka ist ein weiteres Opfer, das du betreut hast?«

»Ja …«

»Hast du dieses Mädchen schon mal gesehen?«

Ich gab ihr das Foto von Lisa Kyas. Sie betrachtete es eine Zeitlang völlig geistesabwesend. Dann nickte sie stumm. Tränen liefen ihr über die Wangen. Zärtlich streichelte ich ihr Gesicht und nahm sie in die Arme. Sie schluchzte, weinte, spülte ihre Seele durch, fegte durch die Rumpelkammer ihrer Emotionen. Ich hielt sie fest. Die Nacht schritt voran. Tränen, Bier, Gin Tonic, Zigaretten, Regentropfen auf Fensterglas, Haut auf Haut, Mund an Mund, Lippen auf Haut, Hände, wissende, zärtliche, erlösende Hände. Der viele Alkohol, das Abtauen der Hemmungen, die freigelegten Sinne.

Jetzt lag Neriah nackt neben mir im Bett und ahnte nichts von meinen Zweifeln. Ahnte nichts von meiner Skepsis. Hatte ich mich etwa in sie verliebt? Gefühle bestenfalls im Dunstkreis des Möglichen, wie so etwas zwischen Mann und Frau eben entstand: harmlos, ohne Forderungen oder Erwartungen dem anderen gegenüber. Unruhig streifte ich durch das Zimmer. Das fremde Parfum, die warme, zarte Haut. Hatte ich mich tatsächlich verliebt? Diese Frage stieg auf wie der Rauch meiner Zigarette, der zuvor mit dem Licht in tänzerischem Einklang gewesen war. Die Nacht hatte sich in den Poren meiner Haut abgesetzt. Und das schlechte Gewissen drängte sich einem neuen Tag entgegen. *Ja, Frühauf, du hast dich verliebt, bis über beide Ohren.* Ich verbannte meine After-Suff-Hirngespinste mit einer weiteren Zigarette trotz Rauchverbots. Nach einer Zigarettenlänge tauchte Neriah auf und küsste mich. Erwartungsvoll strahlte sie mich an wie die Herbstsonne da draußen.

»Wir hätten's nicht machen sollen«, sagte ich.

Irritiert schaute sie mich an. Die Herbstsonne beschien sanft den Raum und verhielt sich neutral zu uns.

»Mach dir keine Sorgen, ich haue schon ab.«

»Wo willst du denn hin? Glaubst du allen Ernstes, dass Hartmann und Feddek dich einfach gehen lassen? Nach allem …«, warnte ich sie.

»Ich komm schon irgendwo unter«, sagte sie tonlos an das Fensterbrett gelehnt. Ihre großen blauen Augen sahen sanftmütig zu mir herüber. Durch das milde Sonnenlicht färbten sich ihre blonden Haare golden. Wie schön sie doch war. Trotzdem mied ich ihren intensiven Blick, diesen sag-doch-was-Blick. Doch ich sagte nichts. Mein Mund blieb stumm.

»Ich geh dann jetzt.« Sie verbarg ihre Enttäuschung hinter einem Lächeln.

»Bleib!«, rief ich ihr nach, denn plötzlich schien sie es sehr eilig zu haben, hier herauszukommen. Ich folgte ihr ins Schlafzimmer, wo sie sich ihr Höschen überstreifte und die restlichen Klamotten zusammensuchte. Warum konnte ich nicht anders, als sie in die Arme zu nehmen? Ich küsste ihren Hals, liebkoste ihre Haut, sog sie in mich ein.

»Los, Frühauf, lieb mich, hass mich, lieb mich …«, flüsterte sie mir zu.

Dann küssten wir uns erneut und holten die Nacht ins Hotelzimmer zurück.

5

Neriah war im Hotel geblieben, wo sie auf mich warten sollte. Unterdessen war ich mit der Bahn zurück nach Bochum gefahren. Mein Volvo stand direkt vor der Haustür. Ich fand den Schlüssel an der verabredeten Stelle und stieg ein. Mein Ziel: Gußstahlstraße. Kurze Zeit später lief ich ziellos über den Eierberg. Neriahs Duft haftete noch an meiner Haut. Begleitete mich auf Schritt und Schritt. Waberte durch meine Gedanken wie der weiße Rauch aus den Schornsteinen, der friedlich am Himmel aufstieg. Meine Gedanken kreisten abwechselnd um Neriah und Ellen. War sie durch meine Unfähigkeit zu Tode gekommen? Aller Wahrscheinlichkeit war sie mit Hartmann oder Feddek aneinandergeraten. Genauer gesagt mit einem besonderen Kunden, einem Geschäftsmann, der genauso wenig vor Mord zurückschreckte wie die beiden anderen Blender. In was war Ellen da hineingeraten?

Da es früh am Tag war, beschloss ich, den Kiosk zu betreten. Eine stattliche Rubensfrau in einem viel zu engen VFL-Bochum-Trikot blätterte in einer Fußballzeitung und schüttelte ungläubig den Kopf.

»Den Neururer solln se doch ausm Stadion jagen, wennse mich fragen tun. Der taugt doch nix!«

»Einen Kaffee mit Schuss, bitte!«

Schwerfällig erhob sich die Rubensfrau, machte sich ans Werk und mischte Kaffee mit Weinbrand.

»Kannten Sie Ellen Jager? Die Frau, die ermordet wurde?«, fragte ich, ohne auf die Fußballproblematik einzugehen.

VFL Rubens kratzte sich am Arm und bemühte sich, vielschichtig zu antworten: »Wer will dat wissen?«

Ihre Vielschichtigkeit beschränkte sich lediglich auf ihren massigen Körper.

»Ich bin Privatdetektiv und ermittle in diesem Mordfall.«

»Aha …«

»Aha?«

»Sie war nich oft hier.«

»Mit wem haben Sie Ellen Jager denn häufig gesehen?«

Sie ließ sich Zeit mit einer Antwort und formte ein nachdenkliches Gesicht, das deutlich signalisierte, dass dies einfach nicht ausreichte, wenn man ohne Gehirnzellen unterwegs war.

»Die war oft im ›Laternengrill‹, nach der Schicht. Na, wenn man vom Teufel spricht«, rief sie und zeigte auf den Teufel, der mir auf die Schulter tippte. Ich drehte mich langsam um.

»Ich muss dich sprechen. Es geht um ein Geschäft, aber nicht hier«, sagte der Teufel.

Ich hatte diesen Teufelskerl schon einmal gesehen. Plötzlich fiel es mir wieder ein: Teebeutel-Frank, der Imbissmann vom »Laternengrill«, der Grünkohl-mit-Apfelmus-Teufel.

»Was für ein Geschäft?«, fragte ich und hob die Augenbrauen.

»Nicht hier, gehen wir nach draußen«, flüsterte er geheimnisvoll.

Auf der Straße fegte der Wind Laub vor sich her. Graue Wolken verdichteten sich, Regen blieb jedoch aus. Wir gingen ein paar Schritte.

»Also, was für ein Geschäft willst du mir vorschlagen, Teebeutel-Frank? So wirst du doch genannt, oder?«

Beleidigt verzog er das Gesicht. »Ich mag den Namen nicht. Ellen hat mich immer so genannt. Ich heiße Frank Magdziarz.«

Wir blieben unter einer Eisenbahnbrücke stehen.

»Na gut, Magdzi-was-auch-immer. Butter bei de Fische! Was willst du?«

Magdziarz befummelte ausgiebig seine Nase. »Du bist doch der Privatdetektiv, der neulich mit Ellen im ›Laternengrill‹ saß.«

»Und?«

»Ich habe eine wichtige Information für dich.«

»Information?«

»Genau, über Bärwald, Ellen …«

»Du weißt, wo Bärwald steckt?«

»Vielleicht sogar noch mehr«, er zwinkerte konspirativ.

»Woher weißt du, dass ich Bärwald suche?

»So etwas spricht sich schnell rum.«

Ich fiel aus allen Wolken. Wo war der Haken? »Wo ist er?«

»Immer langsam mit den wilden Pferden. Wie viel ist dir die Info denn wert?«, grinste er.

Ich betrachtete ihn genauer. Schnapsfahne, abgewetzter Mantel, leere Augen. Schwere Zeiten spiegelten sich in seinem Blick wider.

»Wie viel willst du?«, fragte ich.

»Fünftausend cash! Bar auffe Kralle.«

Ich stieß einen ungläubigen Pfiff aus. »'Ne Menge Holz!«

»Entweder oder.«

»Tausend, keinen Cent mehr.«

»Fünf Riesen, ansonsten Ende im Gelände, Schnüffler!«, meinte er aufbrausend.

»Ich finde Bärwald auch ohne dich! Geh Pommes verkaufen, ich gebe dir keine fünf Riesen«, sagte ich seelenruhig.

Er biss sich auf die Lippen. In seinem Schnapshirn ratterte es. »Zweitausend? Okay? Abgemacht?«

»Eintausend! Letztes Wort.«

»Na gut, abgemacht!«

»Okay, komm mit zum Wagen. Wir fahren ein bisschen durch die Gegend.«

Im Auto roch es nach kaltem Pommesfett. Teebeutel-Frank schaute aus dem Fenster. Hin und wieder bediente er sich am Flachmann. Während der kurzen Fahrt fiel kein einziges Wort. Ich lenkte den Wagen in die Ferdinandstraße und parkte vorm »Café Ferdinand«.

»Setz dich ins Café. Ich bin gleich zurück.«

Vom Buddenbergplatz aus gelangte ich in den Hauptbahnhof zu meinem Schließfach. Ich nahm eintausend Euro aus dem Koffer und lief zurück ins Café. Teebeutel-Frank hatte zwei Bier bestellt.

»Dann fang mal an zu erzählen. Vielleicht sind deine Informationen gar keine tausend Mäuse wert.«

»Und ob, und ob sie das wert sind. Kurz vor Ellens Tod waren die beiden, Ellen und Bärwald, im ›Laternengrill‹. Ist ziemlich hitzig geworden, die Atmosphäre.«

»Hitzig?«

»Sie haben sich gestritten wie die Besenbinder.«

»Worüber haben sie gestritten?«

»Sie waren nicht gerade leise. Gott sei Dank waren keine Gäste mehr da. Es ging um einen Geschäftsmann aus Gelsenkirchen. Pleschke hieß der, glaube ich. Jedenfalls hatte Ellen irgendetwas gegen ihn in der Hand. Der fette Bärwald war außer sich vor Wut. Sie würde ja nicht wissen, worauf sie sich da einlassen würde. Sie würde ihn mit in den Untergang ziehen. Ellen hat nur laut gelacht und gemeint, dass sie das Schwein so richtig melken würde. Sie würde ihn fertig machen. Sie sagte: ›Mensch Edgar, bald habe ich genug Geld, um mich zu verpissen! Hasta la Vista, ihr Arschlöcher. Raus aus dem Drecksloch hier. Und ab in den Süden. Männer sind so blöde, so blöde.‹ Das waren ihre Worte, das hat sie gesagt. Dann ist der Bärwald abgerauscht, wutentbrannt.«

»Also Erpressung …«

»Sieht ganz danach aus und jetzt gib mir die Kohle!« Teebeutel-Frank griff gierig nach dem Geld. Er verstaute es lose in der Hosentasche. »Die Firma dankt. Kann ich jetzt gehen?«

»Nein, da wäre noch was: Kennst du diesen Bärwald gut?«, bohrte ich nach.

»Nicht wirklich, ich kenne ihn aus dem ›Laternengrill‹. Er hat für Pleschke als Fahrer gearbeitet und hin und wieder für Feddek als Mädchen für alles. Eigentlich betreibt er 'ne Boxschule, die kurz vor der Pleite steht. Ich kann den Fettsack nicht ausstehen. Dass der mal verheiratet war, unglaublich.«

»Wo finde ich Bärwald?«

»Woher soll ich das denn wissen? Ich hab ihn ja seit dem Streit mit Ellen nicht mehr gesehen. Das Gerücht geht um, dass der fette Eddie sich an Pleschke rächen will. Hat sich 'ne Wumme besorgt, bei diesem Türken.« Er nahm einen großen Schluck aus dem Bierglas. Auf den Straßen hatte der Regen das Geschehen übernommen. Eine lausige Jahreszeit.

»Woher weißt du das?«

»Von dem Türken …«

»Weißt du, wie der Türke heißt?«

»Na klar weiß ich das: Halil Melek! ›An- und Verkauf Melek‹ in der Kortumstraße.« Er legte den Kopf schief und wartete auf Anerkennung, Lob und Beachtung. Vergeblich. »Ellen hatte die Schnauze voll vom Milieu. Sie wollte aussteigen, endgültig! Auch wenn sie keinen Zuhälter brauchte und ihre eigene Chefin war, haben viele Zuhälter hartnäckig versucht, sie anzuwerben. Sie hatte die Schnauze gestrichen voll.«

»Was weißt du über Pleschke? Gibt es noch einen anderen Grund, warum Bärwald sich rächen will? Doch nicht allein deswegen, weil Ellen jemanden erpresst hat. Das kannst du deiner Oma erzählen. Für tausend Euro solltest du noch etwas drauflegen, gib mir die Zusatzzahl. Spuck's aus, du weißt doch bestimmt mehr.«

Er knirschte mit den Zähnen und antwortete nur widerwillig. »Verdammt, lass mich in Ruhe, ich habe dir bereits alles gesagt, was ich weiß. Pleschke liebt Geld, Frauen und Pferdewetten. Manchmal übertreibt er es eben mit seinen Vorlieben. Mehr weiß ich wirklich nicht.«

»Vorlieben? Was meinst du damit?«, setzte ich nach.

»Der ist vorbestraft. Hat eine Siebzehnjährige brutal vergewaltigt. Ist schon ein bisschen länger her, aber Ellen hat mir mal gesteckt, dass er es verdammt gerne auf die harte Tour mag – Fesselspiele, Schläge, Gewaltfantasien – so was halt. Der ist eiskalt und äußerst brutal. Vielleicht hat er Ellen auf dem Gewissen. Zuzutrauen wär's ihm.«

In Gedanken vertieft strich ich mir über das Kinn und schaute aus dem Fenster.

„Ist durchaus ein interessanter Ansatz ...«, sagte ich leise. Draußen rauschten Autos vorbei. Ich legte einen Schein auf den Tisch, tippte mir an die Stirn und verließ das Café.

Ich schlenderte durch die Fußgängerzone und hielt Ausschau nach dem Laden von Erkan und Halil Melek. Schnell wurde ich fündig und betrat den kleinen Basar: gebrauchte Smartphones, DVDs, Computer, Fernseher, Secondhand-Ramsch.

»Ich bin ein Kumpel von Eddie, dem die Boxschule in Essen gehört. Ist Halil im Laden? Ich muss ihn dringend sprechen«, stellte ich mich vor.

Ein junger, adrett frisierter Türke stand hinter der Kasse, starrte auf einen Monitor und bediente die Playstation. Er beachtete mich erst gar nicht. Dafür konnte er wenigstens reden: »Nein, noch nicht, der Chef ist noch zu Hause. Komm in einer Stunde wieder.«

»Danke«, sagte ich und ging wieder hinaus.

Via Smartphone stöberte ich nach der Adresse von Halil Melek. Eilig lief ich die Fußgängerzone hoch, passierte die Brüderstraße, ließ den Hauptbahnhof hinter mir und fand mich in der Oskar-Hoffmann-Straße ein. Vor einem gelbgestrichenen Haus blieb ich stehen und betätigte die Klingel. Der Summer ertönte, ich trat ein, trabte zwei Stockwerke hoch und schlüpfte durch die angelehnte Tür.

»Halil Melek?«

»In der Küche!«

Ich folgte der Stimme. Halil saß am Küchentisch und las eine türkische Zeitung. Tee dampfte aus einer Tasse. Er sah zu mir hoch.

»Ein Freund von Eddie also? Ich weiß Bescheid! Mein Mitarbeiter hat eben angerufen. Was kann ich für dich tun, mein Freund?«

»Ich bin Mike Frühauf, Privatdetektiv«, fiel ich mit der Tür ins Haus, »er ist im Begriff, eine Riesendummheit zu begehen.«

»Tun wir das nicht alle mal, Schnüffler?«

»Er hat bei dir eine Wumme gekauft und ist auf einem Rachefeldzug, den ich verhindern werde.«

Ich spürte kalten Stahl an meinem Hinterkopf. Der Verkäufer aus dem An- und Verkauf. Wie war der so schnell hierhergekommen?

»Darf ich vorstellen? Mein Bruder Erkan. Und jetzt weiter im Text: Warum sollte ich dir sagen, wo Eddie steckt? Ich mache Geschäfte mit vielen zufriedenen Kunden. Weißt du, Schnüffler, warum meine Kunden so zufrieden sind? Ich stelle keine Fragen. Ich bin diskret.« Halil streichelte seinen gestutzten Gangsterbart.

»Mir ist egal, ob du Schlüpfer, Vollkornbrot oder Playmobilfiguren verkaufst. Eddie will den Tod seiner Schwester rächen.

Einige werden nicht so zufrieden sein mit dem, was du tust, unzufriedene Bullen. Die werden sich auch fragen, woher die Waffe stammt«, hielt ich dagegen.

Halil lachte. »Na, von mir jedenfalls nicht.«

Erkan mischte sich ein: »Er hat recht, Halil, an deiner Stelle hätte ich ihm die Waffe nicht verkauft.« Er nahm seine Pistole herunter und setzte sich zu Halil an den Tisch. »Zuweilen ist Eddie unberechenbar«, erklärte Erkan.

»Erkan! Was soll der Scheiß? Lass dir von dem Schnüffler nix einreden. Was geht's ihn an?«

»Hat er gesagt, was er vorhat?«, fragte ich und ignorierte Halils Kommentar.

»Nein, das nicht, nur dass der Tag kommen wird, an dem jeder das kriegt, was er verdient«, sagte Erkan leise.

»Und das habt ihr dem Imbissmann vom ›Laternengrill‹ erzählt, der euch für Geld in die Pfanne haut? Na bravo! Was glaubt ihr, wie schnell die Bullen euch auf die Schliche kommen, ihr Strategen?«

Halil wich meinem Blick aus. Erkan schien der Vernünftigere von beiden zu sein. Betreten schaute er zu Boden.

»Ich hoffe für euch, dass Bärwald seinen Rachegedanken nicht in die Tat umsetzt«, meinte ich gereizt. »Und wenn doch, dann wird man euch drankriegen!«

Dann klingelte mein Mobiltelefon.

»Hier ist, Ruth. Ich bin Schrammek gefolgt. Ich habe einen Schuss gehört. Irgendetwas ist hier im Busch. Außerdem ist Benni Krupka abgehauen. Kannst du herkommen? Bitte beeil dich!«

»Benni ist abgehauen? Scheiße! Wo bist du, Ruth? Ich komme, so schnell ich kann!«

In Windeseile war ich Ruths Wegbeschreibung gefolgt. Jetzt eilte ich den Bahndamm entlang und suchte das verlassene Haus, das Ruth mir genannt hatte. Der Regen schien noch eine Zeitlang Pause zu machen und der Ort wirkte fast friedlich. Da war ein Müßiggänger, der seine Hände nach hinten gefaltet hatte. Kinder spielten auf den toten Gleisen und ein Liebespaar kam mir freudestrahlend entgegen. Wie gerne wäre ich jetzt mit Neriah zusammen und wie schön wäre es, wenn sich die Welt als ein sorgloser Planet entpuppte. Aber das war sie nicht und ich scheuchte meine sentimentalen Gedanken fort, während ich über den Schulhof einer alten Grundschule schritt.

Mittlerweile war dort ein Asylbewerberwohnheim untergebracht, eingebettet zwischen eine mittelständische Wohnsiedlung und ein verlassenes Bahngelände. Hakenkreuze waren an die Wände geschmiert. Zwei kleine Mädchen spielten Hinkelkästchen, das vor langer Zeit vielleicht einmal dort aufgemalt worden war. Die beiden bemerkten mich, unterbrachen ihr Spiel kurz und musterten mich voller Scheu und Angst. Ich winkte ihnen zu und lächelte. Dann spielten sie weiter. Misstrauen begleitete mich aus den Fenstern. Von irgendwoher Musik. Ruß an den Wänden. Stumme Gesichter hinter zerbrochenen Glasscheiben.

»Was machen Sie hier?«

Ich erschrak einen Augenblick, denn ich hatte niemanden kommen hören.

»Was machen Sie hier?«, wiederholte ein Mann im Blaumann mit einer Werkzeugkiste in der Hand.

»Ich bin nur ein Spaziergänger«, stellte ich mich anonym vor. Er stutzte und rümpfte die Nase.

»So, so …«, bemerkte er auf recht klassische Weise. »Ich bin der Hausmeister in diesem Saustall. Alles kriegen die kaputt und wie die stinken! Dieses Pack!«

»Und die zerbrochenen Scheiben und der Ruß an den Wänden, waren das auch die?«, schoss ich energisch zurück.

Er machte eine verächtliche Handbewegung und schlurfte kopfschüttelnd über den Hof. Ich lief schnell weiter. Schließlich entdeckte ich Ruths Wagen. Ich sah mich um, doch von Ruth keine Spur. Das Haus lag nur wenige Meter entfernt. Ich schlich mich zur Vorderfront.

»Na endlich, Frühauf! Wurde aber auch Zeit!«

Ruth sprang hinter einem Strauch hervor. Ich legte einen Finger auf die Lippen und machte ein Zeichen, dass sie dort auf mich warten sollte. Ich wollte sie nicht unnötig in Gefahr bringen.

Auf leisen Sohlen und mit gezogener Waffe näherte ich mich dem Eingang. Die Tür knarrte leise. Ich betrat eine versiffte, vor sich hin mutierende Wohnung. Kornflaschen gesellten sich zu alten Nahrungsresten, die nicht mal ein Hund, frisch zubereitet, angerührt hätte. Das Licht im Flur war defekt. Eine Birne hing nackt an einem Kabel. Alles pfiff irgendwie aus dem letzten Loch.

Im Wohnzimmer war der Rollladen heruntergezogen. Wie im Flur war auch hier kein Licht. Meine Augen gewöhnten sich aber schnell an die dunkle Unbehaglichkeit. Ich zog den Rollladen hoch: Spirituosen, Hardcore-Pornos, Nazisymbole und Uringeruch. Ein Videofilm über Stalingrad und Propagandahefte verkündeten ein reines, arisches Deutschland. Ekel überkam mich und begleitete mich in die Küche.

Da saß er mit einem Einschussloch an der rechten Schläfe. Die Waffe lag neben ihm auf dem Linoleumboden, den Arm nach ihr ausgestreckt, den Kopf zur Tischplatte schlaff heruntergesenkt: Schrammek! Eine Neonröhre surrte konstant. Der Kaffeeautomat war noch eingeschaltet. Der Kühlschrank brummte. Auch hier war der Rollladen heruntergelassen worden.

Was war hier passiert? Ich holte mein Handy aus der Jackentasche, um die Polizei zu benachrichtigen, als irgendein Gefühl plötzlich meine Instinkte aufhorchen ließ. Ich steckte es wieder ein und durchkämmte noch einmal jeden einzelnen Winkel der Wohnung. Als letztes ging ich in die Kellerräume. Es brannte Licht. Eine Gießkanne, ein Gartenschlauch, eine Waschmaschine, ein Fahrrad und mitten drin ein nackter, ausgemergelter Körper, angekettet mit Handschellen an einem Heizkörper.

Jemand hatte ihn schwer misshandelt, er hing da wie ein Tier: bleich, ausgehungert und fiebrig; über und über mit blauen Flecken, Schnitten und Striemen versehen, ein Hundenapf mit Wasser vor ihm abgestellt. Ich stürzte zu ihm und maß seinen Puls. Alarmierend schwach, kaum fühlbar. Ich benötigte mehrere Anläufe, aber er lebte.

Ralf Mosko hatte von alledem nichts mitbekommen, hatte nicht bemerkt, wie ich seinen geschundenen Körper aus dem Haus hinaus ins Freie trug. Ruth stürmte aus ihrem Versteck und schlug entsetzt die Hände vor das Gesicht. Per Handy verständigte ich die Polizei und rief einen Krankenwagen, während Ruth sanft über Moskos Gesicht strich und leise auf ihn einredete. Mit weichen Knien und zittrigen Händen wählte ich daraufhin die Nummer von Mertens. Ich hielt mich kurz: »Herr Mertens? Hier ist Frühauf, ich habe Ralf gefunden.«

Ich überlegte, ob ich geradewegs zum Polizeirevier fahren sollte, doch ließ ich schnell von meinem Vorhaben ab, da ich die ganze Sache selbst erst einmal verdauen musste. Eine Aussage konnte ich später noch machen. Ich schloss den Wagen am Schauspielhaus ab und ließ mich einfach treiben. Ein Linienbus hielt an einer Station. Ich stieg spontan hinten ein. Die Türautomatik schnaubte und ich eroberte den letzten freien Platz auf einem der Vierersitze. Einige Leute standen im Gang und hielten sich an den Haltegriffen fest. Neben mir hustete ein Mann mit schütterem Haar und blauem Wollmantel dumpf in den Nachmittag hinein. Zwei Mädchen, eins davon nach religiösem Brauch mit einem Kopftuch verhüllt, dabei modisch-aktuell gekleidet, waren mit ihren Smartphones beschäftigt.

An der nächsten Haltestelle stiegen sie mit mir aus. Ich half einer Frau, den Kinderwagen herauszuheben. Ein vergilbtes Wahlplakat pappte an einem Stromkasten und versprach eine bessere Zukunft, es fragte sich nur, für wen. In einer Einfahrt parkte ein Wohnwagen, dessen Lack nach und nach abgeblättert war. Ein Hund kläffte hinter mir her und aus einer Kneipe lärmten Stimmen hinaus auf die Straße. Alles ging seinen geregelten Gang: die Politik, der Alltag, die Sorgen. Ich hielt an einer Imbissbude und gesellte mich zu zwei schrägen Typen in Jupp-Derwall-Aufmachung, die jeweils eine Portion Currywurst mit Pommes geordert hatten. Als nächster war ich an der Reihe.

»Ein Schaschlik, bitte extra scharf!«, gab ich meine Bestellung auf.

Stehtische, Plastikgabeln, Fett. Ich ließ mir eine Flasche Bier aushändigen, ignorierte das Rauchverbot und den Protest der Bedienung und zündete mir eine Zigarette an. Dann betraten drei Männer den Laden in Wildwestmanier. Cowboystiefel und Jeansjacken, bestickt mit wahllos zusammengewürfelten Lederpailletten. Haare in Gel eingelegt. In jeder Hinsicht adrett und jeder eine Currywurst auf die harte Tour, die so weit ging, dass einer mir zur falschen Zeit und am falschen Ort auf die Schulter tippte. Die anderen grinsten eine Spur zu dämlich.

»Mich stört der Qualm beim Essen, Freundchen. Mach die Kippe aus! Rauchverbot«, trumpfte er selbstbewusst auf, als wollte er heute groß rauskommen. Er bleckte wütend seine schiefen, gelben Zähnen. Sein Bart zog Fäden. Irgendwie unmännlich.

»Und mich stört dein Gesicht beim Rauchen«, meinte ich frostig, obwohl ich es mir besser verkniffen hätte.

»Ey, Kollege, jetzt mach mal halblang!«, drohte er und machte dabei ein Gesicht wie ein paniertes Kotelett.

Jetzt hatte ich den Salat. Mitgefangen, mitgehangen. Beschwichtigend klopfte ich ihm auf die Schulter und sagte: »Lass gut sein, Kumpel, hast ja recht.«

Er nickte und lächelte leicht. Seine Kumpels aßen schweigend ihre Pommes weiter. Ich ging hinaus und schnippte die Zigarette weg. Mir war jetzt nach einem starken Kaffee.

Nachdem ich mich nach dieser sinnlosen Aktion wieder ein wenig beruhigt hatte, saß ich in einem kleinen Bistro und rührte meinen Espresso. Die Atmosphäre war auf intellektuell getrimmt. Französische Chansons rieselten aus den Lautsprechern. Bilder zeigten Schauspieler bei einer Theateraufführung und James Dean, wie er einsam mit einer Zigarette im Mundwinkel den Boulevard entlanglief. Ein junges Mädchen biss ein Stück Croissant von den Lippen ihres Freundes ab und lachte. Ein Mann las schweigend die »Frankfurter Rundschau« und bewegte dabei die Lippen, als läse er laut vor sich hin. Und die zwei Kellnerinnen hielten weiter Small Talk.

Für einen kurzen Moment verweilten meine Gedanken bei Feddek: der pomadige Pferdeschwanz, die großkotzige Haltung, als gehörte ihm die Welt, als ob er über alles und jeden verfügen könnte. Die Gedankenflut ging so schnell, wie sie gekommen war. Nur ein bitterer Beigeschmack blieb Zeuge dessen, wie es in mir aussah. Traurig, verwirrt und voller Skepsis. Wo war die Wahrheit? Wo die Antwort? Und wo die Menschlichkeit? Ich trank den Rest Kaffee und zahlte.

Siggi Dux und ich, jeder mit einer Flasche Bier in der Hand, belauerten Werner Walpuski, wie er zur besten Sendezeit am Schloss der Kanzlei »Lörrach und Kollegen« herumstocherte. Hoffentlich lag ich mit meiner Vermutung richtig, dass Lörrach der Hausanwalt von Armin Feddek war. Wenn jemand die Pässe der Mädchen und Frauen aufbewahrte, die illegal über eine Schlepperbande nach Deutschland eingereist waren, dann Haus- und Hofanwalt Lörrach. Sonst hatte ich nichts gegen Feddek in der Hand.

Von Oksana fehlte nach wie vor jede Spur. Die Ringfahndung hatte noch nicht den erhofften Erfolg gebracht. Deshalb hatte Siggi Dux den besten Einbruchspezialisten im ganzen Ruhrgebiet rekrutiert, der sich in Fachkreisen einen Namen gemacht hatte. Ein echter Meister seiner Zunft, hieß es. Besonders Tresore jeder Bauart wären ein Kinderspiel für ihn. Werner Walpuski, tagsüber Mister Minit bei Woolworth, nachts Räuber Hotzenplotz im Sesam-öffne-dich-Gewand. Jetzt glotzten wir blöd, tranken Bier und standen Schmiere, bis Walpuski triumphierend in die Runde blickte.

»Hereinspaziert, meine Herren. Bewundern Sie nun den Maestro bei einem weiteren Spektakel und folgen Sie ihm bitte zur Tür Nummer zwei. Stoppen Sie die Zeit. Ich sage voraus: fünfunddreißig Sekunden. Achtung, fertig, los!«, meinte er. Klickende Geräusche waren zu hören. »Und voilà: Tür is' offen. Wie lange hab ich gebraucht?« Augenzwinkernd galt seine Aufmerksamkeit Siggi Dux.

»Äh, keine Ahnung, hab die Zeit nicht gestoppt, dachte, das war 'n Scherz.«, stammelte Siggi Dux achselzuckend daher, während ich Walpuskis sämtliche Tassen im Schrank suchte, die er anscheinend nicht mehr alle hatte. Genie und Wahnsinn. Am Empfangsraum vorbei, schlichen wir mit einer Funzel bewaffnet den Flur entlang und lasen die Namensschilder an den jeweiligen Büros.

»Hier ist es. Beeilen wir uns.«

Wie eine Ninja-Todesschwadron fielen wir unbemerkt in das Geschäftszimmer von Benjamin Lörrach ein und stellten das Bier auf dem antiquierten, ehrwürdigen Schreibtisch ab.

»Mach bloß keine Bierkringel, Siggi! So, ich würde vorschlagen, du schiebst die Bilder beiseite und ich schaue hier nach.«

Siggi Dux klemmte sich die Funzel zwischen die Zähne und nahm das erste Bild mit Segelbootmotiv vom Haken. »Bingo, alte Brause, da haben wir ihn. Willi, hol dein Besteck und leg los.«

Tatsächlich lag hinter dem Bild der Tresor versteckt. Klassisch wie im Film. Schon machte sich der Universalstratege Walpuski daran, ihn nach allen Regeln der Kunst abzuhören. Wie ein Chirurg operierte er hochkonzentriert den kleinen Stahlpatienten, als würde dieser beim kleinsten Patzer sofort draufgehen. Er tastete, drehte, manipulierte, schwitzte und fluchte.

»Komm, mein Baby, verrate mir dein kleines Geheimnis, ich werd's auch bestimmt keinem weitersagen.«

Unterbrochen wurde seine emsige Aktivität nur durch ein kräftiges Niesen, als hätte er insgeheim eine Tresorallergie.

»Klick und voilà: Offen! Klappe auf!«, triumphierte Mr. Minit stolz und wartete auf tosenden Applaus, der nicht kam.

Obwohl ich unter Umständen sogar bereit gewesen wäre, einen Kniefall hinzulegen, wenn dieses Genie nicht zufällig Walpuski geheißen hätte. Nichtsdestotrotz war dieser Mann echt ein Lieblingskind der Götter. Keiner kommt an Petrus Himmelspforte vorbei, außer Walpuski. Auf Siggi Dux konnte man sich absolut verlassen. Er ließ sich eben nur mit ausgemachten Profis ein, mich eingeschlossen, versteht sich.

Augenblicklich griff ich in den Tresor und verstaute das brisante Material, dessentwegen wir diese riskante Abend-und-

Nebel-Aktion durchgeführt hatten, in einer Plastiktüte und kommentierte unaufgeregt unseren FBI-Abgang: »Danke, meine Herren, es war mir eine Freude, mit Ihnen zusammenzuarbeiten. Das war sehr professionell. Haben wir alles? Mal sehen. Tresor ist wieder zu, Bild hängt, Pfandflaschen in der Hand und keine Bierkringel. Alle Spuren beseitigt. Okay, Leute, dann Abflug! Wir waren nie hier!«

Draußen auf der Wittener Straße pulsierte der Verkehr. Wir gingen vorbei an den Gebäuden von Post und DAK am Buddenbergplatz und erreichten kurz darauf den Hauptbahnhof. Niemand war uns gefolgt. Während Siggi Dux zum Gleis der Linie 308 lief, durchschritten Walpuski und ich die gesamte Bahnhofshalle bis zum Ausgang »Innenstadt«. Dort setzte uns eine Rolltreppe nahtlos auf die Huestraße über und wir machten uns auf in Richtung Westring. Anschließend bogen wir in die Gußstahlstraße ein. Nur wenige Meter entfernt, erhob sich das in geschwungener Reeperbahnschrift fluoreszierende Eingangsschild »Rote Laterne«. Ein Stripteaseladen mit einem Hang zur Nostalgie in Anlehnung an das berühmt-berüchtigte Rotlichtviertel in Hamburg.

Bevor ich mich allerdings von Mister Minit trennen und nachher alleine durch diese Reeperbahn-Pforten schreiten würde, postierten wir uns hinter einer Mülltonne und warteten. Gelassen öffnete jeder seine letzte Pulle Bier, rauchte und beobachtete die Szenerie. Außer dass die Mülltonnen und wir vor uns hin müffelten, tat sich nicht viel auf der Gußstahlstraße, die in das Bordellviertel der Stadt hineinführte. Aber es war noch früh am Abend. Um 21.00 Uhr mitteleuropäischer Zeit lag hier der Hund begraben. Kaum hatten wir das Bier zur Hälfte leer getrunken, traf endlich mein Zielobjekt ein, parkte seinen Mercedes 350 SL Cabriolet auf dem Seitenstreifen und verschwand in der »Roten Laterne«.

Ich gab Walpuski das Zeichen, der daraufhin zügig an der Fahrerseite Deckung bezog und in Sekundenschnelle das Schloss der Wagentür knackte. Dann legte er die Plastiktüte mit brisantem Inhalt unter den Fahrersitz und verschwand mit erhobenem alles-klar-Daumen in der Dunkelheit. Niemand hatte sein rechtswidriges Treiben wahrgenommen. Also richtete ich mich auf, entsorgte die halbleeren Bierflaschen im Mülleimer und ließ mir von der »Roten Laterne« den Weg weisen.

Im Innern thronte Feddek bereits auf einem Barhocker an der Theke. Eine Lichtgirlande schlängelte sich einsam um den Tresenpfosten. Der ganze billige Plüsch und die Siebzigerjahre-Schmuddel-Nostalgie waren den modernen Strukturen einer Event-Gastronomie gewichen. Lediglich das bewährte Rotlicht war nicht aus der Mode gekommen. Ansonsten registrierte ich wenig Betrieb. Tote Hose. Zwei Garnituren Koteletten umgarnten eine Brünette und schienen ihr weismachen zu wollen, dass selbst die längste Nacht nicht mit ihren Erektionen im Schritt mithalten konnte, und stießen dabei auf berechtigte Zweifel. Aber sie verstand ihr Geschäft. »Santa Maria« untermalte im Hintergrund die Inseln der Träume und ein Tisch voller Muttersöhnchen pichelte Happy-Hour-Junggesellen-Drinks.

Ich ließ mich ruhig neben Feddek nieder, der mich zwar bemerkt hatte, aber keines Blickes würdigte. Stattdessen zeigte er mit dem Zeigefinger auf Wirt und Zapfhahn und dann mit dem Daumen auf mich. Der Wirt hatte kapiert und stellte ein Bier vor meine Nase.

»Deine Freundin Neriah ist eine sehr schöne Frau. Sie war völlig alleine in diesem Hotel. Und ihr Held konnte sie nicht retten. Ein Jammer«, begann Feddek schließlich.

»Du Drecksack! Erst Mosko und jetzt Neriah? Du feiges Schwein!«

»Aber, aber …«

»Komm zur Sache, Feddek!«

»Hast du mein Mädchen gefunden, Frühgeburt?«, fragte er, ohne eine Miene zu verziehen.

»Hab ich, Rappelkisten-Gesicht!«, log ich.

»Gut für dich. Kommen wir also zum Geschäft. Ich will die Schlampe noch heute Nacht auf dem Straßenstrich tippeln sehen. Wir treffen uns um Mitternacht. Die Übergabe findet im ›Desire‹ statt. Abendgarderobe ist Pflicht – besonders bei so einem verlausten Vogel wie dir – sonst lassen die Türsteher dich bestimmt nicht rein, kapiert? Ich hab keine Lust, dich am Eingang abzuholen. Und jetzt trink dein Bier draußen weiter, Frühchen. Das geht auf mich.«

„Wer will schon deine schäbige Fresse länger als nötig ertragen?“, vergalt ich trocken. Ich nahm den letzten Schluck, stellte das Bierglas ab und ging hinaus an die frische Luft.

Der Mond schob eine ruhige Kugel. Ich atmete tief durch, steckte mir eine Zigarette an und ging langsam zurück in Richtung Innenstadt. Die Glut fraß sich durch Papier und Tabak, ein Taxi fuhr durch eine Pfütze und eine Frau stieg müde aus ihrem Wagen. Mir war, als forderte mich die Nacht zum Duell auf. Tango tanzen auf kaltem Parkett, das Drehen der Revolvertrommel, ein letzter Kuss in der schwarzen Nacht. Während ich einsam durch die Straßen lief und die Zigarette in den Rinnstein warf, ging ich sorgfältig alle Details meines Plans noch einmal durch, den ich im Laufe des Tages ersonnen hatte. Vor meinem geistigen Auge sah ich, wie mein Widersacher blindlings in die Falle tappen würde. Es wurde Zeit, sich auf das Duell im »Desire«

vorzubereiten. Hugo-Boss-Anzug, Knarre, Zigaretten und ein Glücksbringer. Das musste reichen.

Zehn Euro für ein Pils waren ganz schön happig. Aber was tut man nicht alles im Namen der Gerechtigkeit. In dem Striptease-Laden »Desire« herrschte ein laues Lüftchen. Die Lichtmaschine pumpte bunte Leuchtkraft auf die Bühne der Stripperinnen, die gerade die »Fetish Dreams« ausgeträumt hatten. Verhaltener Applaus an den spärlich besetzten Tischen. Feddek hatte ich bisher noch nicht ausmachen können. Ohne Schwierigkeiten hatten mich die Türsteher in den Tempel der Lust eintreten lassen, trotz meines ramponierten Gesichts. Wahrscheinlich trifft das Sprichwort »Kleider machen Leute« tatsächlich zu: Sie hatten mich begutachtet und mir die Plakette »äußerst wertvoll« angeheftet. Mein einziger Hugo Boss Anzug war die Eintrittskarte in die Welt der Schönen und Reichen. Mit cooler Sonnenbrille lümmelte ich obercool am letzten Tisch im Halbdunkeln und nuckelte nur halbcool an einem meiner zwei Gläser Pils. Auf einem Bein kann man schlecht stehen. Das sagte sich auch die Stripperin, die mit langen Beinen und perfekten Rundungen um meinen Tisch kurvte. Verführerisch setzte sie ihren Körper ein, der in präziser Symmetrie mit dem Rhythmus der Musik harmonierte. Anstatt die Versuchung in Blond eingehender zu genießen, verscheuchte ich sie mit einer strengen Handbewegung: Sie verzog ihren Schmollmund und ließ ihre langen Haare durch die Luft wehen. Sie war eine echte Augenweide in High Heels und Korsage. Mit einem Profi-Lächeln reiste sie zum nächsten Tisch. Mit Stielaugen gierte ein Senior hinter ihr her, wie sie sich lasziv zur Musik bewegte und sich an der Stange schlängelte wie ein Engel vorm Sündenfall.

Noch ganz in prickelnden Erotiknebel eingehüllt, bauten sich unerwartet zwei gut gekleidete und fein manikürte Gentleman-Killer vor mir auf. Sonnenbrille, gepolsterte Innentaschen, Fönwelle. Stellte ich einen verschrumpelten Alien dar, so verkörperten sie die furchtlosen Men in Black. Freundlich grinsten sie mich an. Sie sagten kein Wort. Vielleicht die Schweizer Garde für Feddek? Kurz darauf erschien der Zuhälter höchstpersönlich in einem teuren Maßanzug und mit einem Flokatimantel über dem Arm. Manches kommt eben nie aus der Mode. Seine fahlen Lippen formten ein Siegergrinsen. Er rutschte zu mir an den Tisch und klopfte mir kumpelhaft auf die Schulter. Wieso machte er einen auf Kumpel? Er war nicht mein Kumpel. Wir hatten noch nie zusammen Fußball gespielt, die Freundin geteilt oder Tequilla gesoffen.

»Ja, da schau her, die Frühgeburt.«

»Na, Potzblitz, der Interimstrainer von Rot-Weiß Erkenschwick! Respekt, Feddek, Respekt! Aber jetzt sag mir mal eins: Warum, Feddek, tragen so Leute wie du eigentlich einen Maßanzug, wenn es ein Rot-Weiß Erkenschwick Trikot auch getan hätte?«

Feddeks loses Grinsen wurde ein wenig fester.

»Haste noch nicht genug oder willste noch eine in die Fresse?«

Wie charmant. Verstohlen schielte ich auf meine Armbanduhr. Eine Zigarette verschaffte mir Zeit und Luft.

»Wo ist meine Ware?«, zischelte er missvergnügt. Seine Augen hatten sich zu Schlitzen verengt. Nicht mal ein Zuhälter-Flokatifussel passte dazwischen.

»Ich möchte dir ein Geschäft vorschlagen, Feddek, du bekommst die Pässe der Mädchen und Frauen zurück, die ich zufällig auf der Wittener Straße gefunden habe und im Gegenzug lässt du Neriah unversehrt frei. Teufel, noch mal, einige sind ja noch minderjährig und du schickst sie anschaffen! Was bist du doch bloß für 'ne Drecksau.«

Feddek gab seiner Garde das Zeichen zum fröhlichen Schlagabtausch. Musikantenstadl für Einweg-Killer. Augenblicklich zog ich meine Waffe. Schneller als Jesse James. Nützte nichts.

»Weg mit der Knarre, Frühchen, oder dein Mäuschen braucht nicht nur 'nen Frauenarzt«, scherzte der Interimscoach und ließ einen weiteren Rot-Weiß Ersatzspieler am Spielfeldrand warmlaufen. Hartmann, der Neriah festhielt und ihr jetzt den Arm böse nach hinten verdrehte. Schmerzverzerrt verzog sie das Gesicht. Mir blieb keine andere Wahl, als die Pistole wieder einzustecken. Niemand an den Nebentischen bemerkte auch nur im Ansatz, dass hier ein unseriöses Gaunerstück vonstattenging.

»Was genau meinst du mit Pässen? Wovon redest du?« Er intonierte die Worte wie ein bekannter deutscher TV-Moderator, der immer noch glaubte, dass er besonders kritische Fragen stellte.

»Von den Pässen, die du unter anderem Oksana Kopylova hinter der tschechischen Grenze abgenommen hast. Frisch aus dem Tresor der Kanzlei deines Hausanwalts Lörrach. Ich könnte mir vorstellen, dass diese Pässe auch andere interessieren. Stell dir eine groß angelegte Razzia vor. Was wäre, wenn die echten Pässe lauter Identitäten preisgeben würden, die illegal hier eingeschleust wurden. Menschenhandel, Zwangsprostitution und so weiter.«

»Du bluffst doch nur, du kleine Ratte«, unterbrach er mich hitzig. »Du hast nichts in der Hand. Gar nichts!«

»Pässe gegen Neriah. Mein letztes Wort. Um zu beweisen, dass ich nicht bluffe, habe ich dir einen schon mal mitgebracht. Dieser zum Beispiel gehört Oksana Kopylova aus der Ukraine. Und jetzt schick deine Ersatzspieler in die Kabine zum Duschen!«

Die Bodyguards hatten ihre Hände in Sacknähe gefaltet, als bildeten sie die Mauer bei einem Freistoß. In seiner Eigenschaft als Interimstrainer hatte er tatenlos mit ansehen müssen, wie ich diesen Freistoß mit einem Kunstschuss in letzter Spielminute eiskalt verwandelt hatte, in einer Partie ohne Nachspielzeit. Der Abstieg von Rot-Weiß Erkenschwick war nun endgültig besiegelt. Mit einem mürrischen Wink setzte Feddek seine Leibgarde außer Gefecht, indem er sie wie schmollende Kinder zur Limoausgabe schickte. Zufrieden nippte ich an dem überteuerten Bier. Aber das war es mir wert. Nebenbei linste ich auf die Uhr. Der Countdown lief. Gleich war es soweit.

»Also gut, der Deal steht. Wo sind die restlichen Pässe?«

»Sie schlummern schlicht und einfach in deinem Auto, du Nulpe.«

Feddek schaute mich ungläubig an. »Willst du mich …«

Ehe er den Satz zu Ende bringen konnte, barst die Tür plötzlich auf. Lautes Geschrei und Gezeter überfiel die Bar wie ein Rollkommando. Das Licht ging an. Hektische Befehle pferchten die aufgeregten Gäste und Angestellten zusammen.

»Das ist eine Razzia, bitte folgen Sie unseren Anweisungen!«

Blitzartig und instinktiv schnellte Feddek hoch und riss den Stuhl mitsamt Tisch um. Wie ein HB-Männchen sprintete er los und sprang mit einem einzigen Satz hinter die Theke. Von dort aus schlüpfte er flink und wendig durch eine Tür, sodass ich kaum hinterherkam.

Eine Treppe führte nach unten in den Lagerraum. Neonlicht durchflutete den langen Gang, von dem links und rechts mehrere Räume abgingen. Leise schlich ich voran. Schritt für Schritt. War er etwa hinter diesen Türen entkommen? Kletterte er bereits durch ein schmales Kellerfenster in den Hinterhof? Er war wie vom Erdboden verschluckt. Kein Geräusch, kein Flokatifussel, kein Interimscoach. Schnell riss ich die erste Tür auf und stand mitten in einer kleinen Besenkammer. Ein Aufnehmer hing über einem Wischmopp und diverse Putzmittel dümpelten aprilfrisch in den Regalen.

Plötzlich packte mich jemand von hinten und warf mich zu Boden. Reflexartig versuchte ich, wieder auf die Beine zu kommen. Meine Ringerqualitäten hatten mir schon zu Schulzeiten ernste Kopfschmerzen bereitet. Vor allem bei extremen Schwankungen in der Gewichtsklasse. Feddek dominierte eindeutig Größe und Kampfgeschehen. Er schnappte nach meinem Hosenbein. Ich verlor das Gleichgewicht und fiel auf den Rücken. Rittlings setzte er sich auf mich. Seine Hände schlossen sich bedrohlich um meinen Hals und drückten mit unbändiger Wut zu. Ich zappelte wie ein Zitteraal unter Strom, rang panisch nach Luft und umklammerte reflexartig seine Handgelenke. Die Schlinge wurde immer enger und mir wurde schwarz vor Augen. Benommen hörte ich von weit her eine bekannte und gleichsam erlösende Stimme.

»Feddek, lassen Sie den Mann los, es ist vorbei, Sie sind verhaftet.«

Danach war vorübergehende Ohnmacht angesagt.

Nur mühsam erholte ich mich von der Strapaze bei einem Bier oben an der Bar. Mein Stoffwechsel war ziemlich in Mitleidenschaft gezogen worden. Ungläubig rieb ich mir den Hals, als klebten Feddeks Pranken noch immer daran. Ich legte meine Jacke um Neriahs Schultern. Sie zitterte. Sanft nahm ich sie in den Arm und streichelte ihr Gesicht. Sie hatte sich tapfer gehalten. Auf einem Logenplatz abhängend, beobachtete ich gespannt die Fortsetzung der Razzia. Von überall her krochen Tänzerinnen und sämtliche Eddies, die Dreck am Stecken hatten, aus ihren Löchern.

Ein Türsteher protestierte vergeblich gegen die Behandlung, die ihm widerfuhr: »Ich kenne meine Rechte, Bulle!«

Und eine Tänzerin in Strapse reklamierte: »Das ist aber nicht ladylike, Herr Wachtmeister!«

Dennoch ging hier alles sehr ruhig zu. Nur der Senior meinte gereizt: »Ich bin Anwalt. Ich werde Sie verklagen!«

Mitten in all dem Gewimmel aus Uniformierten und kreischenden, halbnackten Frauen, bedröppelten Gästen in eleganter Abendgarderobe und Mitarbeitern in gequälter jetzt-ist's-aus-Haltung, machte ich Benrich ausfindig, der ein Funkgerät in der Hand hielt und letzte Anweisungen an seine Kollegen ausgab.

»Geht's wieder? Alles gut überstanden?«, erkundigte er sich freundlich. Auf seinem Pullover galoppierten diesmal kleine blaue Pferde über kleine blaue Hügel. Bestimmt ein weiteres Weihnachtsgeschenk von seiner Frau.

»Alles im Lot, wenn man wieder rauchen und Bier saufen kann. Was ist mit Feddek? Habt ihr ihn geschnappt?«

»Nein, er ist uns entwischt. Aber eine Fahndung ist schon raus. Er steht unter dringendem Tatverdacht, Ellen Jager ermordet und Frauen und minderjährige Mädchen zur Prostitution gezwungen zu haben. Hinzu kommt Menschenhandel, Vergewaltigung, Freiheitsberaubung, Erpressung, Urkundenfälschung und schwere Körperverletzung. Wir haben die Pässe in Feddeks Auto sichergestellt. Dank Ihrem, sagen wir mal, trickreichen Ermittlungserfolg, werden wir sicher noch mehr Opfer dieser perversen Zwangsprostitution ausfindig machen. Er wird bald dem Haftrichter vorgeführt. Es ist nur eine Frage der Zeit. Zu Fuß kommt der nicht weit.«

»Und was ist mit Oksana?«

»Nichts. Es ist wie verhext. Keine Spur, kein Lebenszeichen ...«

»Was Neues von Edgar Bärwald?«

Statt einer Antwort klingelte sein Handy. Seine Gesichtszüge hellten sich auf. »Wo? Im Keller? Nicht möglich! Ein Angestellter? Das sind ja mal gute Neuigkeiten. Ja, schickt einen Streifenwagen vorbei. Danke, Müller, bis dann.« Benrich legte auf und machte eine Siegerfaust. »Wir haben sie! Mensch Frühauf, wir haben sie!«

6

An der Vorderfront des Hotels »Gloria« flackerten die Neonleuchten in kaltem Weiß. Ein Streifenwagen parkte verlassen am Straßenrand. Wo waren die Beamten? Bestimmt drehten sie eine Runde ums Haus. Ich hatte Neriah nicht überreden können, mit dem Taxi zu mir nach Hause zu fahren und in meiner Wohnung auf mich zu warten oder sich nach den Strapazen auszuruhen. Dort wäre es ihr zu einsam, hatte sie nur gesagt. Stattdessen hatte sie sich fest an mich geschmiegt, als wollte sie nicht mehr von meiner Seite weichen. Nun standen wir gemeinsam unter einem großen Regenschirm vor dem Eingang zur Rezeption. Vorbeifahrende Autos warfen Scheinwerferlicht an die Hausfassade. Dicke Regentropfen klatschten von den Zweigen und Ästen herab. Dauerregen und Wind legten noch einen Zahn zu.

»Irgendetwas stimmt hier nicht, Neriah, es ist besser, wenn du versuchst, Hauptkommissar Benrich zu erreichen. Hier, nimm mein Handy und meine Pistole und stell dich da drüben in den Hauseingang. Ich habe da so ein komisches Gefühl.«

Neriah küsste mich und lief unter dem Regenschirm zum Nachbarhaus davon. Mein Magen zog sich instinktiv zusammen und eine Gänsehaut lief mir über den Rücken. Trotzdem drückte ich die Klingel. Nichts! Von irgendwoher hörte ich einen aufbrausenden Motor. Da! Endlich! Licht in der Anmeldung! Schritte kamen heran. Jemand schloss auf, die Tür wurde geöffnet.

»Du kommst spät, Frühchen! Die Party ist schon in vollem Gange«, begrüßte mich der Partyschreck in Person und mit einem gezückten Engelmacher. Sein abgehetzter Killerblick verriet Paranoia. Mein Herz ebenfalls.

»Was für 'ne Party, Feddek? Meinst du 'ne Gruppentherapie für anonyme Zuhälter?«, versuchte ich, meine Mischung aus Vorahnung und Bestürzung zynisch zu kaschieren.

Sein Blick versprühte Eiszapfen und seine Stimme krächzte heiser: »Du kleine Frühgeburt hast mich reingelegt! Den Bullen ans Messer geliefert! Aber ich lass mich nicht verarschen! Und jetzt fragst du dich wohl, woher ich weiß, dass die Russenschlampe hier ist? Ganz einfach: Ich habe einem Bullen ein Messer an den Hals gesetzt und höflich nachgefragt. Konnte der reden – wie ein Wasserfall! Dann habe ich ihm die Bullenkehle durchgeschnitten, die Dienstwaffe an mich genommen und bin mit der Bullenschaukel hierhergefahren. Polizeifunk abhören, auch eine nette Beschäftigung.« Er dirigierte mich vom Treppenhaus ins Wohnzimmer. »Los, setz dich!« Ich nickte und rutschte in einen schwarzen Ledersessel. Das Leder knautschte. »Du willst sicher wissen, wo die anderen Gäste sind?«, lachte er dreckig.

Ein dickbäuchiger alter Fernseher flimmerte ohne Ton und der Wiederholung einer Talk-Show blieb nur noch der Abspann übrig. Feddek überzog die Sendezeit entschieden zu weit. Ich wollte für einen schnelleren Abspann sorgen.

»Was soll das hier werden? Spielen wir Wahrheit oder Pflicht, Flaschendrehen mit Geiseln? Gib auf, Feddek. Du bist so oder so im Arsch! Du hast Ellen Jager umgebracht und jetzt auch noch Geiselnahme!«

»Ich habe Ellen nicht umgebracht! Das kannst du mir nicht anhängen!«

»Wer sonst, Feddek, wer sonst?«

Feddek stieß ein heiseres Lachen aus. »Ihr seid so blöde, du und die Bullen, ihr seid so blöde. Mensch, der Pleschke hat die Jager umgebracht! Die musste sterben, weil die ihn erpresst hat!«

»Womit?«

»Womit, womit«, äffte er mich nach, »du hast keinen blassen Schimmer, was? Mensch, Pleschke hat Lisa vergewaltigt, er konnte gar nicht genug davon kriegen. Der war voller Koks und so besoffen. Und dabei ist das Drecksstück krepiert. Und dann ist der Vollidiot eingeschlafen. Ellen hat ihn in dem Hinterzimmer vom ›Desire‹ zufällig entdeckt und natürlich Fotos gemacht. Als Pleschke wach geworden ist, hat er die Leiche im Rhein-Herne-Kanal versenkt. Selbst davon hat Ellen Bilder geschossen. Macht es Klick, Frühauf?«

Das hatte mir Neriah nicht erzählt. Vielleicht hatte sie es auch nicht gewusst.

»Pleschke hat mir Geld angeboten, damit ich Ellen umbringe, dieser Fatzke, dieses Großmaul. Ne, ne, dieser Mord geht auf Pleschkes Konto! Und jetzt Themawechsel, Frühchen!« Abrupt verengten sich seine Großkotzkilleraugen wie die eines auf der Abschussliste stehenden Kokaindealers. Er glaubte, er könne seine Ausweglosigkeit hinter einer herzhaften Hoeneß-Mimik verbergen. Er ging in Lauerstellung. Ich ebenfalls. Sein Zuhälterring funkelte mir ins Gesicht. Er wurde unruhig, überspielte es aber mit einem Schwiegersohnlächeln der Marke Mario Götze. »Um es kurz zu machen: Die Geiseln liegen gefesselt und geknebelt in einem der Hotelzimmer. Zimmernummer wird nicht verraten! Ich dachte, ich nehme mir ein bisschen Zeit für dich. Nur für dich. Ich werde dir ganz genüsslich die Fresse polieren. Dann werde ich mich um die Russenschlampe kümmern.« Er war ganz in seinem Zuhälterelement. Pomadig strich er sich durch die Haare, stand auf, griff nach dem Bierglas, trank einen Schluck und stellte es wieder auf dem Tisch ab. Anschließend zündete er eine Marlboro mit einem Streichholz an. Kurz flammte es auf. Der Fernseher flimmerte. Wie seine Visage.

»Was nun, Feddek? Was ist mit Fresse polieren? Mit deinen leeren Drohungen kannst du kleine Mädchen erschrecken, aber nicht mich«, zischte ich verächtlich. »Was ist? Traust du dich nicht, Mann gegen Mann anzutreten? Machen wir es unter uns aus, Feddek, nur du und ich. Keine Geiseln, keine Polizei, keine Zeugen. Oder bist du tatsächlich ein kleines Mädchen, das sich vor Angst in die Hose macht?«

Ein mageres Grinsen machte sich auf seinen Gesichtszügen breit und lockerte nur dürftig den harten und kühlen Schimmer in seinen Augen. Berechnend nahm er den nächsten Zug von seiner Marlboro und blickte dabei geringschätzig auf mich herab. Langsam hatte ich genug von Lauerstellung und dem ganzen Schönschreiben und stand auf.

»Nur du und ich, Feddek, nur du und ich!« Noch bevor er antworten konnte, klingelte es. »Willst du nicht aufmachen? Oder hast du etwa gedacht, ich käme allein in die Höhle des Löwen?«

Stimmungswechsel. Völlig verunsichert gaffte er mich an.

»Es ist vorbei, Feddek! Draußen wartet die Polizei. Du willst sie doch nicht im Regen stehen lassen, wo du mich doch so nett empfangen hast.«

»Na und? Was macht das schon, du kleine Ratte!«, fauchte er. Schweiß klebte wie ungeschickt verputztes Make-up auf seiner Stirn. Diesmal schellte es Sturm.

»Aufmachen! Hier spricht Hauptkommissar Benrich!«, hörte man von draußen.

Plötzlich stürzte Feddek auf mich los und schon fiel ich zu Boden, während er über mich hinwegstolperte und sich einen Weg über die Treppe in die erste Etage bahnte. Ich stand auf und folgte ihm, bis auf einmal das Licht erlosch. Eine Notbeleuchtung warf schwaches Licht in den Gang. Verwirrt hielt ich in der Bewegung inne. Ich schlich mich vorsichtig weiter. Links befand sich das von der Polizei versiegelte Zimmer, in dem ich mit Oksana abgestiegen war. Gegenüber eine offene Tür. Hier war es stockdunkel, denn die Rollläden waren heruntergelassen worden.

Stille. Angestrengt horchte ich nach einem verräterischen Hüsteln, nach schweren Atemzügen, nach einem Keuchen oder nach Schritten. Dann zerbarst die Eingangstür zur Rezeption. Vergeblich drückte ich den Lichtschalter. Jemand hatte sich am Sicherungskasten zu schaffen gemacht. Dann stürmten Benrich und drei Beamte mit Taschenlampen ins Zimmer.

»Los, Rainer, suchen Sie den Sicherungskasten! Wir brauchen hier Licht! Alles in Ordnung, Frühauf?«

»Ja, schön Sie zu sehen, Herr Hauptkommissar! Sie kommen immer genau zum richtigen Zeitpunkt.«

Ich war so glücklich, als hätte ich durch ein Überraschungsei drei Wünsche auf einmal frei. Das Licht ging wieder an. Rainer hatte den Sicherungskasten gefunden. Plötzlich hörten wir eine Stimme hinter uns.

»Keine Bewegung, meine Herren!«

Feddek stand mit entsicherter Polizeidienstwaffe, die er dem toten Beamten abgenommen hatte, im Türrahmen und bedrohte damit Oksana Kopylova. Tränen liefen ihr über das Gesicht. Sie atmete hektisch. Die Augen weit aufgerissen. Sie zitterte am ganzen Körper. Die Beamten hatten ihrerseits die Waffen gezückt und auf Feddek gerichtet. Das Überraschungsmoment war aber eindeutig auf seiner Seite. Jetzt hatte er drei Wünsche frei.

»Lassen Sie die Waffen fallen oder es gibt ein Blutbad!«, forderte er.

Benrich nickte kurz. Nur zögerlich ließen die Beamten ihre Waffen in Feddeks Obhut.

»Geben Sie auf, Feddek! Machen Sie es doch nicht schlimmer, als es ohnehin schon ist«, versuchte Benrich, die Lage zu beruhigen.

»Halt's Maul!«, befahl Feddek und fuchtelte mit der Pistole an der Schläfe der Geisel herum, die unfreiwillig als Schutzschild herhalten musste. »Ich habe sie alle umgebracht! Schrammek und diesen beschissenen Drecksbullen! Ihr Scheißbullen kriegt mich nicht! Ich bring euch alle um!«

Mit dem hochgekrempelten Hemdsärmel wischte er sich durch das verschwitzte Gesicht und legte den Arm wie einen Schraubstock um Oksanas Hals. Sein Atem ging schwer. Oksana hatte den Mund vor Schreck verzerrt. Angstschweiß. Atemnot. Horror.

»Ist es wirklich schon so weit mit dir gekommen, dass du dich hinter einer Geisel verstecken musst? Das Angebot steht noch, Feddek! Nur du und ich, Mann gegen Mann!«, rief ich unbeherrscht. Ich wollte ihn aus der Reserve locken und hoffte, dass er nicht Amok lief.

Seine Gesichtszüge waren angespannt, wie Drahtseile. Seine Oberlippe zuckte. Laut schrie er im Jargon eines kaputten Standardzuhälters, der nichts mehr zu verlieren hatte, was ihn umso unberechenbarer machte. »Halt's Maul, Frühgeburt! Oder willst du noch 'ne Abreibung?« Er rang nach Luft. »Die wollte es doch gar nicht anders. Sie wollte mich, dieses kleine, geile Luder. Sie war scharf auf mich wie 'ne Rasierklinge, so war's. Sie konnte gar nicht genug bekommen, in Kiew. Sie wollten es doch alle! Die Russenschlampe und die kleine Kanalgöre!« Seine stechenden Augen stierten dämonisch zu uns herüber. »Die ganze Scheiße wäre nicht passiert, wenn diese Frühgeburt nicht aufgetaucht wäre!«

»Geben Sie auf, es hat doch keinen Zweck mehr«, schaltete sich Benrich schlichtend ein, um die Wogen zu glätten und eine noch schlimmere Eskalation zu vermeiden.

»Halt die Schnauze, Bulle! So, und jetzt, jetzt mach ich mit der kleinen Schlampe hier eine kleine Spazierfahrt. Macht Platz! Aus dem Weg! Oder es knallt!«

Den Beamten im Gang blieb nichts anderes übrig, als eine kleine Gasse zu bilden. Langsam setzte sich Feddek in Bewegung. Seitwärts die Wand entlang in Richtung Treppe. Teuflisch bleckte er die Zähne. Schweiß drang aus allen Poren. Wir folgten ihm, blieben an der Türschwelle stehen und wagten einen Schritt hinaus auf den Gang. Geschickt schirmte er sich immer wieder gegen die Beamten ab. Plötzlich tauchte am Treppenabsatz unverhofft, wie aus dem Nichts, Neriah auf und starrte ihn mit einem eiskalten Killerblick an. Reflexartig wandte sich Feddek mit der Geisel Neriah zu. Sekundenlang standen sie sich so gegenüber. Dann riss sie wie im Zeitlumpentempo meine Waffe hoch und jagte ihm eine Kugel in die rechte Schulter, sodass er durch die enorme Durchschlagskraft des Geschosses nach hinten torpediert wurde. Gleichzeitig rannte ich los und hechtete in seinen Körper hinein. Abermals hatte ein Schutzengel in das Schicksal der Oksana Kopylova eingegriffen, nur mit dem Unterschied, dass dieser nicht von mir, sondern diesmal von Neriah verkörpert worden war.

Unten an der Rezeption lehnte sich Hauptkommissar Benrich entspannt im Sessel zurück. Das hektische Treiben in der Etage, in der die Geiselnahme stattgefunden hatte, war vorüber. Sämtliche Geiseln, drei Hotelangestellte, zwei Beamte der Streifenpolizei und vier Hotelgäste, wurden unten in der Lobby medizinisch und psychologisch betreut. Benrich gähnte, stützte seine Ellenbogen auf die Lehnen ab und sah mir direkt in die Augen. Draußen stromerte der Wind durch die Nacht wie eine Katze auf Beutefang.

»Wie geht es Oksana?«, fragte ich.

»Den Umständen entsprechend. Ich konnte nur kurz mit ihr sprechen. Die Sanitäter haben sie ins Krankenhaus eingeliefert. Sie steht noch unter Schock.«

Ich nickte stumm. Müde und ausgebrannt. Der Mond, so bleich wie Kreide, verschwand hinter den Wolken.

»Zunächst war Oksana Kopylova nicht zu einer Aussage bereit gewesen. Sie hatte Angst davor gehabt, dass sie wegen des Mordes an Starchenko verhaftet werden könnte. Dabei hatte sie nur in Notwehr gehandelt. Also war sie kurzerhand in den Keller des Hotels geflüchtet, bis ein Hotelangestellter sie entdeckt hatte, wie sie in der Küche ein Stück Brot abgeschnitten hatte. Das muss man sich mal vorstellen, die ganze Zeit unentdeckt im Keller des Hotels. Ich kann es nicht glauben. Wir suchen wie verrückt die Nadel im Heuhaufen, Ringfahndung und das ganze Programm. Und sie versteckt sich direkt vor unserer Nase. Da lacht doch das Schicksal.«

»Und wie wird es mit ihr weitergehen?«

»Die Gefahr einer Abschiebung zurück in die Ukraine ist gebannt. Sie wird demnächst in ein Zeugenschutzprogramm aufgenommen, wo sie eine neue Identität bekommt. Sicher ist sicher.«

»Das ist gut. Sie ist ein tapferes Mädchen.«, sagte ich.

Oksana Kopylova war an eine Schlepperbande geraten, die Feddek organisiert hatte und die ihr ein Touristenvisum für Deutschland besorgt und sie gegen eine Vermittlergebühr, in Höhe von vier- bis fünftausend Euro, mit einem gefälschten Pass über die Grenze geschleust hatte – sei es per Flugzeug, Lkw oder per Bahn. Höchstwahrscheinlich hatte man Oksana den Pass nach der Einreise wieder abgenommen. Endstation Bordell. Die Methoden waren simpel: Bei Kontakten in Diskotheken, Cafés oder Anzeigen gaukelten sogenannte Werber jungen Frauen vor, sie bekämen im »Paradies Deutschland« seriöse Jobs als Altenpflegerinnen, Köchinnen, Kindergärtnerinnen oder Kellnerinnen. Mit falschen Versprechungen, wie diesen lukrativen Arbeitsangeboten, traumhaftem Verdienst und luxuriösem Leben in Saus und Braus fielen selbst Frauen mit hohem Bildungsniveau darauf herein – und landeten im Bordell. Die betrogenen Frauen mussten die Schulden plus Wucherzinsen, die durch die Vorfinanzierung der Schlepperbande entstanden waren, abarbeiten. Dazu kam in der Regel die Miete für das Bordellzimmer. Eine Spirale der Gewalt, des Leids, der Ausweglosigkeit. Ich kannte solche Fälle aus der Vergangenheit. Feddek hatte Oksana mit perfiden Methoden nach Deutschland gelockt.

»Sie machen so ein nachdenkliches Gesicht, Frühauf? Machen Sie sich Sorgen um ihre Freundin Neriah?«

»Ja, schon …«

»Ich hätte es Ihnen sagen sollen: Neriah ist eine Kollegin und arbeitet für uns, bei der Sitte. Sie ist von uns eingeschleust worden. Schon vor der Ermordung von Lisa Kyas. Wir hatten Hartmann schon länger im Visier.«

»Und wie heißt sie in Wirklichkeit?«

»Kathrin Neuer.«

»Wie der Torwart?«

»Ja, wie der Torwart.«

»Sachen gibt's …«

Eine Zeitlang schwiegen wir und lauschten dem Verkehr auf der Hauptstraße. Jeder war in seinen eigenen Gedanken vertieft. Ein Fragenkatalog formte sich in meinem Kopf. Wer hatte Lisa Kyas und Ellen Jager ermordet? Ellen hatte Pleschke also erpresst. War er sogar der Täter? Wo steckte Bärwald?

»Herr Benrich, was glauben Sie? Wer ist der Täter von Lisa Kyas?«

»Vielleicht Hartmann. Meine Kollegen verhören ihn gerade«, sagte er.

»Ich habe neue Hinweise.«

Neugierig hob Benrich den Kopf.

»Ich habe einen Tipp bekommen. Ich weiß, wer Ellen auf dem Gewissen hat.«

»Und?«

»Hören Sie: Ellen war eine sehr gute Freundin. Geben Sie mir grünes Licht, den Fall auf meine Weise abzuschließen?«

Benrich räusperte sich. Legte das Kinn in seine Hände und den Fall Jager in die meinen. »Also gut, Frühauf, aber Sie erstatten mir Bericht. Halten mich auf dem Laufenden, ständig. Und wenn Sie Hilfe brauchen oder irgendetwas schiefläuft, kommen Sie sofort zu mir. Herrgott, eigentlich dürfte ich das gar nicht!«

Ein milchig grauer Himmel hatte sich wie ein schäbiger Film über die Stadt gelegt. Regen lag in der Luft. Die Einfahrt zum Firmengelände »Spedition und Lagerhaltung Dieter Pleschke« war durch eine Schranke versperrt. Mein Wagen hielt vor dem Pförtnerhäuschen. Ein dürres Männchen blätterte durch eine Autozeitschrift. Die weißen Haare waren verschwitzt und fettig und seine Dienstmütze hatte einen Abdruck hinterlassen. Lustlose Augen blickten zu mir auf. Ich machte ein Zeichen, dass ich rein wolle. Der Pförtner nickte und ließ den Schlagbaum hochfahren. Er nahm weiter keine Notiz von mir, schaute auf seine Uhr und gähnte. Ich stellte meinen Wagen auf dem Besucherparkplatz ab und ging auf das Hauptgebäude zu. Das Gelände war großflächig angelegt. Ein Gabelstapler holperte durch die Gegend und ein Fahrertrupp wartete auf baldige Abfertigung.

Ich trat durch die Tür. Ein Akt der Ungnade: Treppen und nochmals Treppen. Ich ging vorbei an einem Büro, einem leeren Pausenraum und an der nach Reinigungsmitteln duftenden Herrentoilette. Fünf Minuten später war ich endlich bis zur Chefsekretärin vorgedrungen. Ein ungefähr fünfundzwanzigjähriges Model in Minirock und Blazer, zarter Lindton, las »Das Superweib« und nuckelte an einem Getränk für Sportler. Ich zückte meine Visitenkarte. Sanfte braune Rehaugen überflogen unbeeindruckt meine berufliche Identität.

»Und davon kann man leben?«, fragte sie skeptisch, eigentlich mehr spöttisch.

»Für mehr als ein Bier im Puff reicht's schon«, revanchierte ich mich geschmacklos, aber in diesem Falle völlig zu Recht, wie ich fand. Ich hatte das »Superweib« verstimmt. Sie wurde richtig zickig. Gekonnt wimmelte sie mich ab und nervte mit allerlei garstigen Seitenhieben. Herr Pleschke wäre jetzt nicht zu sprechen, nicht in seinem Büro, für mich nicht existent. Allmählich hatte ich die Nase gestrichen voll und drohte ihr ebenso gekonnt, dass ich ihr eines Nachts auflauern, sie voller Drogen pumpen und in ein billiges Bordell an der tschechischen Grenze verschleppen lassen würde. Ich hatte eben gute Kontakte. Eingeschüchtert griff sie schließlich doch nach dem Hörer und meldete mich der Chefetage.

Schneller als ich dachte, saß ich auf Pleschkes Schreibtischkante. Herzlich, beinahe brüderlich, hatte er mich empfangen. Von draußen hörte man rege Betriebsamkeit in Sachen Mittagspause. Ein Bild an der Wand deutete auf ein Familienunternehmen hin. Ein anderes thronte auf seinem Schreibtisch. Brav eingerahmt blickten Frau und Kind auf seinen dicken Wanst. Alles an ihm war dick.

»Sie sind also Privatdetektiv. Kann man davon denn leben?«, lachte er so smart wie Rudi Carrell am laufenden Band. Sein Schmerbauch bebte. Noch so einer.

»Nein!«, versetzte ich trocken. »Kann man nicht!«

Die Antwort schien Plescke zu amüsieren. »Warum machen Sie dann diesen Job?«

»Tja, wissen Sie, ich bin halt nicht reich geboren, habe keine weiteren Erbschaftsaussichten und zum Arbeiten bin ich absolut untauglich. Ich bin einer dieser Nichtsnutze, die immer nur Ärger machen.«

»Sie sind mir ja einer … Aber Sie gefallen mir. Sie haben wirklich Sinn für einen ausgefallenen Humor.« Dabei lachte er sich noch fetter, als er es ohnehin schon war. Pausbacken, Glatze, Doppelkinn. »Was kann denn ein Privatdetektiv in meiner Firma wollen?«

»Es geht um einen ehemaligen Mitarbeiter von Ihnen namens Edgar Bärwald.«

»Ja, und?«

»Ich brauche einen Hinweis auf seinen Verbleib. Er ist sozusagen wie vom Erdboden verschluckt.«

Pleschke schaute mich an, ohne dabei auf seine Lachfalten verzichten zu wollen. Ein richtiger Schalk.

»Dafür ist Bärwald anscheinend Spezialist geworden, denn das ist letzten Endes der ausschlaggebende Punkt für seine Entlassung gewesen. Seit dem Tod seiner Frau hatte er sich völlig gehenlassen. Er war wie ausgewechselt. Hatte er zuvor einen mustergültigen und zuverlässigen Mitarbeiter abgegeben, so war es nach dem tragischen Ereignis mit ihm total bergab gegangen. Nicht nur, dass er mit dem Trinken angefangen hatte und mit Fahne und Restalkohol auf den Bock gestiegen war – und das als Fahrer, das muss man sich mal vorstellen – nein, er war dann immer öfter eigenmächtig und ohne Krankmeldung von der Arbeit ferngeblieben. Kam und ging, wie es ihm gerade passte. Trauer in allen Ehren, Herr Frühauf, aber das geht nun wirklich nicht. Ich hatte keine andere Wahl, als ihn fristlos zu feuern. Glauben Sie mir, es ist mir damals richtig schwer gefallen. Immerhin war er einer unserer besten Fahrer. Vor dem Tod seiner Frau, versteht sich.«

»Ach, Herr Pleschke, man hat immer eine Wahl. Heutzutage gibt es so viele offizielle Stellen, die psychologische Hilfe anbieten. Denn genau das wäre möglicherweise eine Option gewesen, um ihn aufzufangen. Finden Sie nicht?«

Der Gemütszustand blieb unverändert. Seine klobigen Finger waren ineinander verschränkt, seine Augen kullerten lustig.

»Sie sind mir ja einer … Platzen hier rein und behaupten, ich hätte ihn ohne Gewissen eiskalt abserviert. Ohne mit der Wimper zu zucken. Aber es herrschen nun mal Regeln in der Geschäftswelt. Ich bin nicht die Caritas und überhaupt, wozu soll das ganze Psychogewäsch gut sein? Ich musste so handeln. Es war richtig. Bärwald war ja schon immer eine Mimose, ein regelrechter Waschlappen. Eine Ironie des Schicksals, dass der früher mal geboxt haben soll. Kaum zu fassen.«

Typische Ansichten und Verbohrtheit einer Generation der alten Garde. Ich hatte keine Lust mehr, diesen platten Attitüden seiner heilen-Welt-Fassade, die äußerlich aus Heino bestand und innerlich von einer Harten-Hund-Philosophie eines John Wayne genährt wurden, in der es keine Schwächen, Fehler und Makel geben durfte, noch länger beizuwohnen. Schnell ging ich daher zum Hauptpunkt des Interviews über.

»Hat er jemals irgendwelche Orte erwähnt, an denen er sich gerne aufhält? Oder vielleicht Bekannte oder Freunde, bei denen er unterschlüpfen könnte? Irgendeinen Anhaltspunkt, der mir bei der Suche nach ihm weiterhelfen könnte?«

Pleschke hatte mittlerweile die Haltung eingenommen, als könnte er der Versuchung nur schwer widerstehen, hemmungslos in der Nase zu bohren. »Nein, da fällt mir nichts ein. So gut hab ich ihn nicht gekannt. Aber wenn ich Ihnen einen Tipp geben darf? Fragen sie doch die Fahrer unten im Fuhrpark oder die Lagerarbeiter. Da ist sicher noch der eine oder andere Kollege darunter, der mehr mit ihm zu tun hatte. Wenn Sie mich jetzt entschuldigen wollen? Ich kann es mir nicht leisten, den halben Tag mit Plaudereien über vermisstes, ehemaliges Personal zu verbringen. Das verstehen Sie doch hoffentlich, nicht wahr?«

»Eine Sache noch, Herr Pleschke. Es geht um die beiden Mordfälle Ellen Jager und Lisa Kyas, von denen Sie sicherlich gehört haben.«

»Ellen Jager? Kyas? Nie gehört!«

»Nie gehört? Ein gewisser Armin Feddek hat sie stark belastet. Er behauptet, dass Sie Lisa Kyas im Club ›Desire‹ vergewaltigt, getötet und anschließend im Kanal versenkt haben. Ellen Jager war zufällig im Club, hat Fotos gemacht und Sie damit erpresst.«

Direkter ging es nicht.

»Sie sind ja übergeschnappt, komplett verrückt!«

Ich entgegnete noch direkter, um ihn zu provozieren: »Zufällig wird gemunkelt, dass Sie ein häufiger Gast im ›Desire‹ sind, der einem gewissen Tony Hartmann gehört.«

»Sie sind mir ja einer … Platzen hier rein und behaupten, ich sei ein Mörder!«

»Eine Tänzerin dort hat von einem Geschäftsmann gesprochen, der minderjährige Mädchen verlangt hat. Ihre Beschreibung trifft ganz genau auf Sie zu. Und Ellen Jager hat sie dabei erwischt. Es ist ziemlich eindeutig, dass Ellen Sie erpresst hat. Nur mit dem feinen Unterschied, das nicht mit Geld bezahlt wurde, sondern mit dem Tod. Ellen musste sterben, beseitigt werden, nicht wahr? Noch kann ich es leider nicht beweisen. Aber ich kriege Sie. Verlassen Sie sich drauf!« Meine Stimme schnitt Scheiben durch die Luft.

Diesmal lachte er so laut, dass die Wände wackelten. »Fotos? Was für Fotos? Machen Sie sich doch nicht lächerlich! Sie glauben einem Zuhälter? Lächerlich! Meine Anwälte werden seine Aussage in der Luft zerreißen. Ich bitte Sie, jetzt zu gehen. Meine Zeit ist kostbar. Seien Sie mir bitte nicht böse, Sie haben mich wirklich köstlich erheitert. Ich habe mich königlich amüsiert.«

»Woher wissen Sie, dass Feddek Zuhälter ist?«

»Sie haben es doch erwähnt.«

»Nein, Pleschke, Herr Pleschke, das habe ich nicht.«

»Na und? Was beweist das schon?«

»Bärwald ist der Bruder von Ellen Jager. Er hat damals den Namen seiner Frau angenommen. Wussten Sie das? Ist auch völlig egal. Auf jeden Fall ist er auf einem Rachefeldzug. Seien Sie auf der Hut, Herr Pleschke.«

In diesem Sinne ließ ich ihn stehen. Die Sekretärin zuckte zusammen, als ich beim Hinausgehen »Buh« machte. Laut krachend sprang die Glastür hinter mir ins Schloss. Ich nahm den Fahrstuhl, drückte auf »E« und trat mit all meiner aufgestauten Wut im Bauch gegen die Tür.

Draußen hatte die Sonne fragmentarisch das Geschehen übernommen. Ein launisches Wetter. Vor einem Baucontainer standen zwei Männer. Einer von ihnen war für den Feierabend frisch geduscht und bot dem anderen im Blaumann eine Zigarette an.

Ich ging auf sie zu und fragte: »Wer ist denn das scharfe Geschoss im Vorzimmer vom Chef?«

Pedders Augen leuchteten gierig, als er antwortete: »Bisse neu hier, oder wat?«

»Erster Tag!«

»Ja, die Beate, aber an die Schlampe kommse nich ran, Kollege, wa, Willi?«

»Ne, kommse nich!«, bestätigte Willi.

»Da hasse keine Chance. Wenn die mich schon abblitzen lässt, dann is' die frigide oder fickt mit dem Chef, normalerweise passiert mir dat nich so schnell, dat die mich nich wollen«, meinte Pedder. Sein Goldkettchen aus dem offenen Hemd glänzte im Sonnenlicht. Kein Wunder, dass die Sonne sich ständig verzog.

»Aber ich kann dir sagen, wer dieses scharfe Geschoss im Vorzimmer ist: meine Frau!«, erklärte ich.

Pedder holte für einen Moment tief Luft. In seinem Gehirn ratterte es fleißig, ob meine Aussage auch der Wahrheit entsprach. Bevor er befürchten musste, eine aufs Maul zu kriegen, stieg er lieber in den tiefer gelegten Golf GTI mit Spoiler ein. Er ließ den Motor aufheulen und den Fuchsschwanz flattern.

Willi guckte nur blöd aus der Wäsche und meinte dann, um Aufklärung bemüht: »Aber die ist doch gar nicht verheiratet.«

»Ist sie auch nicht, war nur 'n Scherz. Sag mal, kennst du noch den Edgar, den Boxer? Er hat hier als Fahrer malocht.«

Willi runzelte die Stirn, als ob das noch einen Sinn gehabt hätte und was bewegen könnte. »Ja, sicher, hatte 'ne richtige Klebe, seine Rechte.«

»Kanntest du ihn gut?«, hakte ich hoffnungsvoll nach.

»Ne, nich so gut. Hat eher mit dem Zepanski abgehangen. Aber der is' ja auch nich mehr hier am Malochen. Den würd ich fragen. Ja, den Herbert Zepanski, der kannte den Edgar am besten.«

»Weißt du auch, wo der Zepanski wohnt?«

»Klar, weiß ich dat. Also …«

Die Zepanskis bewohnten ein kleines Zechenhaus mit rotem Backstein am Kernbach in Bochum-Langendreer. Autos parkten auf sauber gekehrten Gehwegen, wofür sich offensichtlich eine ältere Frau verantwortlich fühlte, die gerade dabei war, herabgefallene Blätter zusammenzufegen.

Von irgendwoher rief mir jemand die Warnung entgegen: »Dat du mir ja die Einfahrt freihäls, Junge. Sonst gibbet wat hinter die Kappsblätter!«

Ein Mann wusch seinen Wagen und eine Frau kam mit Plastiktüten unter dem Arm vom Einkaufen zurück. Die Scorpions drangen einen Tick zu laut aus einem der Fenster. Jemand sang mit. Kinder spielten Fangen oder Fußball und zwei Rentner schwatzten in einem Hauseingang. Ich schellte bei Zepanski. Eine Frau mit strähnigem Haar öffnete. Wässrig blaue Augen blickten mich ohne Zuversicht an.

»Guten Tag, sind Sie Frau Zepanski?«, fragte ich freundlich.

»Ja, was gibt's?«

»Kann ich Ihren Mann sprechen? Ich bin Privatdetektiv Mike Frühauf. Es geht um Edgar Bärwald, einen ehemaligen Arbeitskollegen.«

»Frühauf? Privatdetektiv? Hat er was angestellt? Wie dem auch sei, mein Mann ist beim Arbeitsamt, da ist er fast jeden Tag, sagt er zumindest. Aber in Wirklichkeit sitzt er in der Kneipe und versäuft die Stütze.«

»Darf ich reinkommen? Vielleicht können Sie mir ja helfen.«

»Gut, kommen Sie, hier entlang, in die Küche.«

Mit einer Handbewegung schickte sie mich vor. Es roch nach Bratkartoffeln. Ein Kind ließ ein Spielzeugauto die Spüle auf und ab fahren und imitierte dabei Motorengeräusche.

»Zisch ab in dein Zimmer oder geh raus spielen. Aber dass du dich ja nicht mit den Rotzlöffeln von den Rogallas einlässt. Ist das klar?«

Der Junge nickte brav.

»Tja, Frau Zepanski, wie gesagt, es geht um Edgar Bärwald. Haben Sie ihn auch gekannt?«

»Ja, sicher. Er war oft mit seiner Frau Annegret hier gewesen. Im Sommer zum Grillen, Geburtstage, Skatabende, all so was. Aber seit seine Frau gestorben ist, kam er nicht mehr. Er hat den Kontakt zu uns einfach so abgebrochen. Die Trauer um seine Frau hat ihn buchstäblich zum Wrack gemacht, sag ich Ihnen.«

»Wie ist seine Frau eigentlich gestorben. War es ein Unfall, Frau Zepanski?«

»Ne, die hatte Blasenkrebs. Daran ist sie gestorben. Dabei war sie eine so Nette gewesen. Es trifft halt immer die Falschen.«

»Wenn Bärwald sich irgendwohin, sagen wir mal, zurückziehen wollte, welchen besonderen Ort würde er auswählen? Haben Sie eine Ahnung?«

»Ist Edgar in Schwierigkeiten, suchen Sie ihn?«, fragte Frau Zepanski neugierig.

»Um genau zu sein: Er ist in erheblichen Schwierigkeiten, deshalb ist es wichtig, dass ich ihn finde, bevor es zu spät ist. Ich wäre für jeden Hinweis dankbar. Ich möchte ihm wirklich gerne helfen.«

»Der Edgar, ne, keine Ahnung, wo der hin sein könnte.« Nervös spielte sie mit dem Ehering, als wollte sie ihn endgültig abstreifen.

»Weiß Ihr Mann vielleicht mehr?«, griff ich nach dem letzten Strohhalm.

»Ach, der ... der säuft. Seit er arbeitslos ist, kriegt er den Hintern nicht mehr hoch. Hat sich völlig aufgegeben. Und seien wir mal ehrlich: Wer nimmt denn heutzutage noch einen Fünfzigjährigen? Keiner! Das Opelwerk wird geschlossen. Überall werfen sie die Leute auf die Straße. Ich bin ja schon froh, dass mein Ältester was abdrückt. Die Jungs halten ihren eigenen Vater für einen Versager, weil er in der Kneipe sitzt und sich zu Tode säuft. Das Haus ist nicht abgezahlt und ein Auto können wir uns schon lange nicht mehr leisten. Irgendwann drehen sie uns noch den Strom ab. Am liebsten würde ich ihm den Hals umdrehen! Aber wenn Sie unbedingt mit ihm reden möchten, versuchen Sie's mal ›Bei Moni‹. Obwohl er bestimmt auch nicht mehr weiß als ich. Das könnse mir mal ruhig glauben.«

»Haben Sie ein Foto Ihres Mannes? Und wo finde ich diese Gaststätte?«, fragte ich.

»Warten Sie, ich schreibe Ihnen die Adresse auf.« Sie reichte mir einen Zettel, ging aus der Küche und kam mit einem Foto zurück. »Wenn Sie mögen, essen Sie einen Happen mit.«

»Na ja, es riecht schon ziemlich gut, Frau Zepanski ...«

»Setzen Sie sich, Herr Frühauf, das Essen ist gleich fertig.«

Frau Zepanski rührte durch Speck und Kartoffeln, wusch ihre Hände und trocknete sie an der Küchenschürze ab. Sogleich verteilte sie drei Teller auf dem Küchentisch, der mit einer rot-weiß karierten Plastiktischdecke dekoriert war, und pfiff ihren Sohn herein. Prilblumen klebten an den Fliesen, der Wasserhahn tropfte mutlos und die Waschmaschine rotierte bei vierzig Grad. Großzügig schöpfte sie mir auf. All das erinnerte mich stark an Zuhause.

Eine Stunde später betrat ich die Pinte »Bei Moni«. Die Besitzerin Moni schien nicht gerade einen guten Riecher für den perfekten Standort einer Kneipe zu haben. Bekümmert und tranig saßen die Gäste vor Bier und Schnaps. Moni schenkte nach und schrieb auf Deckel. Eine Runde debattierte über die Zukunft und eine andere ließ sie sich vermiesen, indem sie Poker um Geld spielte. So auch Zepanski. Zwei zerknitterte Scheine vor einem Hoffnungsblatt, das er gleich ausspielen würde. Mit einem fahlen Gesichtsausdruck beobachtete er seine Kumpanen, die scheinbar alles im Griff hatten. Ein einsamer Trinker schaute Moni nach, und ich bestellte ein Bier.

Zepanski verlor. Ein anderer wiederum strich erleichtert das Geld ein. Seine Spannung hatte sich im Gegensatz zu Zepanskis gelöst. Aber es blieb keine Zeit für Stimmungen: Die Karten wurden neu gemischt und ausgeteilt. Die Musikbox wurde angeschmissen und wat-willste-hörn-Rudi wünschte sich natürlich Helene Fischer. Es kam prompt. Derweil hatte Zepanski wieder verloren. Er starrte nun völlig versteinert auf den letzten Fünfzigeuroschein, legte die fettverschmierte Brille ab, rieb sich mit der Hand durchs abgespannte Gesicht und lallte leicht zu den anderen: »Is' schon spät, Jungs, ich muss nach Hause.«

Dann schlurfte er gebeugt zur Theke und bezahlte seinen Deckel. Er bekam zwanzig Euro Wechselgeld zurück, das er lose in die Hosentasche steckte.

»Herr Zepanski?« sprach ich ihn an.

Seine glasigen Augen schauten gleichgültig. Weinerlichen Blickes stieß er tonlos ein »Ja?« hervor.

»Ich heiße Frühauf und bin Privatdetektiv. Darf ich Sie auf ein Bier einladen?«

Er nickte nur und deutete mit zwei Fingern auf Moni, die daraufhin zwei neue zapfte. Zwei Loser stießen an. Der eine verzockte Haus und Hof, der andere spielte Marlowe für Arme und Bekloppte. Wer es besser getroffen hatte, vermochte ich nicht zu sagen. Es hing wahrscheinlich von der Tagesform ab. Ich tippte auf unentschieden.

»Ich habe ein paar Fragen, die Ihren ehemaligen Arbeitskollegen Bärwald betreffen.«

»Was ist mit ihm? Ist er von den Toten wiederauferstanden? Ich hab ihn lange nicht mehr gesehen. Seit der Sache mit seiner Frau. War 'n prima Kumpel, der Edgar, der arme Kerl. Wie das Leben so spielt … dieses Scheißleben …« Seine Stimme verlor zunehmend an Kraft, bis er nur noch heiser in sich hineinflüsterte. Alles- und nichtssagend hing sein Blick in der Luft, Monis ruhte mitleidsvoll auf ihm, während sie weiter den Zapfhahn bediente. Sie kannte ihre Sorgenkinder.

»Ich bin auf der Suche nach ihm. Es ist sehr, sehr wichtig, dass ich ihn finde. Er steckt in großen Schwierigkeiten und braucht jede Unterstützung, die er kriegen kann, bevor er etwas Dummes anstellt. Seine Schwester ist ermordet worden. Er kennt den Täter und befindet sich auf einem Rachefeldzug. Wo würde Bärwald sich verstecken, wenn er nicht gefunden werden will?«, erkundigte ich mich eifrig.

»Keine Ahnung! Woher soll ich das wissen? Ist auch schon so lange her. Alles is' nicht mehr so, wie's mal war. Na ja, is' ja auch egal. Jedenfalls kann ich Ihnen nicht helfen. Kann mir ja nicht mal selbst helfen. Scheiß auf Bärwald, scheiß auf alles …«

»Strengen Sie sich an, Herr Zepanski, wo könnte er stecken?«

Statt einer Antwort schüttelte er nur den Kopf und trank einen Korn auf Ex.

»Hat er 'ne Lieblingsstadt oder irgendeinen anderen Ort erwähnt? Das Paradies, die Hölle, den Kindergarten? Geben Sie sich einen Ruck, Mann! Immerhin war er Ihr Kumpel!«

Er hauchte mehrmals gegen die leicht getönten Brillengläser und wienerte mit einem schmutzigen Taschentuch ausgiebig vor sich hin. Im Anschluss daran prüfte er kritisch Gestell und Sehfähigkeit und ließ wohl nur aus Versehen einige Worte aus seinem Mund fallen. »Na ja, er war damals oft mit seiner Frau in seinem Schrebergarten. Das wäre der einzige Ort, der mir spontan einfallen würde.«

»Wo finde ich diesen Schrebergarten?«

»In Bochum-Langendreer. Am Neggenhorn, Unterstraße, nicht weit von hier. Da war er gern …«

»Das ist doch was, immerhin, vielen Dank!«

Wir ließen das Gespräch an der Theke versanden. Jeder für sich war mit seinen eigenen Gedanken beschäftigt oder tüftelte an der Erfindung des Lebens mit all seinen heimtückischen Schikanen. Ich trank den letzten Schluck Pils aus, klopfte Zepanski dankbar auf die Schulter und steckte ihm einen Hunderter in die Hemdtasche. Ich hatte eine Antwort bekommen, die mich zuversichtlich stimmte. Ein kleiner Lichtblick, ein Stück Hoffnung. Hier hatte ich definitiv nichts mehr zu suchen und schwang mich darum eilig nach draußen ins turbulente Alltagsgeschehen, wo mir ein rauer, kerniger Wind entgegenschlug.

Zwei stark angeschlagene Männer in Arbeitsmontur verteidigten ihren Stützpunkt am Kiosk mit Bier, Kümmerling und ehrlichem Dreck unter den Fingernägeln. Eine künstlich lächelnde Frau bot Flyer an. Ein Handelsvertreter, lauthals auf Promotionstour vor einem Supermarkt, pries Haushaltsgeräte an, die sich auf sensationelle Weise selbst reinigten. Jemand lud einen Bierkasten aus dem Auto und fluchte. Ein Lkw belieferte einen Supermarkt mit Lebensmitteln. Inline-Skater rasten über den Asphalt und ein türkischer Gemüsehändler wog Auberginen für eine Kundin ab. Ein Reisebüro lockte mit Badeträumen aus Bahia, Florida oder Mallorca und eine junge Mutter mit ihrem Kleinkind stand träumend davor. In der Auslage eines Schuhgeschäfts gab es Fransenschuhe in Braun für nur dreißig Euro und einen Tritt für schlechten Geschmack von mir umsonst dazu. Werbeplakate an den Hauswänden wussten, was gut für einen war. Nur ein paar Meter weiter schaute ich in die sorgenvollen Gesichter einiger Opelaner, die Jahr für Jahr um ihre Arbeitsplätze gebangt hatten und nun hilflos mitansehen mussten, wie das Werk am fünften Dezember für immer schließen würde. Ein Mann im Businessanzug verweigerte mit einer energischen Abwehrhaltung die neueste Ausgabe von »Bodo«, einer Solidaritätszeitschrift von und für Obdachlose. Nichts passte zusammen und doch kreiste die Welt in gewohnten Bahnen weiter.

Ein wolkenverschleierter Mond legte sich über die Kleingärtneranlage am Neggenhorn. Ich kauerte seit Stunden im Auto, gähnte in die Nacht hinein, hielt mich mit einem Kaffee-to-go wach. Schlug die Zeit tot, indem ich an Neriah alias Kathrin dachte. Eiskalt hatte sie Feddek niedergestreckt. Im richtigen Moment die Bühne betreten. Die Waffe im Anschlag. Im perfekten Timing abgedrückt. Ein Kunstschuss aller erster Güte. Dann riss mich ein Mercedes aus meinen Erinnerungen. Langsam fuhr er an mir vorbei. Ich rutschte tief in den Sitz hinein. Der Motor wurde abgestellt. Ein Mann stieg aus. Glatzköpfig, fett, kalt. Er schritt auf den Eingang der Schrebergartenkolonie zu. Pleschke!

Ich wartete, bis er in der Dunkelheit zwischen den Gartenhäuschen verschwunden war und stieg aus. Vorsichtig nahm ich seine Fährte auf und beobachtete, wie er vor einem Schrebergartenhäuschen innehielt. Er klopfte, dann ging er hinein. Lautlos pirschte ich mich an und duckte mich unter dem Fenster. Gedämpfte Stimmen. Die Tür war nur angelehnt. Durch den Spalt sah ich Pleschke, wie er winselnd zu einer Rechtfertigung anhob.

»Es war im Affekt, Bärwald, im Affekt! Ich wollte sie nicht töten. Aber sie hat mich erpresst … hat damit gedroht, die Bilder zu veröffentlichen. Und du spielst hier den Moralapostel, du hast ja auch durch mich verdient, dadurch, dass ich die Logistik für Feddeks Nutten organisiert habe, oder etwa nicht? Wo wärst du denn ohne mich, du Versager!«

Dann hörte ich Bärwalds wütende Stimme. »Du hast sie umgebracht, Pleschke, du hast meine Schwester umgebracht! Ich knall dich ab, du feiges Schwein!«

Pleschke hielt die Hände vors Gesicht. »Du hast doch auch mitgemacht. Warst du nicht der Fahrer? Hast 'ne schöne Stange Geld damit verdient. Deine Schwester hat mich erpresst. Ich wollte sie nicht töten. Und jetzt willst du mich erpressen …«

Endlich trat Bärwald mit dem Rücken zu mir in mein Blickfeld. Er bedrohte Pleschke mit einer Pistole. Sollte ich jetzt eingreifen?

»Ach, Pleschke, sag, was du willst, heute Nacht wirst du sterben. Und jetzt schieb den Koffer mit der Kohle rüber! Willst du die Bilder noch mal sehen, die Ellen mir hinterlassen hat und über die du gestolpert bist? Es wird das Letzte sein, was du in deinem Leben sehen wirst«, flüsterte Bärwald.

»Mensch Bärwald, mach keinen Scheiß! Ich kann dir mehr Geld geben als Fünfhunderttausend, viel mehr. Lass uns doch reden! Sei vernünftig! Ich kann dich auf einen Schlag reich machen.«

Mit einem Ruck riss ich die Tür auf und richtete den Lauf meiner Waffe gegen Bärwalds Hinterkopf. »Fallen lassen, Bärwald!«

Er zeigte keinerlei Regung. Cool, ganz cool. »Schieß doch, aber dieser Dreckskerl geht mit drauf!«, zischte der Boxtrainer.

Pleschke zitterte wie Espenlaub. Schluchzte und grunzte, flehte um Gnade und fiel vor Bärwald auf die Knie.

Ich zielte auf Bärwald, Bärwald zielte auf Pleschke, Pleschke zielte in die Hose.

»Ich heiße Frühauf, ich kannte deine Schwester recht gut. Sie war mir eine gute Freundin. Gib auf, Bärwald, die Chose ist gelaufen. Tu mir den Gefallen und gib mir die Scheißwaffe! Es war ein verdammt anstrengender Tag, eine Kackwoche und Schalke verliert gegen Leverkusen!«, blaffte ich ihn an. Stinksauer, todmüde, Bierdurst.

»Er hat meine Schwester umgebracht. Ich kann ihn nicht laufen lassen«, sagte Bärwald ganz gelassen. »Außerdem ist Schalke der falsche Verein!«

Falsche Antwort. Ich sah rot. Mit meiner Parabellum zog ich Bärwald eins über den Schädel. Er taumelte zu Boden, genauso, wie der VFL damals abgestiegen war: sang- und klanglos. Pleschke saß völlig eingesaut in seiner vollgepissten Hose. Ich sah eine Weile zu, wie er sich schämte, und rief dann Hauptkommissar Benrich an.

Eine Glocke kündigte an, dass mein Bier und der Kurze fertig waren. Mürrisch schob Hugo mir die Frustdrescher zu und grummelte ein »wird schon wieder« in seinen Vollbart hinein.

Aber er redete nie viel. Ich gab ein »na klar« zurück und wir stießen gemeinsam auf bessere Zeiten an, die er genauso bitter nötig hatte wie ich. Ich orderte noch einmal das Gleiche, drehte mich stilvoll auf meinem Barhocker um und lehnte mich wie ein Gestrandeter, beide Arme angewinkelt, gegen die Theke. Tom Waits' angenehm verrauchte und versoffene Stimme rieb Eisen durch die Boxen und ich genoss die Nummer »Christmas Card from a Hooker in Minneapolis« bis zum letzten Ton. Ronnie sang ebenso derbe mit. Er hatte den Blues. Die Dartscheibe bestach durch pfeilschnelle Auffassungsgabe, Ecki weniger und Tommy würde gewinnen. Die Leuchtgestalten des Flippers blinkten. Dann tauchte Beckeschuss von der Toilette auf, dem einige nachsagten, er habe nur deswegen eine Jeans, weil er sie von der Wäscheleine seiner Nachbarn geklaut hätte, und formte so etwas Ähnliches wie ein »Hallo« in meine Richtung. Dabei knöpfte er sich emsig den Hosenstall zu und erkämpfte sich kurze Zeit später, mit der Faust gegen die Glasplatte hauend, ein Freispiel auf dem Flipper. In der Ecke spielten sie Meiern und ein Wirrwarr aus Stimmen und Gelächter vermischte sich mit dem Nebel von Rauch und Alkohol.

Deutlich hob sich eine kratzige Schwarzer-Krauser-Stimme von allen anderen ab, als Walli mir im Vorbeigehen zuraunte: »Hörma, der Hermann, der kann wat am Glas!«

Den Steilpass nahm ich schmunzelnd auf und klopfte ihm beherzt auf die Schultern. »Aber Walli, du doch auch, du doch auch …«

Schließlich schwang Harry sich mit Siggi Dux und Werner Walpuski durch den Eingang. Wir verscheuchten zwei Paar Studenten vom Kickerspiel, schickten sie zum Kaugummiautomaten nach draußen vor die Tür – mit Harry war da überhaupt nicht zu spaßen, das hätten sie wissen müssen – und bildeten zwei Mannschaften. Harry und ich gegen Walpuski und Siggi Dux. Wir spielten bis sechs und die, die verloren, zahlten das Bier: 1,80 Euro für 0,25 Liter. Ein absolut fairer Preis, wenigstens ein Ort, an dem man nicht beschissen wurde und das Nichtrauchergesetz um diese Zeit großzügig umgangen wurde.

Gerade als ich so richtig in Fahrt kam und den Torwart des Gegners – es stand 4:2 gegen uns – mit durchs Tor schießen wollte, fühlte ich eine sanfte Berührung an meinem Hintern, zu der nur eine Frau, so hoffte ich, in der Lage war, und ließ mir dilettantisch den Ball abjagen. Ich drehte mich langsam um. Und da stand sie: im kleinen Schwarzen. Eine Zigarette lässig im Mundwinkel, in der rechten Hand ein Bier. Sie lächelte, dass mir Hören und Sehen verging: Neriah alias Kathrin!

»Willst du noch lange so blöd da rumspielen, oder …«, und sie schaute zunächst gleichgültig auf den Kicker, danach in meine Augen und spielte Fegefeuer mit meinem Herzen, das sich längst für ihr hauchzartes »oder« entschieden hatte. Dann schoben wir ab durch die schummrige Bar in Richtung Ausgang. Die Nacht taumelte uns diesig entgegen und lag uns zu Füßen. Nasskalt fror der Nieselregen durch den Herbst. Und wir starteten durch, womit auch immer.

Epilog

Ein sonniger Herbsttag ließ sich bilderbuchartig an den Himmel malen und trocknete die noch regenfeuchten Dächer. Sorglos setzten ein paar Krähen zum Flug an. Kleinere Pfützen waren schon an einigen Stellen versiegt. Ich startete meinen Volvo und fuhr hinaus zu einem alten stillgelegten Duisburger Industriehafen. Dort atmete ich befreit die klare, vom Regen der letzten Tage gereinigte Luft ein. Selbst der Kanal schien sich ein wenig sauberer zu fühlen. In hohem Bogen schnippte ich eine Zigarette fort und ging ein Stück. In der Hand einen Geldkoffer, den ich von Andrea Kyas als Bonus für die erfolgreiche Ermittlungsarbeit bekommen hatte. Ich kickte eine Bierdose vor mir her und schoss sie dann scheppernd gegen ein vermodertes Fahrrad. Gedanken suchten nach einem griffigen Halt wie das ölige Schlickwasser, das vorsichtig gegen die Uferplanken wippte. Ich fragte mich, wo Oksana Kopylova in diesem Augenblick sein mochte? Benrich hatte Wort gehalten und sie in ein Zeugenschutzprogramm aufgenommen. Sie würde eine neue Identität erhalten und demnächst eine Lehrstelle als Hotelfachfrau beginnen. Bei der groß angelegten Razzia wurden acht der zehn Mädchen mit den Pässen, die ich dem Zuhälter-Hausanwalt Lörrach entwendet hatte, identifiziert. Die Polizei war auch in diesen Fällen sensibel mit den Opfern der Zwangsprostitution umgegangen. Statt Abschiebung würde ebenfalls ein Zeugenschutzprogramm diese leidgeprüften und wie Sexsklavinnen gehaltenen Mädchen auffangen.

Ellen tauchte vor meinem geistigen Auge auf. Ein alter Lastkahn zog vorbei. Rostige Schiffsteile lagen überall verstreut.

»Glück auf, Ellen, glück auf!«, flüsterte ich sanft in den Herbstwind hinein. Ich warf einen Kieselstein, der schwerfällig ins Kanalwasser plumpste und ein kreisförmiges Muster warf, dessen Radius immer größer wurde, je weiter er sich vom Ausgangspunkt entfernte.

Ende

Bitte beachen Sie auch die folgenden Buchhinweise:

Buchhinweise

Vier Erkelenzer Jugendliche begehen einen Bankraub. Während einer von ihnen – über einer Leiche kniend – gefasst wird und ins Gefängnis wandert, kommen die übrigen drei ungestraft davon und machen steile Karrieren. Ein Schuljubiläum bringt die vier wieder zusammen. Doch dann stirbt der Erste von ihnen. Kommissar Benjamin Becker und sein Freund, der Journalist Markus Müller, beginnen, den längst abgeschlossenen Mordfall von damals wieder aufzurollen.

Mordsclique
Ein Rheinland-Krimi
Helmut Wichlatz

12,99 € | 978-3-95400-566-6

Buchhinweise

Deutschland 1924. Professor Hendrik Lilienthal und seine Schwägerin Diana nehmen an einer Probefahrt des Zeppelins LZ 126 teil, bevor dieser als Reparationsleistung an die USA geliefert wird. Doch die Mitreisenden entpuppen sich als schwierig, unter der Oberfläche gären mühsam verborgene Spannungen, es kommt zu Handgreiflichkeiten. Schließlich geschieht ein Mord.

Zeppelin 126
Ein Krimi aus der Weimarer Zeit
Gunnar Kunz

9,95 € | 978-3-95400-166-8

Buchhinweise

November 2010. Kurz nach einem Castor-Transport wird die Leiche eines Demonstranten in der Göhrde entdeckt. Holger Becker soll in einem knöcheltiefen Bach ertrunken sein. Seine Freunde, alte und junge Antiatomkraftaktivisten aus dem Wendland, glauben keine Sekunde an diese Geschichte. Auch der Journalist Thomas Krüdewagen ist erschüttert, als er vom Tod seines Freundes hört. Auf der Beerdigung beschließt er, dem Rätsel auf den Grund zu gehen.

XXX. Ein Atomkraft-Krimi
Martin Sudermann
Sutton Krimi / Niedersachsen

12,00 € | 978-3-95400-258-0